一个人一旦成为了信徒，就已经失去了判断力，就不能求真证伪了。

——作者

江西支教

小凯旋门前

跃过新的高度

田径运动会上

这个奔跑的夏天

——我的中学时代

裴泽霖　著

中国商务出版社

图书在版编目（CIP）数据

这个奔跑的夏天：我的中学时代／裴泽霖著. —
北京：中国商务出版社，2013.10
ISBN 978-7-5103-0956-4

Ⅰ.①这…　Ⅱ.①裴…　Ⅲ.①散文集—中国—当代
Ⅳ.①I267

中国版本图书馆 CIP 数据核字（2013）第 246419 号

这个奔跑的夏天
——我的中学时代

ZHE GE BENPAO DE XIATIAN

裴泽霖　著

出　　版：中国商务出版社
发　　行：北京中商图出版物发行有限责任公司
社　　址：北京市东城区安定门外大街东后巷 28 号
邮　　编：100710
电　　话：010—64245686（编辑二室）
　　　　　010—64266119（发行部）
　　　　　010—64263201（零售、邮购）
网　　址：www. cctpress. com
邮　　箱：cctp@ cctpress. com
照　　排：北京开和文化传播中心
印　　刷：北京松源印刷有限公司
开　　本：880 毫米×1230 毫米　1/32
印　　张：11. 25　彩　插：0. 125　字　数：228 千字
版　　次：2013 年 10 月第 1 版　2013 年 10 月第 1 次印刷
书　　号：ISBN 978-7-5103-0956-4
定　　价：29. 80 元

序

　　十七岁是青春的花季，也是爆发的时节。"就像春天河面开始解冻，河水逐渐开始流淌，到了夏天开始奔涌一样，我也要在夏天奔跑。"试想，如果没有绝佳的理由和上等的诱惑，有谁会在夏日里去奔跑呢？而本书作者裴泽霖同学却说：奔跑本身就是一种意义。

　　面对各种升学的压力和功利性的高考应试教育，现在的中学生难免会变成学习的机器和分数的符号，那种特有的本真与活力很容易从青春剥离。由于现实的原因，他们往往不再奔跑，甚至不会跑，更不用说夏日的奔跑了，取而代之的则是躲进教室和台灯下争分夺秒去了。作者作为四中人文实验班的学生，从初中开始便养成了写随笔的习惯而且坚持至今，并积极参加到学校田径队的日常训练之中，学习之余，每天奔跑在学校的田径场上。这种奔跑，是身体上的，也是精神上的。除了田径训练，裴泽霖还是四中文学社成员和《流石》杂志的编委之一。作者随笔的内容是随意的和即兴的，本真率性，没有程式化功利性的痕迹，虽显稚嫩，倒也清新。作者不断以青春的视角对原初和终极乃至正确进行发问和猜想。虽然未获真理，却也津津有味，情趣横生，这对当下中学生来说是难能可贵的。

　　裴泽霖同学在四中《流石》杂志上坦言："以文字撼动心灵，以胸怀包容世界。"这句诚恳的话，完全符合一个少年的天性，惟愿他永葆这种青春的活力，在奔跑中不断发现全新的自己。

2013 年 10 月

目　录

窗外的树和鸟儿

　　每当我坐在窗前的书桌上写作，一抬头，总能看见那棵树挺立在我的窗外。而每一次抬头，它都能给我美丽的风景和不同的味道。

猜火车

也许我不应该说出这句话，因为我有很大概率是猜错了。可是我对于不可知的事情什么时候猜对了呢？

寻觅山水间

但是雨一来睡意便去。乘船奔驰在日月潭湖面上，凉风送爽。湿润的风中饱含水汽，就像脑袋里包含着惬意。

敲开那扇门

没有了时间与空间，它也依旧存在。它甚至取代了上帝，因为它积蓄了比上帝更大的能量，它本身就成了一种信仰！

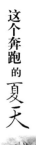

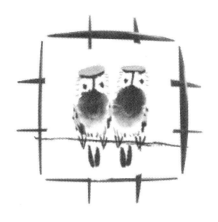

窗外的树和鸟儿

每当我坐在窗前的书桌上写作，一抬头，总能看见那棵树挺立在我的窗外。而每一次抬头，它都能给我美丽的风景和不同的味道。

触觉的记忆

一

早晨，从梦中归来，触觉便又降临在了我的身旁。第一缕触觉是被子的丝滑，柔软的细流从指尖淌入，暖暖的，缓缓的，淌入心里。这美妙的感觉与昨天早晨不大相同。这才想起是妈妈用她那双粗糙的手换来了那一缕和煦的触觉记忆。

二

打开水龙头，清凉的感觉从里面流出。透明的水从指缝中逃跑时留下了宝贵的凉爽，满足我的每一个触觉细胞。我很想睁开眼，但眼皮像是被封死了一样沉重不堪。于是

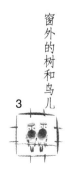

我一阵乱摸，想找到毛巾，却摸到了一个带有体温的、硬硬的东西——那是妈妈的手。顺着粗糙的掌心往上摸——是我的毛巾，是厚实的暖。我立刻抓过毛巾，抹干带有咸味的水。

三

这才睁开眼看明亮的世界。骑上自行车，飞速地跑起来。伸出双手，摩挲春风，绵软而油汪汪的风环绕在手边，跟我玩起游戏。我握住它，放风筝一样一直牵着它走……

四

乘风归来，来到班级教室门前。我轻轻握住门把手，隐隐感到它已经被握得有些温暖了，我感到进入这道门还会有更多的温暖。于是我用力握住它，好让它带更多的温暖给下一个人。

五

校园里的爬山虎又有了新叶。刚才长出来的叶子是暗红色的，太阳光照上去看起来油亮亮的。我禁不住伸出手去想大饱手福。一触到它就立刻感到了它涌动的血液。闭上眼，用心抚摸，很容易就察觉到血管一样的叶脉遍布叶面。把三根手指轻置在凸起的叶脉上给它"把脉"，顿时就

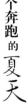

感到这凹凸不平的叶面是生命的象征。

跋

　　小时候的记忆早已忘却：抚摸小鸡绒毛的感觉，抱小兔子时的感觉，被妈妈抱在怀里的感觉……这些美好的触觉的记忆多么令人留恋，我是多么不想弃它而去，可我又能怎样呢？右手指上的一块指纹已在写字时被磨掉，一层茧却在写字中萌生，我的食指的触觉已然模糊，不知道在什么时候我又会失去它。我还是趁着我的触觉还没有完全模糊时充分地享用它吧，并且要把这一份份触觉的感受牢牢记在心里，变成永恒的记忆……

2009 年 3 月

窗外的树和鸟儿

窗外的树和鸟儿

一

自打人类进化初期，窗就已经出现了。

那时的窗只是在草屋上打个洞，屋里屋外通过这个联系着。新鲜而润湿的空气随时都在流入屋子里，鸟儿的鸣叫未经任何阻碍就传进耳朵，和煦的阳光没有一点损失就淌在脸上。那时，窗的功能是与墙壁的功能相反的，为的是紧密内外的联系。

到了古代，窗开始有固定的形式。几根木条再贴上一张薄纸，为的是防风、防虫而且透气。这时，窗的意义就有些改变了，不再是单纯为了有新鲜的空气、悦耳的鸟鸣与温暖的阳光，而是为了在一定程度上与外面阻隔。

现在，窗已经完全背离它原本存在的意义，有了与墙一样的功能，更可以说是一面透明的墙，为的是断绝室内与室外。

我经常坐在窗前，有时它会给我带来轻松，有时却使我唏嘘不已。我闲适地呼吸着空气，可它却浊臭逼人；我倾听着窗外的鸟鸣，可它却有气无力；我享受着洒在脸上的阳光，可它却冰凉暗淡。这窗就像一个海关检查站，一切经过它的东西都要被"过滤"，有时还要被"贪污"一些。于是，我看到的、听到的、嗅到的都不是真的了，可以说是二手的了。

我们就这样被困在一个八面不透风、只有一面透光的混凝土的长方体里。仔细想想，我们是多么可怜，可我们又多么可笑，只会作茧自缚。

于是，窗就成了黑暗中唯一一点昏暗的光亮。可就不知，打破窗户就是无尽的光明。

二

每当我坐在窗前的书桌上写作，一抬头，总能看见那棵树挺立在我的窗外。而每一次抬头，它都能给我美丽的风景和不同的味道。

现在已是冬天，窗外那棵树的叶子早已飘落，化成了泥土。虽然有的只是干枯的树枝，但也别有冬天的味道。从窗内望去，在树枝后面总是有一座绿瓦灰墙的高大楼宇与这树遥相呼应。尽管这样，仍没什么看头，可要鸟儿来了，就不一样啦！每次抬起头，十有八九会看见几只小麻

窗外的树和鸟儿

雀在枝头跳舞，真不知道它们为什么不去冬眠，这大冷天儿的，也不怕冻着？不过我倒喜欢这样，因为它们好像能看见我，故意在我面前卖弄自己的舞姿。别说，跳得还真挺棒！一只麻雀正跳向另一个枝头，来了一个一百八十度的转身动作，而且站得稳极了。另一个小东西一边拍着翅膀一边做了个三百六十度的转身，像是在跳芭蕾。还有几个小麻雀在跳来跳去，可惜还没站稳就掉了下去。

这些生机勃勃的小家伙，跳呀跳呀的，就好像春天到了似的。春天可比这有趣，树上都有了嫩芽，我的这个"挚友"也不例外，清新的绿色已经一冬天都没见着了，点缀着淡棕色的树枝，还夹杂着点儿浅黄色。风儿吹动树枝，好像在向我招手，树的枝梢像是一条丝带，在风中飘舞。成群的麻雀落在上面唱得更欢了。

窗外的那棵树的叶子越长越密，越来越绿，夏天也越来越近。这时，那棵树已经非常健壮，绿油油的大叶子上沁着几滴水珠，像晶莹的钻石镶嵌在碧绿的翡翠上，这样的珠宝密密麻麻地挂在树上，令人不得不为之美而称赞，浓荫之下，是鸟儿们的避暑胜地。它们缩着脖子，胸前的雪白绒毛随着树叶被风吹动时的"哗，哗"声和摇曳着的树枝飘动，眼睑轻轻地闭着，不时抽动一下，浅棕色和黑色的羽毛不时抖动，嫩黄色的小爪子被羽毛遮住，只露出一点爪尖儿。它们能这么舒服地睡午觉，可真要感谢这棵树哩。

树叶儿从黄变绿又从绿变黄，那棵树在这个季节变得格外美丽。秋风把凉意吹向藕断丝连的叶子，树叶立刻明白了它的讯息，结束了自己的使命，而另一些则继续坚守岗位。小风吹过鸟儿的面庞，一定非常清爽，体会着像鹰一样在风中翱翔的快乐，但还是时刻不离那亲切的保护所。

这棵树真成了这些鸟儿们的家。

树叶儿没了，又是冬天，叶子早已化作泥土。我又抬起头，正看见一只麻雀落在了枝梢上，又来了三只，四只……都在那儿跳舞。于是，我对树说："快醒醒，该长叶儿啦！它们都盼着呢！"我又对鸟儿们说："睡吧，开春还早，干嘛这么兴奋？"

2009 年 9 月

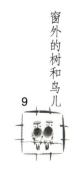

最后的牵挂

　　2012 年 12 月 21 日的黑夜降临以后，12 月 22 日的黎明永远不会到来。玛雅人这样说。

　　我是在电影《2012》上映之后才知道，原来有这样一些人曾经预言世界末日，而这些人也恰恰消失在了自己的预言当中。

　　2012 末日预言之所以被那么多人关注，就在于玛雅人作出的预言大多成真，而且不同地区不同文化的文明都做出了惊人一致的预言，如中国的《推背图》，英国的麦田圈，巴比伦的星象学，甚至现代科学都提供了 2012 年世界末日的预言或证据。美国宇航局预测，2012 年地球磁极将发生颠倒，届时其引发的连锁反应足以给人类带来一次大灾难。相比之下，玛雅人的预言则更为玄虚，但却因其神秘和宗教意味而比科学更使人渴求了解，由于理性是后天培养的，所以人们在本心上也更愿意接受这种神秘的预言。

玛雅人预言过很多东西：某人的生卒年月，月球背面的景象，汽车飞机的发明时间，这些都与事实惊人一致，且不说玛雅人是怎么知道汽车和飞机的，在现实意义上玛雅人就拥有比现在任何图纸都要精确的航海图，也是他们第一个发明了"0"的概念的文明，他们早已知道地球的公转时间而且与现代的精密测量结果相差无几。然后，他们消失了，消失在玛雅文明的鼎盛时期，却留给后人一个难辨真假的末日预言，留下一串令人瞠目的神奇。

于是我开始相信，真的会有末日。

我曾耽于幻想——世界末日真的来了的那一刻，世界上的人们在做什么？

在长堤上漫步的该是诗人。诗人望着远处被淹没的城市作出最后一首诗，他要在自己也被毁灭之前作出最完美的诗。他反复斟酌字句和韵律，一次次用词却又一次次否定。终于，他蜷身跪倒在堤上，为自己找不到合适的词句而哭泣，他想不出用什么样的辞藻才能表现他此时的百感交集。诗人的生命在没有结尾的诗中结束。

在玻璃墙后指着海啸发问的是孩子。孩子问妈妈，那道长长的白线是什么。妈妈没有回答，只是抱紧了他柔弱的身体。孩子睁大了天真的眼睛望着妈妈，为得不到答案而失望。过了一会儿孩子又叫道，妈妈妈妈，那不是白线，是白墙！妈妈这时已紧紧闭上了眼睛，把脸埋在孩子柔软的头发里啜泣。终于，玻璃墙咔嚓一声碎了，海水中回荡着孩子天真的声音，妈妈妈妈，那是水墙，你为什么要怕呢？

窗外的树和鸟儿

坐在海边长椅上的是恋人。恋人相互依靠，仰面对着滔天巨浪。他们一遍遍倾诉着自己有多爱对方，生怕凶猛的海浪会夺走他们的爱。然后，爱情融化在海水里，作为感情的种子被带往下一个世界。

喝着下午茶的是老人。老人从未像现在这样轻松过。他坐在一把陈旧的椅子上在自己的花园里喝茶，旁边是一张精致的小圆桌，上面放着各种美味的甜点。他告诉身旁的年轻人不要害怕，人们只不过要换一个去处，这又有什么不同呢？当海浪吞没他时，他正拄着拐杖，满心愉快地望着晴朗的天空。

对我来说，毁灭与否并不重要，重要的是人们能否从毁灭中得到超越。

浪漫地讲，用自己的生命见证毁灭，生命才更有意义。让毁灭作为一个大时代的结尾，是那么的合乎情理且无可非议。

客观地看，2012 的末日预言到底会不会成真仍未可知。也许每个人都相安无事，也许早上醒来，你我已不在人间。但我仍对大自然将要发生的一切怀有敬畏之心。因为我已深感自然的庞大循环体系的不可抗性，也是命运之不可抗性。这是一种极其渺小对极其庞大的感情，是人性的完全屈服。

其实，我相信的不是人类从此在宇宙中消失，而是新时代的开启，是人类的进化。人们总是在一切将要结束的时候才想到反思。在即将毁灭时，人性被开启，人的本心会显现出来，人们这才意识到什么是对，什么是错。就像那诗人、孩子、恋人和老人，他们在毁灭时领悟到很多，人性的光辉得以显露，思想由此得以进化。于是，人类的轨迹在毁灭中被矫正，这样的2012又未尝不好呢？

那么，玛雅人是不是领悟到了什么，于是进化，所以才消失了？

一切都未可知。

也许等人们醒来，这一切都只是一场梦。

2012 年 8 月

发表于《北京晨报》2012 年 12 月 23 日

窗外的树和鸟儿

13

这个奔跑的夏天

只有夏天需要奔跑，奔跑只有在夏天。这是我的原则。

就像春天河面开始解冻，河水逐渐开始流淌，到了夏天开始奔涌一样，我也要在夏天奔跑。因为夏天是活力的爆发点，世界从冰冻的冬天苏醒，越临近夏天就运转越快。夏天给予了万物能量，让他们开始膨胀直至爆发：花朵怒放，树冠浓密，池水沸腾，白云翻滚，骏马疾驰，我在奔跑。

奔跑是我的爆发。放学之后我便在跑道上开始田径训练。发令瞬间，脚尖蹬地，大腿紧绷。跑过四十米，速度达到最大，这是我最享受的时刻，两腿充分伸展，落地，抬高，再伸展，即使在身体构造上再也无法伸展，我却感到步幅还在加大，速度还在加快。此刻我是在奔跑，而不是赛跑。追求的是纯粹的速度，而并非撞线时的名次。我自认为很少有人能像我一样体会速度的快感。在速度达到极限时，我感觉不到自己的腿，感觉不到疲惫，在那一刻我笃定还能更快，没有极限。速度赋予了我无限的激情。我知道那源自于爆发，是心劲儿的爆发。

从这个夏天开始，我参加田径俱乐部，我就享受每一次奔跑，只有在夏天。因为只有在夏天，才会汗如雨下，才能只着单衣体会风迅猛地吹打面庞。

夏天的晚上我会沿着平安大街奔跑。眼睛就盯着远处一个不存在的点，精神全部集中在那个点上，我就不再感到累，不再口渴，也不知道跑了多远，跑了多久。

很多人不知道奔跑带给人的意义，这既是肉体上的又是精神上的。但首先必须通过肉体上的奔跑，仔细体会奔跑时的每一次呼吸每一次心跳，学会享受疲惫和痛苦，只有这样，你的心才会跑起来。

《无极》中说："你这是逃跑，不是奔跑。"奔跑本身就是一种意义，它需要你自己去追寻，它带给你的就像大平原带给你的广阔，我所说的不是胸怀，是找回自己。

2012 年 6 月

窗外的树和鸟儿

15

蒙马特高地上的老人

　　他以一身灰色棉大衣出现在我面前，穿在里面的红色帽衫只露出了戴在头上的帽子，红帽子把他的头发完全罩住，看不出是花白还是黝黑。这个老人戴着黑色的毛绒手套，手里握着一个蓝色的口琴，他正将口琴放在嘴边准备吹奏。

　　我望着这张照片，观察这个老人的眼睛——时光倒转，我又回到了那个下午，走在法国蒙马特高地上的圣心堂外。

　　我正沿着圣心堂高大的白色石头墙壁走着，享受着难得的闲适。我悠闲地向前走，醉人的口琴声越来越响，感触到乐声中鲜明的愉快。满足与悠长是从演奏者心底发出的，一个个乐音吸引着我向前走，就像醇香浓郁的美酒吸引法国男人一样吸引着我。

　　终于，我见到了那个演奏者——是一个乞丐！不，是卖艺者——因为乞丐永远也吹不出这样美妙的曲调。

他坐在墙根下，身后是圣心堂白色的石头外墙。我走到他跟前，不禁诧异于他一身整洁的服装。他此时正在低头翻看乐谱，所以我看不到他的脸，他的腿也用毛毯盖住，只能隐约看出腿的轮廓。他的身旁是一个鼓鼓囊囊的黑色大包，上面放着几欧的硬币。

大概是注意到了我在他面前的停留，他抬起头看着我，我也看着他——是个老人，大概已经六十岁了。这从他两颊上深邃的皱纹就能看得出来，他脸上透着红光，好像还在微笑。最终，我的眼睛落在他的眼睛里。我从那里看不到丝毫卖艺者的自卑与羞涩，也没有贫苦生活给他带来的疲惫与痛苦。那双眼睛，没有对生活的沮丧，就像他所吹奏的那样充满享受与满足，还有曲中所没有的慈祥、平静与尊严。

我站在他的面前，他仰望着我。虽然我居高临下，但我分明觉得自己的矮小。

于是，不自觉地，我蹲了下来。

"我能给你照张相吗?"我用英语问他。

他却只是一笑，两颊的皱纹更深了。温暖的阳光大把大把地洒向我们，把他身后的石头墙映得金黄。他的眼睛和笑容在阳光的照耀下突然放射出温暖，眼睛里好像只有幸福，满是皱褶的面容上只有平静，透着神圣的光芒。

我按下快门，记录下这个卖艺老人的上帝般的光芒。此时，不知是因为阳光，还是这老人，我全身发烧，心里泛着平静而神圣的光。

窗外的树和鸟儿

我从钱包掏出了几个硬币，放在那个黑色的大包上，然后站起身，继续向前走。

我奇怪，为什么一个卖艺的老人还能拥有比别人更多的幸福？为什么他身份低微还能如此高大？为什么一个经历着贫穷的老人眼中只有慈祥与满足？为什么卖艺人的装束还如此整洁？

我一边想一边走，身后又传来了愉快满足与悠长的曲调……

上帝的神圣属于那个最卑贱者的最高贵的心。

2009 年 12 月

发表于《东方少年·阅读写作版》2012 年第 5 期

在想象的音乐中写作

——《蒙马特高地上的老人》赏析

黄春华

这篇文章从构思上来说，是单调的，读者根本别想从中看到一个精彩的故事，无非是一张照片，和一段如照片般静止的回忆。可是，它还是具备了打动人心的力量。这力量是从哪里来的呢？

作者从开始就投入了非常浓烈的情感，在这种情感的带动下，读者进入了一个非常细腻的世界，从老人的穿着、行装到脸上的皱纹，都像一个个特写镜头从眼前扫过。如果读者也投入了同样的真诚，一定不难感受到仿佛还有一种背景音乐——当然，这要随心而不同，但主旋律是舒缓悠扬的。正是在这种不存在的音乐的带动下，读者的情感才会跟着升华，真正体会"上帝的神圣属于那个最卑贱者的最高贵的心"。

在一次次细腻的描写中，不难看出"我的眼睛落在他的眼睛里"应该是重重的一笔。这就像音乐中的重音，读者的心会在这里震颤、停顿。正是有了这一笔，才为结尾的抒情搭起了一个坚实的跳板，否则，勉强的起跳只会让读者大跌眼镜。

写作其实就是沉浸在一种情绪之中，这种情绪就好比音乐——他做到了。

作者简介：

黄春华，中国作协会员，湖北省作协签约作家，湖北省儿童文学委员会副秘书长，鲁迅文学院第七届高研班学员。

出版长篇小说《猫王》《杨梅》《一滴泪珠掰两瓣》《蚂蚁飞翔》《开皮豆囧事》等。曾获冰心儿童文学奖、湖北省金蕾奖、《巨人》杂志年度最受欢迎作品奖、俊以儿童文学奖等；连续三届获武汉市文艺基金奖；三次获湖北省

窗外的树和鸟儿

楚天文艺奖；三次获《儿童文学》杂志年度奖。在 2007 年由《儿童文学》和搜狐网联合举办的读者投票中，被评选为"全国十大最受欢迎的作家"。

摘自《东方少年·阅读写作版》2012 年第 5 期

十四岁是这样的

14岁，不再是那个整天嘻哈玩笑的年龄，也不是16岁的花季少年，这个被卡在中间的年龄似乎只能用青涩来形容。14岁的我们才刚刚开始体会人生，走进社会，生活中充满了各式各样的新鲜事物——成功、挫折、思考、烦恼、爱情……这些此前从未体会过的东西都从14岁这个狭小的年龄中涌入，这会让我们手足无措，但却带来了生命中前所未有的丰富。

14岁是试卷上的成绩。

初三是14岁的代名词，考试一个接着一个向我们轮番轰炸，试卷上用红笔写的成绩成了每天生活中的主角。有时考得好，便一天都心情愉快，有时错得惨不忍睹，便没心情再过完这一天了。半个学期下来，神经似乎对成绩已经麻木，不管什么分数都生活依旧——由看重变得无所谓，这就是14岁。

窗外的树和鸟儿

14 岁是忙碌。

14 岁就意味着周末排满课。一周五天上学的疲惫还没解除，周六一大早就又爬起来去上课。前两个小时还算能聚精会神，后一个半小时大脑就停止了运转，呆呆地望着黑板跟不上老师的思路，然后就累得睡了过去。一觉醒来，早已下课，背上书包回家吃饭，然后再去上别的课。终于，下午回家，站在小区里，倚在自行车旁，听着老太太们聊天儿时的笑声，老头儿们用棋子猛砸棋盘的落子声，麻雀的叽喳声和振翅声，其他的什么声音都没有，阳光总在这时候暖暖地打在我身上，舒缓我疲惫的心。此时，仿佛这个安逸的世界上只有我一个忙忙碌碌，心中不知是别扭还是感慨——这就是 14 岁。

14 岁是跟妈妈吵架。

14 岁的我渴望独立，妈妈的一切关爱看起来都太过多余。

"儿子，来吃芒果！"妈妈叫我。

"我不想吃芒果。"我一边写作业一边答道。

"可是芒果有营养。"

"我不想吃芒果。"

"还是吃一点吧，芒果里有维生素！"

"我在写作业，不想吃。"

"不会耽误的，吃一点吧。"

"我不喜欢吃芒果。"

"那多少吃一点儿？"

"我真的不想吃芒果。"

这个奔跑的夏天

"那我喂你吧。"说着用勺子挖了一勺芒果送到我嘴边。

我忍无可忍，一把将妈妈的手推开，勺子里的芒果飞落到地上。

"你这孩子怎么这么不知好歹！"妈妈一下吼起来，脸上阴晴骤变，本来不大的眼睛瞪起来大得吓人。

我一把推开椅子，椅子撞到衣柜上发出巨响，好像是宣布战争开始了。我猛地站起来，一下子比妈妈高了一头，以咄咄逼人的气势大吼起来，吼的内容全无道理，完全是发泄。妈妈用手指着我的鼻子，我便愤怒地把她的手打开，嘴里还加以还击。最后，我一把把她推出房间，"怦"的一声摔上门，再用椅子把门抵住，自己躺在床上逐渐平息怒火。

终于，我冷静下来。突然觉得口渴，便起身寻水，看见桌上放着一杯奶茶，棕褐色的奶茶冒着热气——不知道妈妈什么时候趁我不注意放在这儿的。我在桌前坐下，把嘴唇贴在玻璃杯壁上，白色的水气在我眼前升起，扑到我的额头上，心里升起一丝温暖。我把杯子慢慢倾斜让奶茶慢慢流进嘴里，让温暖流进心里。

我把抵在门上的椅子挪开，慢慢打开门，迎来的是妈妈的声音："你这死孩子，我白养活了！"

我一怔，感到那杯奶茶的温暖好像只是一个骗局。

——14 岁原来是这样的。

……

14 岁，实在很难用一个或几个词来概括。它是一种奇妙的体验——大起大落的体验，爱恨情仇的体验。

窗外的树和鸟儿

这就是 14 岁，只有经历者才懂得的 14 岁，就像流星划过长夜里的那个璀璨而短暂的瞬间。

2011 年 5 月

发表于《西城文苑》2012 年总第 7 期

名家点评：

14 岁是青春之门。在这个青涩的季节里，14 岁里的快乐和烦恼、成功与挫折、叛逆与进取，甚至迷茫与希望，都是新鲜的，充满活力和自由的，也是美丽的。作者选取"成绩"、"忙碌"和"吵架"三个段落，再现了原汁原味的学习和家庭生活，记录的是青春的心路历程和青春约会的人生体验，真实、真挚、真诚。（大方）

摘自《西城文苑》2012 年总第 7 期

这个奔跑的夏天

七班奇人

谁能料到，世间竟有此等人？

七班有一人，名曰："王舜"。可谓"奇人"！

他无什么奇人绝技，也不是外表惊人，但奇就奇在他傻里傻气，却又极为感性与外向，还有些大大咧咧，与他在一起，无法一刻无笑声，故与他在一起还有一功效——锻炼腹肌。

他的行为若在外人看来就是"缺心眼儿"，可作为朋友实知他就是如此之人。

放学之后，我们一些同学一起回家，其中便有王舜。到了夏天，每天吃冰棍儿成了例行公事，王舜便总是乐于请客，最多可买十余根，毫不吝啬。记得有一次，他使劲一咬冰棍，冰没碎，拿在手里的棒却断了。于是在吃完后，便把这根短棒插进土里，拜了三拜，嘴里还念念的："棍棍啊，我对不起你呀……你安息吧！"于是，就又骑上车，但

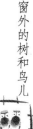

窗外的树和鸟儿

25

我们却已笑得前仰后合。

在这回家的路上，还经常会听到他如爆破筒一般声嘶力竭的歌声。他在大街上也敢放声大唱，就算已经唱破了音，也继续大喊，每次都会招来路人异样的目光。要不是穿着校服，还以为他是刚从精神病院逃脱的病人呢。即使我们假装不认识他，但却已笑得寸步难行。而他呢，却一脸茫然的疑惑地望着我们。

还有就是他极爱与人搭讪。一路上能听见无数句听起来"缺心眼儿"的话。

"嘿，大哥！车擦得挺干净的吗！"

"呦，大妈，您老买菜去啦！"

"小妹妹，慢点跑，别摔着！"

"大爷，下雨了，小心滑！"

每天要路过一家房地产公司，听到公司的职员打电话问一套房子还要不要转出手，他便又插了一句嘴："呦，还忙着转哪！"

诸如此类的话还有许多，不计可数。我也不记得有多少次我被他的言行逗得笑得肚子疼了。

即使他的行为在某些办事极为严肃的人来说是要进行"改造"的，但我并不这样认为，也毫无责备之意。因为我们还都只是孩子，童年就应该有些顽皮开心之事，不然以后定会成为那种毫无生活情趣的人。

我身边能有王舜这等奇人，甚慰！

七班有此奇人，甚幸！

2010 年 5 月 30 日

写给同桌的一封信

亲爱的同桌：

　　想来我和你的关系应该是什么呢？朋友？好朋友？都不如"同桌"来得亲切。

　　我们坐在一起应该有一个学期了吧？这短短几个月里我们嬉笑互骂，竟也成了朋友。虽然你是女生，但却和我的哥们儿没有两样。讽刺是我们谈话中的主题，各种刻薄的话说出来对你我都无大碍，你会更加猛烈地回击我，而我却经常被你说得无言以对。我总会"善意"地提醒你，你这样泼辣，小心以后嫁不出去。我本得意戳中了你的要害，谁想你做出一脸微笑温柔地说了声："谢谢。"我满心的得意一下被咽回去，就像吃了石头一样不爽。这样被逼出几次内伤之后，我也如你一般对任何语言刀枪不入了。

　　你的少女情怀有时是与半神经质分不开的。你会在一片黑暗中突然"书生少女，意气风发"，你热情激荡的心映

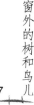

窗外的树和鸟儿

27

得脸蛋也红彤彤。而同桌的我自愧不如——我的基调总在你之下，而且会时不时地断裂。但是经过几个月的熏陶，我已经逐渐脱离了阴郁，我不得不承认你的强大辐射——就在我心里一片阴霾时，总有你的一缕阳光将乌云驱散，紧接着就是阳光普照，我与你开始于不停"傻乐"，当然不是只有傻乐，我们在思考中傻乐。

期末考试前你给我寄了一张明信片，鼓励我好好学习，让我甚是感动，我也确实比平时更努力了（我一直就很努力）。

一天早上，应该是周一，我听见你回头跟晏说你要走了。我听了并没在意，心想你能走哪儿去？直到后来终于知道你要转到"文普"去。当时听你说完那句话，心像掉了底儿一样空落落的，紧接着是注了铅的沉重。你又说："以后你上哪儿找我这么好的同桌去？"一句命中要害。我没问你为什么走，你也没说。既然这结果是注定了的，原因还重要么？

后来你又不走了。这固然好，但我有一种被戏耍的感觉，毕竟这是你的一贯风格。

此时你正坐在我前面的前面，不知卷子答得怎样？

此致

敬礼

你的同桌

2012 年 7 月 4 日

消　失

初二结束了，魏老师要走了。偌大的教室里死气沉沉，鸦雀无声。

他收下我们为他送行的礼物后，笑了，嘴角略带一丝抽搐。今天是他当我们班主任的最后一天。

他想给我们一个欢快的离别。

我坐在下面，泪水在眼眶里打转。但我还是强忍住，没让它流下来……

我和魏老师的第一次见面是在初一入学前的家访中。那时魏老师很年轻，精神抖擞。一见面，他就给了我一个大大的拥抱，突出的将军肚顶得我有些不舒服。

待我们都落了座，我才得以清楚地观察他。一张粉白的方脸，微微打卷的头发，高鼻梁上架一副黑框眼镜。这就是初次见面时他的模样。

……

窗外的树和鸟儿

初一一开学便是运动会。魏老师为运动员加油时的激情让我印象深刻——作为一名男老师，他有着女老师没有的活力与魅力。他口里一边喊着，手臂一边上下挥舞，有时还违规地冲到跑道上呐喊助威，神色不知是喜是怒。最能代表他心情与性格的则是那句喊破了音的"七班加油！七班加油……"

……

可是，魏老师又是那么严格，准确地说，是追求完美。

他事事追求完美，做人趋于完人。我们不得不因为一点小事而被找去谈话，总让人觉得事事不称意。这"谈话"一开篇便是长篇大论，这对每个人而言都是一种煎熬。于是，就不免有人在私底下抱怨。

这样一来，时间长了还会引起正面"摩擦"，而且频率也越来越高，他的笑脸也变成了难得一见的稀奇。

终于，他一天比一天疲惫，被我们各种各样的琐事压得不堪重负。除了必要的总结和课程外，他脸上还起了许多难看的红痘痘，原本细腻的皮肤变得愈发凹凸不平。

后来，从他的讲话和其他老师嘴里得知，魏老师每天的睡眠不过四五个小时，每天晚上都因为我们忧虑不安。

但他对我们的要求却丝毫没有放松，任凭别人怎样的误解，没有牢骚，没有怨言……

渐渐地，他消失了。

只有每天令人紧张而又频繁的会面让我感到他还存在。

……

初二，可能是青春期在作祟——魏老师似乎成了"全班公敌"——总有人处处跟他较劲，他也整天闷闷不乐，寡言少语。

终于，他来班里的次数越来越少，似乎总有开不完的会，就连例行的全班总结也被搁置到一旁。

他的神色依然疲惫，但却察觉不出丝毫苦痛，反倒是无尽的压抑，令人窒息。

于是，就这样，莫名其妙地不知为何，我们和他之间被一堵又厚又坚硬的"墙"隔开了。

他的样子被时间冲淡，他的性格像掺了泥的水，模糊不清。

他，消失了。

消失……消失……消失……

这次是真的消失了。

我望着讲台上的魏老师，强忍住泪水。

他笑了。笑了！

诧异，又惊喜。

然后，他把目光投向窗外，又很快收回来，再看看电脑，又瞧瞧我们，有点不知所措。

我看着他的身体半倚在讲台后面，突然感到一阵酸楚，这味道浸在泪水里，把我深深刺痛——一张瘦脸上满是凹凸，嘴唇有点干裂，蜡黄的脸是如此憔悴。我突然惊奇地发现，他的肚子小了许多——是因为锻炼的吧？——但我料定他没有那么多时间。

我透过那副黑框眼镜望进去，之前的诧异一扫而光。因为我终于意识到他有多坚强，又有多脆弱……

窗外的树和鸟儿

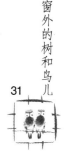

就是这样一个人，一个疲惫难行而依然前进的人；一个强作镇定而心如刀绞的人；一个失去了他倾注了两年心血的班级的人；一个失去了一切的人……

　　现在，我终于可以忍下心来想象他是怎样一个人在深夜里默默流泪的了……

　　……

　　消失。消失。消失。

　　终于，我无助地回头，看见他宽大而敦厚的身影消失在模糊的记忆里……

2010 年 7 月 8 日子夜

续

　　初三，9 月 10 日，教师节。

　　放学后，我和几个同学一起去看望魏老师，走进他的办公室，熟悉的场景再次浮现——魏老师正在和五个初一的学生谈话。他让我们在外面等。

　　现在，我已对他的谈话抱完全理解的态度，所以在外面耐心等待。

　　大概过了半个小时，他终于有工夫能和我们聊上两句。

　　……

　　"都怎么样啊？"他问。一条手臂搭在我的肩膀上。

　　"挺好。"我们参差不齐地回答，脸上挂着笑容。

　　他把我们每个人都打量了一番，批评那个头发不合格，

这个奔跑的夏天

32

说说这个长了太多青春痘。又跟我们谈起了初三的生活和自己的工作，还有未来的畅想——这一切都那么熟悉。对了，还有那张面孔。

此时，分离时的伤感像浓墨被一盆清水瞬间冲淡了，一切又回到了从前，魏老师只不过是换了个教室上课，并没有离开……

适逢今天的校园最美。阳光洒金般地铺满空地，树叶的反光像一面面小镜子，温柔的风与太阳配合得天衣无缝，让人既不凉，也不热。

我看着不停从大门涌来探望母校的学生，突然释怀了。

——他没有消失，生活还在继续……

2010 年 9 月

窗外的树和鸟儿

33

我们一起走过

　　他陪伴我走过了两年的初中生活后挥手而去。现在，偶尔在校园里看见他，我仍会想起那段我们一起走过的路。

　　初一入学之前，他来我家家访——那便是这段路的开始。初次见面时，他还是一个充满活力的小伙子，头发像钢针根根挺立，两腮的肉鼓鼓的让脸看起来很圆，他厚实的身躯让人感到他身体里有的是力量。他一见我就给了我一个大大的拥抱——那成了这路上起点的标志。

　　作为一名老师，他是最敬业的。每次上他的历史课都能被他所感染，讲到战争时，他激越昂进的声音描写出士兵的厮杀，讲到文化时，他别具韵脚的声音将五千年文化化作一首诗，讲到朝代更替时，他厚重深沉的声音展现出历史的沧桑，讲到抗日战争时，他上下挥舞的手臂好像一拳就要在谁的身上打出血来！然而，在那精彩的课堂背后，我知道，是他深夜备课的辛苦。于是，他的历史课成了那段路上被铭刻的一笔。

　　作为一名班主任，他对我们的要求最严格。爱玩的我们总会在放学之后打球直到静校也不肯回家。他每次抓到我们打球就会找我们谈话。面对着他严肃的面孔，我心生愧怍。一连几个小时的谈话后，他还要我们保证以后不再违反校规了，但我们每次都禁不住去打球，每次也都被抓去谈话。尽管我屡次犯同样的错误，但他并没有失去耐心，他说："我一定能让你改正。"他的语气里满是坚定，刚毅的目光让我觉悟。于是，他的刚毅与坚定成了那段路上不可缺少的信念。

　　作为那段路上最重要的人，他在我心里挥之不去。我还清晰地记得初二结束的那天也是他离开的那天。他站在讲台上，默默地，说不出话。然后他好像意识到得说点什么了，于是就讲了对我们在初三的希望。接着，又是沉默。最后他向我们介绍了我们的新班主任。我注意到他比初一时瘦了很多，两腮的肉已经被削去了，身上透出一种沉重。我看着他仍然坚定的样子，心如刀绞。

　　现在，在校园里偶尔碰见他，我都会想起那段路。我心里已经没有了忧伤，有的是美好与温暖。

　　我在心里对自己说："我们一起走过。"

2011 年 5 月 15 日写于中考之前

窗外的树和鸟儿

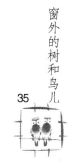

有缘再相见

　　我坐在电脑前写这篇文章的时候，不知道他的生活怎么样了——是再次归于平静么，还是从此不再与以前相同，我不确定。

　　我的教官姓柳，他的名我至今不知道，也许这样才好——只见七天，只知姓甚，不知名谁，不知道电话号码，不了解他身后的那许许多多的故事，甚至不再熟悉，不再联系，从此我们在各自的脑海中渐渐化为影子，然后只剩下名字，甚至想不起其中一个字的发音，最后只残存着被称作"那个人"的他和我。

　　柳瘦小，在一群身板高大厚实的教官中显得有些可怜。他的帽檐总是压得很低，一双毫无深邃可言的眼睛隐隐可以望见。我觉得柳是军训教官中比较严格的一个，踢正步时我们班踢的时间最长，训练时也不苟言笑——这也许是他第一次训学生的缘故。他说他紧张，这看得出来——他下口令之前总要犹豫好长时间。

柳告诉我们，他二十一，当兵两年了，他似乎是只念到初中就不念了的，然后来参的军，今年过了就退伍回老家。我们问他为什么不转士官，他脱口而出，当兵多苦啊，然后他停顿了一下说，不好转，然后就沉默了。我是懂得这话背后的意思的，柳只不过是偏僻农村里众多日子过不下去的人之一，迫不得已来参军。柳说他参军两年从没回过家，因为部队有规定不能随便回去。

这些都是我们在训练的空闲和晚上聊天时得知的，那基本上也是我们交流的全部时间。

我喜欢听他讲他的故事，因为我正走进另一个人的世界，了解他的经历，他的人生，从中体会他的情感，他的故事被别人分享，他的人生从此不再仅仅属于他自己，从此他的每一个遭遇都牵挂人心，从此我们息息相关。也许我没有权利这么说，但既然柳进入了我的生命，那么这就是缘，我们之间早就长有一条纽带，使我们踏入对方的生命。

"军训"没有什么好记述的，只不过是把思想抛弃，机械地重复一个个动作而已。但人不同，他有时是作为精神需要被感知的。

于是七天就在恍惚与疲倦中度过了。直到第七天的晚上，我们告别。柳拿着相机走进我们的宿舍跟我们合影。我们拥在一起，对着镜头开心的笑。然后柳默默坐在床上，我们站在他面前等着他说些什么。沉默之后，柳终于开口了，"明天就是要好好走，正步都砸响了，排面要对齐"。

窗外的树和鸟儿

他咳了一下，又是短暂的沉默。"你们是我训的第一批学生，我希望你们都是最棒的，别让别人看不起。"他的话里夹杂着不合时宜的停顿，断断续续，像接触不良的半导体。他凝视着地面，声音里透着说不出的苦痛。然后，柳起身，我们拥抱在一起。我紧紧搂着柳，但终于还是松开了，我的视线变得模糊不清。我一个字都没有说，因为我知道自己的话会充满颤抖，语音会禁不住变调。我忍住，待到柳终于离开了宿舍，一串眼泪才噼啪落下。

人总是来了又去，终归不能长久。不知道柳是否也曾独自啜泣，是否也在此时遥想无缘的我们啊。

2011 年 11 月

这个奔跑的夏天

从相机的窗口看世界

照相机的窗口是我与另一个生命或事物亲近交流的途径。每当窗口定格，拍下一张张照片，我都看到了这个世界不同的一面。

"咔"，我按下快门，记录下了一根绿竹的生命力。

从窗口中望去，能看见的只有一根竹子。虽然窗口窄小，但却挤满了生命。那是一根了不起的绿竹，因为我已经有一段时间没给它浇水了，许多大叶子全都枯萎、焦黄了，只剩下了一片片小小的新叶。粗壮的枝干稳稳地托住了它，把它举到最高，好汲取最充足的阳光。这小小的叶子孤舟似的，但却饱满挺立，昂首挺胸。鲜嫩的叶片充满了汁液，好像一挤就会喷出来似的。我突然明白：原来其他叶子迅速枯萎是为了给这新生的婴儿更多的营养，它已是孤注一掷，把所有的希望都寄托在了小叶子的身上。这就是生命！它的力量与精神从窗口中漫出，直逼心底。

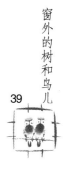

"咔"，又是一声清脆的快门声，这次我把镜头对准天空，对准了麻雀。

　　于是，一张鸟儿快乐飞翔的画面从小小窗口中送入我的眼睛。那是一张充满了天性、自由、放纵、桀骜不驯、我行我素的照片。两只麻雀在湛蓝的背景上展开双翅比翼飞翔，它们的头高扬着，以至于我看不见它们的脸，胸脯鼓鼓的，一根根羽毛矗立不倒，翅膀上的羽毛棱角分明，竭力舒展着。我忽然记忆起几年前的一件事。晚上，不知哪儿来的一只麻雀从打开的窗户中闯了进来，在屋子里到处乱撞。我将它关在屋里，第二天早上就发现它撞死在了墙上，身体已经僵硬。爸爸说这种麻雀性子躁，过不了夜的。而我却被它向往蓝天的执着所折服。我抓住时机，记录下这与生俱来的野性。

　　我的镜头跟随着麻雀，不经意落到了一家人的身上。这次我连拍了三张，刻画只有人才能表现得如此精美的感情。

　　这次窗口属于这一家三口了。孩子被年轻的父母夹在中间，两只手举过头顶牵着父母的大手向前走。母亲一直仔仔细细地看着她的宝贝，眼睛里充满慈爱，怎么也不肯把眼睛移开。母亲还不时用手轻轻抚摸孩子的小脑袋，为他整理头发——拨开乱头发，吹走头发上的脏东西，抚平毛躁……而父亲总是为孩子探路：哪里有绊脚石，哪里太崎岖，哪里过于靠近湖面……小孩也总是说出一些幼稚的话，惹得大人哈哈笑。我突然感觉心上被一层粉色的温暖所覆盖，这感觉也随他们越走越慢而愈来愈浓。

"咔"，又是一张照片：一个人正在从相机的窗口看世界。对，没错，那就是我。虽然这窗口只有小小的空间，但它足以容纳整个世界！

　　是的，我正是在用生活来触摸这个绚丽的世界。

2009 年 10 月

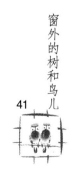

我的 "一个月" 老师

记得上次热泪盈眶是在 5·12 汶川大地震，而这次眼睛的湿润却没有那样的悲痛，甚至连感动的原因都有些搞不清楚。

一个月以前，班里来了一位实习老师，姓王，听说比魏老师年长（不确定），但外表看来却更年轻些，甚至有些略显稚嫩。他身材高大，小眼睛，可能是由于第一次当老师的缘故吧，面对我们还显得很不自然。从第一次见面的讲话中，我就观察到他一直攥着拳头，说话磕磕绊绊的，弄得我都有些不自然。

于是，他在我的视线中出现，又消失了。整整一个月，我也没见到过他几次，见到了也不过是一句"老师好"罢了。

终于，在一个星期五的下午，王老师要结束他的实习生涯了。他站在讲台上，做他的临别宣言。出于对他说话磕磕绊绊的可怜，以及基本的尊重，我才一直注视着他，静静地听着。

"你们是我的第一批学生，……也是我的最后一批学生。"尽管我从来未觉得我是他的学生，但此时，他在我的眼里也不是若有若无，并且稍带了一丝说不出的感情。"……我本来是主修历史的，但我现在主修法律了……"虽然他说话还是那样磕磕绊绊，神情还是那样的不自然，但我从他的话里和眼神中得到了答案：他此时说的话是最真实的，他是一个正在寻找人生方向的淳朴大学生。不知为什么，我再也无法对他做出描绘。

　　然后，他拿出了为班级留下的礼物：两棵小植物，两本书。这礼物并不是那么具有代表性，从市面上随处可得，可它却是被那双未经沧桑的手拿出来的，是被这个初来乍到的大学生拿出来的，这对我来说算不得什么，却是他人生旅途中的一个标记。

　　我们在他的道路上，也许只是几个过客，甚至只是一缕云烟，也许他在改修法律后会大有作为，但是我能有幸走入他的人生，我能有幸见证他短短一个月教师生涯，就已经是我人生中的一抹亮色。

　　我听着听着，感觉泪水在眼眶中在打转，其中的原因我至今不得而知，也许是"最后一批学生"的特殊性；也许是对朴实人的悲悯；也许是对人生变故的感慨；也许是无法对他做出过重描写的愧怍；也许是对他平常的一个月的弥补，但不论如何，这份感动才是对王老师一生的祝愿，才是对我自己的答复。

窗外的树和鸟儿

2010 年 10 月

他　们

　　小学毕业的那一天，生活便失去了主题。我的心情变得飘忽不定起来，被那种作呕的失重感所占据，终于再也忍受不了心里的疼痛，抽咽起来。

　　我竭力回想他们的名字和面容。一开始还记得住，越到后来，能在我心中落座的人越少，原来四十人的班级竟只剩下了十几个！那二十几个哪儿去了？那些个都是活生生的人，怎么就能凭空消失了呢？我责问，我痛斥自己。

　　每次教师节，随着能在母校见到的同学越来越少，我开始明白，生活切换了轨迹。

　　他们，何去何从？我永远不得而知。

　　初一，我第一个熟识的人是夏。由于放学一路回家，我们便认识了。随后，我们放学一起回家的队伍开始扩大，逐渐变成现在的规模。

　　就这样，一起回家的日子持续了两年半，我清楚地意识到，生活似乎要再次失去平衡，一种压迫紧逼着我。

我强烈地感到：初三正在让生活失去激情。我似乎只害怕失去而不愿去憧憬，也许是因为太不舍，也许是因为太懦弱不敢面对。但是最后的分别还是要到来的，只是我不能想象那时的我又会是怎样的罢了。

他们，何去何从？我永远不得而知。

他们，来了又走，只是短短地停留，抛给我一个又一个美好而又易碎的梦。

有时候，看着他们的脸，我甚至怀疑他们是否真的存在，抑或是在与我分别后就会像被清除的文件一样永远地消失？看着他们的脸，我怎么也琢磨不透，既然给不了别人永恒不醒的梦又为何来到我的世界在我的心上刺上一刀呢？

我又想，身边的人换了一拨儿又一拨儿，自己在这个世界上是如此居无定所——就像流浪的孤儿到处漂泊。那么，我真的是一个被孤立的个体吗？我真的如此孤独吗？

他们，来了又去了。就像头年落花儿消失在泥土中，你永远不会知道今年的哪朵盛开的花里会有他们的影子。

他们，何去何从？我永远不得而知。

2011 年 9 月

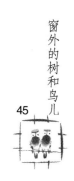

窗外的树和鸟儿

45

最后一次秋游的狂想

风在天空中肆虐，我躲在黑色的防风大衣里，把身子裹得紧紧地，但还是不时地发抖。

"这是最后一次秋游"——这是出发前老师提醒过我们的，但我不想听。因为"最后"这个词太伤感，特别是在这寒冷的日子里变得更加伤人。

我站在同学中间，抬头仰望那近在眼前却枯萎了的山，心里不禁如枯草般败落。因为寒冷让我更加清醒，更加用心体悟这"最后一次"。

"空中抓杠"，"过胜利墙"，"走雷阵"。同学们高兴地体验着，而我，更愿是一位观察者，专门收集、珍藏。

人到最后，总会想起最初。回想这期间的每一件事——从中寻找真理！

我总是想，在这无尽的时间和空间里，我——作为一个特定的个体，出现在无尽的空间和时间中的一个小小的，小到不能再小的时间与空间的交织点上，以几兆亿亿亿亿亿亿亿分之一的可能性与这三十九个人相遇，并彼此关爱，这不就是一个惊人的偶然和一个天大的奇迹吗？……这不就是佛家说的"缘"吗？

如果这样的"百年不遇"、"万古不遇"的相遇不值得珍惜，那还有什么值得呢？

但是，我们的相遇是偶然的，也是必然的——偶然将无序，必然将无趣——而我们的生活却是那么的有序和有趣。

幸好有这样的必然，才使我不至于无法全部珍藏而懊悔不已。

想来这两年多的初中生活，自己真的什么也没有珍惜，除了为试卷上的那个用红笔写的毫无意义的数字而癫狂，真的什么也没珍惜。我惊愕，更悔恨自己竟然错过了身边这三十九个奇迹，再也补不回来。

想到这里，我不禁觉得周国平的一句话说得很对：相遇是人生的基本境遇。

不仅是最后一次秋游，初三这一年，还有太多的"最后一次"，多得让我来不及珍惜。然而，我又想——从我们出生的那一刻起，上帝就已经为我们开启了倒计时，每一秒都是相遇，每一刻都是奇迹，那怎样才算珍惜每一秒了呢？那就是停止观察，成为一个参与者，停止思考，成为一个行动者——这看起来与我正在做的截然相反，但实际上都是要怀着一颗敏感的心，用心体察世界，从中感悟，增长阅历……这大概就是珍惜吧——我确实想不出再多了，

窗外的树和鸟儿

摸不透上帝的心思。

相遇。又回到这两个字眼上。

相遇需要敏感的心，当你怀着一颗敏感的心融入这世界的时候，你会发现——所有都是奇迹！

2010 年 11 月

这个奔跑的
夏天

原来 "张飞" 也绣花

要说张飞绣花，的确是有点儿夸张。只因为张飞的特点他有，绣花姑娘的"本事"他也略通一二，这里要说的他就是我的表哥。

因为我的亲哥哥远在河北唐山，所以就比我的亲哥哥还亲了。他正在上大一，个儿很壮，还很胖，力气自然也不小。最典型的例子就是：他能一只手把我举起来再放下几十次，样子还挺憨，看起来粗枝大叶的，其实才华横溢。

我的哥哥学过圆号，还参演过新年音乐会，现在又弹起了吉他。第一次发现他弹吉他的时候，我的确有点吃惊。他那擀面杖一样粗的手指，怎么能弹出美妙的曲子？我心里很不解，因为吹圆号主要是用气，而弹吉他是要求手指的灵活，两者完全不同。

由于学业紧张，直到过年才难得相见。一进哥哥家，就听见淡雅的琴声从书房里飘出来。我走进书房，出人意

窗外的树和鸟儿

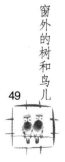

料地看见哥哥正抱着吉他弹着。声音虽然不大，但是足以令人陶醉。一曲熟悉的《天空之城》的旋律从木制的音响中似雾一般慢慢扩散，渐渐笼罩了我的全身，沁入我的思绪和我的心。"实在太美了！"我想不出别的话来赞美。他回应了我几句，又继续弹了起来。

我看看他，发现他根本没看着手指弹，显然是弹得滚瓜烂熟了。他的眼睛微微张着，嘴唇不时动着，好像在唱着旋律。他手上和胳膊上的筋不时凸现出来，好像在和音符应和着。脚随着曲子打着节拍，每一次一起一落，都是心灵的震撼。他那张胖脸上显现出无尽的情感世界。我又观察他的手指，移动得非常灵活，就像五根梭子。这使我更加疑惑他怎能弹得这么好？

后来才知道，哥哥是每天都刻苦练习的。一天最多只弹一两个小节，而一首曲子有几百个小节，他练一首曲子最少也得两个月，弹溜儿了就更别说了。

我这才知道他为了练吉他付出了多少汗水。

一个人的能力高低与否不重要，重要的是得坚持不懈，认真刻苦。

我暗暗称赞道："看来这张飞不仅能绣花，而且绣得还挺好哩！"

2010 年 12 月

距　离

　　我渴望距离。身处在如此高密度的生活之中时，我渴望距离。

　　每天坐在人挤人的教室里，奔跑在人满为患的操场上，行走在人声嘈杂的街道上：眼里满是人，鼻腔里满是浓郁的"人味儿"，耳中满是喋喋不休的人语。我的心愈渐疲惫，于是，人不再是人，而是一团团肉；人语不再是人语，变成模糊不清的音节。世界渐渐离我远去。我此时想要的，无非是空无一人的校园，雨后薄雾的清晨和露水不时地滴答。距离于我来说弥足珍贵。

　　为了寻觅距离，我尽量把注意力投向离我较远的事物上。于是，我发现了教室外那棵树。我是最近才注意到它的，因为它的叶子比其他的树先变红。还在不那么冷的初秋，它就已经褪掉了绿色，全身一片火红。过了几个礼拜，又蜕变成满树黄叶。我时常坐在教室里注视它。它不言，

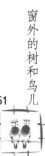

窗外的树和鸟儿

51

我不语。只是默默地交换各自的秘密。它让我想起以前卧室窗外的那棵小树。它也是沉默不语地终日伫立在窗前，注视我的一举一动。我记得那棵小树上总有几只麻雀在枝头跳来跳去，那时上初中的我会坐在椅子上看着窗外的树和鸟消磨掉一个下午。那时候，我的心还安安稳稳地放在心坎里。而现在，那颗心却要分身成数个，去操劳各种事情。然后是一道闪电，击中了那棵小树，使它再也没能出现在我的窗前，只留下教室外的那棵红彤彤的树，和一颗疲惫的心。距离远去了，却带来另一种可悲的距离。心如止水的平静远去了，何时才会再有？我到底是应该为得到了距离而高兴，还是应该为这悲剧式的距离而叹息呢？

后来我在医院里找到距离。那是在一间病房里，墙壁雪白。我坐在椅子上，姥姥就躺在我对面的病床上安稳地睡着。房间里除了我和姥姥，只有时钟不休的咔嗒声。

姥姥身上的薄被凸显出她身体的轮廓，那轮廓与前几天相比却小了很多。她的呼吸比时钟的咔嗒声略慢，每一次呼吸都伴随着胸脯的巨大起伏。前几天，她的腿开始肿起来，肿得像块藕。她开始说胡话，整夜整夜地说着各种事情，直到面色惨白。医生说是药物导致神经压迫造成的。我们没办法，只得劝她别再说话好好休息。可她打人，谁劝打谁。儿子上去打儿子，女儿上去打女儿。姨们都哭了，却也不知道怎么办好。

我看着躺在病床上静静睡着的姥姥，回想起她住院前为全家人做饭的情景，想起她跪在观音像前为全家人祈福的样子，突然觉得这一切恍如隔世。那种全家人其乐融融的场景距我竟如此遥远。

　　医院苍白的墙壁发出凄惨狰狞的白光，照在我那颗被挖了内核的心上。于是，我渐渐明白什么是"一个生命与另一个生命渐行渐远"，却又不知自己还要经历多少程悲情的"目送"。龙应台说的没错。泪水还是涌了上来。

　　渐行渐远的安宁，渐行渐远的生命，带来距离，却无一不带来撕心裂肺的痛。我不解，距离使人敏感，又何必只有刺痛？那么，对这距离，我是应该欢喜，还是应该叹息呢？

2011 年 8 月

清明太远

　　"气清景明"是清明节的来源。这一天本应该是天气转暖景色由黄转绿的时刻，只是偏偏这天有个扫墓的习俗而与死亡挂上了钩。新闻里总是说今年扫墓的人比往年怎样地多，出京前去扫墓的车辆排起长龙，陵园的停车位怎样紧张，电视台还出动直升机进行空中报道。何必这样小题大做呢？我想。无非是人们前去探望故去的亲人，纯属私人事务，为什么要搞得这样热烈？我不相信人们在路上能够有说有笑而到了坟前脸就能一下子拉下来，可我也并不十分确信，毕竟我只是凭着那句"清明时节雨纷纷，路上行人欲断魂"胡乱臆测。每年的清明节小长假我都是在家里悠闲地度过——没有亲人可去祭扫也没有人需要我祭扫。此外我也不吃寒食。我与这清明唯一的联系就是在院子里赏赏春色，享受享受阳光，晒晒一个冬天都没晒过的臭皮囊，也许瞅一眼新闻报道陵园的客流量怎样地多。仅此而已。相对于"死亡"这个联系，我更喜欢"气清景明"。

可是我听无数人说过，自己也深信不疑——死亡是重要的人生课题。

一天晚上，爸爸突然告诉我要回老家。大爷爷死了。我听到这个称谓还在想大爷爷是谁？然后才突然想起，沉重的空气向我后脑砸来。我与大爷爷并不相处许久，只是每次回老家都会去看望他。他总是与大奶奶坐在炕上抽烟。我还记得那烟，是自己卷的，用烟纸铲一小撮烟叶，卷成卷儿，再用唾沫粘好，便用打火机一点，不一会儿抽完一根。也许就是抽烟的缘故，大爷爷极瘦。就连他死的时候也是一样。我走进大爷爷的院子，就看见唢呐和锣鼓正在吹吹打打。院中间放了一口棺材。在来的路上我还一直琢磨着这个消息——大爷爷死了。真的死了？什么叫大爷爷死了？我对死亡从未有过真切的概念，一时只是反复念叨着这句子而不明白它的意义。直到看见这口黑漆漆的棺材，我才终于找到证据——大爷爷死了。可死了是什么意思？我还是不明白。我走进大爷爷的屋子，样子没变，大奶奶还是像每次见到她时那样坐在炕上。只是大爷爷躺在屋子中间的两张长板凳上，衣冠从未这样整洁，姿势也十分端正，他双手抱在腹前，脸色毫无死人的苍白。只有周围跪着哭泣的一圈叔叔婶婶暗示着他已经不在了。我跪在他的脚边，鼻子能碰到他的布鞋。也许我嗅到了死人的味道也许没有。我只是感受着大爷爷，可是与他活着的时候没什么不同，大爷爷真的死了？我真的感觉不到，只是他不动了，心甘情愿让这么多人围着他哭，除此之外一切都与往

日一模一样。听说人死了灵魂会出窍，可是我却感觉不到他灵魂出窍与不出窍的区别，好像不一会儿他就会睁开眼，坐起身，爬到炕上继续抽烟。那天我没有哭。因为我跟大爷爷本来就不是感情很好，而我也至今没明白什么叫——大爷爷死了。对于第一次接触死亡的我来说，死亡是绕着我走了。

有时候，就是清明前后几天，我会跟姥姥到街上烧纸钱。收钱的对象很多，我现已记不清，只是记得姥姥先用石头在地上画个白圈，然后用砖头挡在有风的方向上，一边烧着纸一边念叨"给你们烧钱啦，省着点用啊，哎……全家人给你们带好呢……"就这一句话反复地念，最后变成喃喃低语。火不一会儿就烧得很旺，绿色的火苗向上窜。大风刮着，就像每个清明节那样都会很大。这光景让我想起招魂——喃喃地咒语，颜色怪异的火焰，只是缺少飘舞的破布。说实话，我对姥姥嘴里念叨着的人都没什么印象，大部分是我从未谋面的亲人。要说悲伤，我是真的悲伤不起来，只是两眼望着那绿色的火苗出神，顿时感到死亡的空寂弥漫在深夜的大街上。我裹着大衣往回走，经过其他烧纸人的身旁，听见中了咒似的念叨声，风一下刮进心里。

之前说无人需要我祭扫，其实只是限定在清明节期间。因为那两座坟远在百里之外的唐山老家而一时间无法到达。事实上，我回老家的时候是会去祭那两个人的，一个是奶奶，一个是太奶奶。两个人都是我从未谋面的亲人。太奶奶早已去世，我对她一点不了解，以至于名字也是后来才知道的。而我的奶奶是在唐山大地震中遇难的。她是被砸下来的房梁压在下面才死的。爸爸说她是为了推醒老叔，于是探身过去，正赶上梁塌了。那是一个家呀，十几秒内，所有人的梁都塌了。也许是基于这段故事，所以只有在给奶奶上坟的时候，我是真的伤心。

　　奶奶的坟在一条铁道边上，被夹在铁道边上的无数小坟堆里。它与其他的坟堆一样寒酸，一眼望过去根本找不到。我没上过几次坟，每次都是在大人的带领下才找到那坟的。奶奶的旁边是太奶奶，两座坟一大一小，大的也大不了多少，小的也矮不了半寸。坟完全是土堆成的，上面种了棵小树（或是插了个树枝，记不清了），大概是为了方便寻找。我隐约记得大人每次来是要带酒的，因为太奶奶（也许是奶奶）好喝酒，所以每次来都跟她喝一杯。纸缓缓地烧着，在这样密集的坟堆中，再大的风也刮不进来。我一边用树枝拨弄着纸让它不至于熄灭，一边想象着那段故事，想象着那个充斥着苦难的夜晚。我努力让故事的情节更加凄惨，让房子倒塌得更多，让人的叫声更悲惨，让瓦砾堆得更高——我想让自己悲痛。可是没有用。伤心只是伤心，酸楚也只停留在酸楚罢了。我怀疑自己有没有良心，面对自己的奶奶却不掉一滴眼泪。可无奈她终究未曾与我谋面，只是作为那个残缺血脉关系上的一个不存在的人。如果我见过她，也许会不一样的。死亡又一次在离我几步之遥的地方停下。我从不知道死亡是什么，相比于失去了亲人的人，我并不幸运多少。

　　我现在才知道，死亡的不期而至也许是一种恩赐，它告诉你生命有多宝贵；它让你知道什么是失去什么是得到；

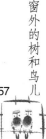

57

窗外的树和鸟儿

它让你不再和家人吵架，不再厌倦他们的关心；它让你明白哭不是伤痛，它说你还爱着，那就足够。

现在我只叹清明太远。

也许明天就会传来亲人离去的噩耗，我已经准备好大哭一场了。

2012 年 4 月

发表于《流石》总第 21 期

我的两天半日教师生涯

　　身处在一群比自己矮的孩子中间，有种鹤立鸡群的感觉。看到小学生天真可爱的样子，我不禁回想起了自己的小学时代。

　　我曾经也像他们一样，在楼道里操场上玩着各种弱智的游戏，被各种无聊的事情逗乐，在操场上跑来跑去从来不知道累。我突然感觉自己老了，生命力正在一点点消退，说不定什么时候就变成一节枯树干了。

　　社会实践的第一天是魔鬼式的一天——判作业、抄评语、教小孩儿英语数学、录入校史，这一天里我们真是被物尽其用了，老师们最烦最累的活估计都交给我们了。也许我们的到来是老师的解脱，而老师的解脱却是对我们的折磨。但说实在的，小学老师要干的事情还真多，一个班40份评语要抄两遍，录入校史的活儿我们四个人打字打了一个小时，肩膀差点掉下来，而且劣质电脑的屏幕一闪一

窗外的树和鸟儿

闪的，眼睛差点被闪瞎。四（3）班的一个小朋友学英语还是比较快的，而且挺有上进心，我想他学得不好的原因是不自信——就在我教的时候有好几个小孩嘲笑他，当然也不是很过分，只是同情我教他真是命苦了。当然，在我英明的指导下，那个小朋友很快就会拼写 China，America，England，Australia，Canada，以及它们的形容词了，还教了他怎么从 one 数到 sixty，还挺有成就感的。但是五（3）班的小朋友就没那么好对付了，本来是我要教他们数学的，结果变成了周佳予和曹恒，哎，苦了这俩孩儿了，其实他们也不难教，只是得先让他们端正态度。还是小时候没有学习意识的问题。

对了，还得提一下他们的球操，听说是体育老师自创的，音乐貌似是剪辑以后生拼在一起的，听起来很不搭调。但是孩子们做得非常认真，发声的时候声音比我们做武术操的时候响亮多了，可能人越大就越会被同化，谁都不想做那个最特别的人——其他人都小声喊的时候只有一个人特大声地"哈"得有多尴尬呢。

走在楼道里，我经常能听见老师的呵斥声，而且总是因为孩子没坐正或是排队说话什么的小毛病，被骂的小孩低着头不敢说话，一副可怜兮兮的模样。我当时就觉得老师没事儿找事儿，是在维护自己高高在上不可僭越的威严，而并不是真的觉得孩子有什么错误。当然这只是我的臆断。但是客观来看，也犯不着为了这么点小事就随便呵斥一个小孩儿，要知道小孩子对批评是很敏感的，有时候随便的否定会对他的心理发展造成很大负面影响。我记得很清楚，第一天上操的时候，一位班主任老师把两个学习不好的小孩介绍给我和劭博桑，老师用教训的语气告诉他要让我们辅导他的英语，还当着他们的面说他俩学得怎么怎么差，我很诧异，又可怜那两个小孩。他俩一直低着头听老师说话——真的是相当低——半句话也不说。我想可能是老师在他们身上做了太多努力后却收获无限失望，让老师失去了耐心。但是，我真的不觉得应该把他们跟其他学生区别对待，起码在说话的语气上应该平和一点。也许他们需要的只是再多一点耐心，再多一点鼓励呢。

上体育课，我返璞归真了，其实本来就挺"璞"的。和小朋友玩"老鹰捉小鸡"和"捉鱼"——我是唯一的一只鱼。游戏一开始，一堆小朋友就向我扑过来，真是想躲都没地儿躲。他们宽宏大量地给了我十条命，也就不到十分钟，我的十条命就消耗殆尽。最后他们让我装死，于是我一瞪眼一蹬腿儿，"仓琅"倒地，小朋友就全都扑上来挠我这儿挠我那儿，还好我把最怕痒的地方护得很好，所以怎么挠都不痒。谁料到一个小朋友开始脱我的鞋，呃，我就不能再死下去了，于是起身认输。还有其他的游戏，什么"叫号"，我现在已不能理解其中的好玩之处，可是看他们玩得那么开心，我也就默认好玩了吧。我小的时候不是也玩这种一点都不好玩的游戏么。

除了以上这些工作，最重要的就是整理图书馆。据组长说，本来就是来整理图书馆的，但是为了响应同学们"让活动丰富多彩"的要求，才开展了以上那些工作……真是瞬间崩溃。图书馆的工作虽然是体力活，但还挺有趣的。

窗外的树和鸟儿

把 A - Z 的书按顺序摆放在架子上，听着简单，但是要想在茫茫书海中把所有的字母找齐可真不是容易的事。还好，最艰巨的工作已经让第二组的同学接受了，呵呵，加油吧。

回想这两天半，体会颇多。最大的感受就是累。回家以后倒头便睡，睡醒以后还是累。我现在能体会小学老师为什么整天疲惫了，因为他们的工作性质就是保姆。应该向投身义务教育的老师致敬啊！

2012 年 5 月

秋　雨

　　天色朦胧，我漫步在湖边的小路，路上少有人，远处隐约可见娇花、嫩草，一大片的绿，绿色上面星星点点地镶着红色、紫色、黄色，像一颗颗宝石点缀在绿毯上。那绿绝不是一般的绿，绿得娇嫩，绿得透亮，绿得清新……

　　这时，一滴雨点轻轻地点在我的面颊上，凉在脸上，进入心里。不知他为何这样顽皮，接着又唤来了他的兄弟姐妹们，一滴、两滴、三滴……他们成群结队地从天而降，落在青草上，绿叶上，泥土上，马路上，房檐上，湖面上。鸟儿在毛毛细雨中尽情地沐浴着，歌唱着，好像在表达雨中的快乐。绿油油的叶子在雨中尽情地伸展，泥土充分地吮吸着甘甜的雨水。小雨滴滴在湖面上，立刻出现了层层波纹，这些孩子终于回到了母亲的怀抱。

　　这雨中的一切就像一幅中国画，每一种颜色都在这张大纸上流淌。渐渐地画上的颜色凝固了，变得愈来愈分明

窗外的树和鸟儿

63

起来。

雾散了，雨停了。小麻雀拍拍翅膀，抖了抖身上的雨水，快活地飞了起来，他顽皮地捉弄着各种植物——啄啄青草，挤挤野花，碰碰杨柳，忽然，一声鸣叫从远处传来，大概是老麻雀的呼唤吧，那小东西便立刻朝家飞去了……

那娇小的叶片上，一颗晶莹剔透的水珠在上面来回滚动，像个倔强的小孩子似的，总是不肯下来。

甲虫乐队的乐声被我听得清清楚楚，那优美的乐章十分美妙，声音时高时低。听！一只大甲虫也加入进来，他那浑厚的男高音多么有气势！连正在梳理羽毛的鸟儿也静立不动，认真地欣赏他们的演出……

一只鸟儿被滴在身上的一滴雨珠吓了一跳，一边叫唤着一边找妈妈去了……

突然，一个冷战把我从"梦"中惊醒，秋雨带寒，我需要加件厚衣服了。

2008 年 9 月

这个奔跑的
夏天

母爱暖在心头

母亲，无疑是世界上最伟大的人。我的母亲也是一个爱别人胜过爱自己的人。

一进家门，妈妈就面带微笑地迎了上来。让我坐下，然后从袋子里拿出一件橙色的上衣和一条黑色的裤子，"瞧瞧，这可是我逛了三个小时商场才买的，好看吗?"妈妈幸福地在我身上比了又比，"正合适，快去试试!"我高兴地接过新衣服，把眼睛睁得大大的，看着它，心脏跳得飞快，真想马上穿上它去大街上遛一遛。

我换上了新衣服，不停地在镜子前照来照去，兴奋得说不出话来。我喜出望外地看了看妈妈，妈妈也欣慰地看着我，可是却透着一丝憔悴。我突然想起妈妈方才跟我说的话："这可是我逛了三个小时商场才买的。"是啊，这是妈妈花了三个小时才买的，这衣服渗透着妈妈对我的一片爱呀!我惭愧地望着妈妈，她依然面带笑容，像是得到了

极大的安慰与满足似的。

　　顿时，我的心"化"了。妈妈爱我胜过爱自己，我快乐她就高兴，我难过她也辛酸。是啊，妈妈把所有的爱与热量都给了我，我的成就是她最大的满足，因为我是妈妈的骨肉，是她一生中最重要的，最在乎的。

　　我在爱中长大，妈妈在用爱浇灌我心灵之花。我不禁回想以前妈妈对我的关心：为我做丰盛的饭菜而自己却吃一点点；为我洗衣洗袜而自己却说不累；每天整理家务而自己白天还要上班……难道妈妈不伟大吗？难道我不应该回报她吗？

　　可我终究回报不完。从妈妈把我带到人世的那一刻起，她就注定爱我一生，不图回报。

　　那就尽量让我的伟大的母亲高兴吧！从今天开始，更加努力地学习，不让她操心……

　　这就是我的只有付出，不图回报的母亲。

　　母亲，我爱您！

2009 年 10 月

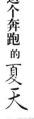

余忆童稚时

"余忆童稚时，能张目对日，明察秋毫……"这朗朗的读书声，好似一把神奇的钥匙，打开了我记忆的闸门，带领我搜寻童年的身影……

记得那是三年级，那时我欢快的笑声至今还萦绕耳畔。

我和几个小伙伴在操场上玩"抓人"的游戏。我是被抓的，当然不能让别人抓到！于是便飞快地跳窜。我那时很胖，小屁股一扭一扭的，噘着小嘴儿拼命地跑着。童年的我是多么可爱啊！

为了甩掉身后穷追不舍的人，我钻进了一排小树丛，不时用大眼睛瞅着后面。忽然，"哧"的一声，我的裤子不小心被树杈撕了一个大口子。可我毕竟还小，不知道难看，继续跑着，毫不理会它任凭那些树枝弄脏我的衣服，我依旧快乐地笑着。没人管我笑得多大声音，更没人能捆绑住我快乐的心。即使我被绊倒了，也只是打个滚就爬了起来。

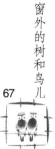

窗外的树和鸟儿

瞧，童年的我是个多么无忧无虑、快乐无比的孩子呀！真好似一只自由飞翔的小小鸟！

我一会儿躲在树后面，一会儿藏在运动器械后面，一会又隐蔽在人群当中。我最终还是在伙伴的围追堵截中被抓住了。我被按在地上挠痒痒，"咯咯咯"笑得直打滚儿，身上满是尘土，头上沾满草，简直一个"驴打滚"！以至于后来妈妈看到我都以为是"野人"呢！直到最后，我已经无力再笑了，累得干脆躺倒在地上昏昏欲睡了……

现在我已经长大了，童年做的那些事我已经不会再做，可我怀念的是那份快乐、无忧无虑、自由自在……

"余忆童稚时，能张目对曰……"这朗朗的读书声好像把童年又带回了我身边。啊，童年似一罐蜜，像一把糖——只有单纯的甜。回味这份甘甜，我的心里涌出一句话：童年，我想念你！

2010 年 7 月

救 猫 记

　　我一直以来都是个爱护动物的人，打小时候就是如此。

　　上小学时，夏天"吊死鬼儿"成群地从树上沿着细丝降落到地面，走路时稍不留神就会踩死几个，所以水泥地面上满是绿色的虫子的体液，而我却不想杀死这些小生命，以至于走路时总是踮着脚尖且走得很慢很仔细。有的同学淘气，把地上的"吊死鬼儿"用树枝挑着放在大树下的一个巨大蚂蚁窝前，让蚂蚁一点点把它咬死再拖进窝里。我看不过去，便加以劝阻，虽然有时也会惹得同学不高兴，但毕竟让许多"吊死鬼儿"得以逃生。

　　记得有一天晚上回家很晚，刚进楼门，黑夜里隐约看见"一团白"在我脚边，仔细一看竟然是一只白猫。出于以前养猫的惨痛经历，我依然上了楼。第二天早上，我实在忍不住，想象它在寒风中饥渴的样子，我决定展开一次救猫行动。

窗外的树和鸟儿

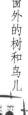

我想给它一点食品援助，于是把剩下的鱼从冰箱中拿出来装在一个饭盒里，我又觉得这鱼似乎太凉了，想把它放进微波炉加热一下，可我太矮够不着微波炉，便搬来两个凳子搭起来，像爬梯子一样爬上去，又爬下来。刚要出房门，又觉得鱼里有刺，会扎到猫咪的喉咙，于是又把鱼刺和鱼骨挑出去才端下楼去。楼下的风着实大，塑料饭盒根本无法放住。我又在院子里转了好几圈才找到两块大石头把饭盒压上，心满意足了，才哆嗦着回了家。没过一会儿，我就迫不及待地想看见猫儿们津津有味地吃着鱼的场景，于是，我又下了楼。但结果却令人极为失望，不仅没有猫来，而且就连饭盒也无影无踪了，只剩下两块大石头孤伶伶地伫立在寒风中。至于那饭盒是被大风刮走的，还是被人拿走的，我一直没想明白，只得垂头丧气地回了家。

　　那是儿时的一段救猫记忆，而就在上周，还是在一个晚上，又是一个救猫行动，但又稍有点惊心动魄。

　　那天放学回家，正在上楼，一个影子快速闪过，吓了我一跳。我抬头一看，是一只猫正在起跳，只一下就跃到了窗台上。窗户是打开的，这里又是五层楼，我真怕它一下子从这里跳下去，这点从它的行为可知——我每靠近一点，那只猫就叫得更响一点，眼睛也紧紧盯着我，好像是威胁。我被唬住了，不敢再往前走，但家还是要回的呀！于是，为了不让它跳下去，又能回家，我就踩着楼梯的扶手翻到了楼上，像是电影里的特技演员。这又有点戏剧性——猫不跳下去了，我可差点摔下去。人命换猫命，虽说我没有摔死，但现在想起来，却总还是有点高尚之感。

回到家，我又从冰箱中拿出些食物放在报纸上，慢慢地，恭恭敬敬地送到了它的面前，就像奴才对主人大臣对皇帝呈献贡品一样，然后又慢慢撤回来。我想只要没人再靠近它，应该就没事儿了。于是便放心起来。可第二天早上，连猫带食物带报纸和一把压报纸用的剪子全不见了，家里也没找到。我既高兴，又疑惑又无奈——只好暂不去想它了。

这两次救猫行动均以失败告终，每次都是对一颗善良之心的打击，但这并不影响我救助动物的热情。后来，我知道了院子里的所有流浪猫都是由一个大妈喂养着的，我甚至有些嫉妒她了。但有一点她是做不到的，而我可以：她救得了猫，而我救得了"吊死鬼儿"。

2010 年 11 月

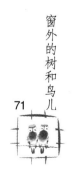

宁静致远

　　一天的喧闹过后，便是夜了。晚上，我坐在安静的书桌前，体会着呼吸，寻找着心灵的宁静……

　　自从搬家到这里，书桌上就一直有一尊孔子像伫立着，以他的威严冷却我浮躁的心。我时不时地捧起他，他那拿在手中沉甸甸的感觉，给了我一种无形的沉重，从手尖一直压到我的心。平静如泰山，端详他，你会感到大量的稳重与知识的涌入，使你不得不再次低下头，刻苦学习。他是那么朴素、平静，我这才知道他为什么如此受人敬仰——宁静致远。

　　他穿着一身长袍，到膝的两袖平坦地贴在胸前；头发扎得非常平整；几条皱纹下的一双安详的眼睛，沉稳而睿智；宽阔而扁平的鼻子好像暗示着他宽广的胸怀；无瑕的长胡须一直从腮下垂到轻轻插握在胸前的宽大的双手边；他的身体正直而坦然。我每次都能看到他如止水般平静的心。

其实，宁静并不只是它本身的意思。记得上学之前爸爸妈妈带我去山东孔庙拜孔子时，看见有一个锥形的水桶挂在厅里，许多人在往桶里盛水，上面的一块匾上写着几个大字："满招损，谦受益。"我好奇地挤了进去，也拿起水瓢往里盛水。大勺大勺地盛，最后竟然"哗"的一声，桶斜倒了，水也都洒了出去。爸爸告诉我这就是孔圣人的做人之道：谦虚做人，永不自满，否则就会像这水桶一样翻倒了。

仔细想想，做人谦虚首先就要做到心灵宁静，心灵宁静了，也就毫无它念，有规有矩了，心就自然淳厚。这也就是所谓的"致远"。心灵宁静不仅仅能让人谦虚，这"远"是要多"远"有多远的：它能创造心灵的纯洁与真诚，还有各种最善良，最朴实的精神，这些也正是我们能够像孔圣人一样高大的关键。

宁静是一切事物存在的基石，就像是生命之源的水。

我坐在书桌前，用宁静的气息体会刚刚写下的文字的味道。

随着最后一个句号的写下，我体会到了心灵宁静的悠长……

2009 年 3 月

窗外的树和鸟儿

诗意生活

诗意好像女子的纤纤素手一样柔软，它暗示着一个人柔软的心灵。

诗意只栖息在水草丰美的地方，如果一个人不懂得诗意为何物，那么他的心也就如同开裂的盐碱地一般荒芜不堪了。

之所以这样说，是因为我们都是现实中人，而现实生活就好像诗意的反面，总是带来一阵阵钝痛。最鲜明的就是周树人笔下那些麻木的中国人——拿了馒头蘸着革命者的鲜血来治病。这种麻木乃至心灵的死亡来自于压力和屈从。回溯中国几千年的封建社会，有哪个大诗人不个性张扬，又有哪个庸庸庶民能写出好的诗篇呢？都说"阮籍猖狂，穷途而哭"，他隐居山林，饮酒辄大醉，兴起乃作诗的个性就是不屈从。在那个君君臣臣、父父子子的社会，上级压下级，大宗压小宗是司空见惯，但只有在这种压力下

这个奔跑的夏天

不低头有傲骨的人才能真正拥有诗意。

想来现在这世上还剩多少人不曾逆来顺受。心灵在被蒙蔽了的同时，诗意就会被困在里面缺氧而死。没了诗意，开裂干涸的心怎能存活？

李白狂放一语"安能摧眉折腰事权贵，使我不得开心颜"声荡千古。可是当我们看透墨行，李白又是怎样地被权贵陷害一生不得志，唯有诗意给了他超越现实的力量，好像能看见李白傲慢一声"我去也"，一挥长袖，遁去人间，山水间回荡的是他的长啸，石壁上沾满他挥毫的墨迹。若论逃遁，谁比得过这位谪仙人？

若是换作没有诗意的人遇到这一生挫折，定是会跳楼的跳楼，投河的投河——以死亡终结苦痛，向生活来了个三跪九叩。

真的是没有诗意便没法生活。当人生苦难找上门来的时候，唯有诗意能将它化成"人生苦短"的感叹。若是没有诗意来化解这一切，人是会被生活逼上绝路的。

当然，拥有诗意并不一定要作诗。像梭罗那样找一份属于自己的生活也是诗意。

2011 年 10 月

窗外的树和鸟儿

童年的稻香

听着一曲充满大自然味道的《稻香》，我不禁回忆起了小时候的我，勾起我童年的回忆，又引来了我的感慨……

记得刚上小学时我才五岁多，身高还不到一米二，一副天真幼稚的样子。无瑕的大眼睛总是转个不停，左顾右盼，张前望后的，很是活泼。我的小嘴也挺能说，一个个还显幼稚的字从我的嘴里蹦出来，惹得大人们哈哈直笑。我记得那时候我的脸圆乎乎的，好像要多装载妈妈亲我时的爱。我总是无忧无虑的，每当放学时，我就冲出教室在操场上玩，一直玩到天黑才回家。到家后还和爸爸下棋，还和妈妈……

多么美好的回忆！我不知有多么向往它，向往天真无邪的生活！

如今，我已经是中学生了，身材也已大不一样，眼睛不再像小时候那么大了。我看了看我小时候的照片，真可

这个奔跑的夏天

爱！我对着镜子却怎么也可爱不起来了。

"我长大了！"我深深地感觉到了这一点。

我思考我一天的生活，就是三点一线：教室、食堂、操场。再没有别的花样。放学后也不再快乐地游戏，回家后也不怎么和爸爸、妈妈说话了。

我可不想要这样的长大！

我多么向往那纯真的生活！

中学生活的确紧张，但我也应该让它多姿多彩呀！我也可以让现在的生活和童年时一样快乐，只不过是在心里罢了。

生活在变，世界在变，唯有我纯真的心不变……

我又对着镜子微微一笑，真可爱！

2009 年 9 月

窗外的树和鸟儿

77

吃趣二则

民以食为天，假如一切努力都是为了吃饭，而吃饭又只是为了填饱肚子，那便是无趣。

一　吃鱼

平生第一次吃到这么好的鱼，定要吃个痛快！

但在吃之前，这口大锅倒先引起了我的注意。那是一口大铁锅，深深地嵌在大方桌中央，铁锅之大，足以装下两只小羊。我还从未见过这么大的排场。

这时，服务员走了进来，往锅里注了半锅的水。又加入了十几种我不知名的佐料。佐料一个个蹦跳着进入水中。不一会，水沸腾了，佐料在里面如鱼儿一样游来游去。接着，盖子被盖上了，上来了几碟小菜。我问怎么还没上鱼，这才知道刚才的一切工作只是吃鱼的前奏。

这个奔跑的夏天

开始耐心等待。终于，锅盖被掀开，一股蘑菇状的烟雾喷涌而出，接着，大大小小的鱼块滚入锅中。我留心观察，这鱼肉与别的不同，有的地方呈现红色，有的地方是淡肉色，有的地方则是透明的。有猪肉的色泽，有牛肉的质感，还有羊肉的弹性，可就是不像鱼肉。

过了一会儿，大块的鱼肉终于被放入盘中。我早已是垂涎三尺。我略端详了一阵子，发现它上面规律地分布着许多条纹。我轻轻夹起一块儿，小小地咬了一口，正准备吐刺，却发现口中除细腻润滑的鱼肉之外再无他物，这才放胆吃起来。至于这鱼肉的质地，自然无与伦比。刚才还是一块完整的肉块，放入口中轻轻一咬便迅速溶解成了一条条细小的"肉丝"。肉中浸满了汤料的滋味，鲜嫩中裹着咸味，每一口都冲击着我的味觉神经，带来全新的感受。要说最美味的还是鱼皮。鱼皮很厚，被光线一照顿时充满光泽。它口感很特别，跟我以前吃到的迥然不同，它像是果冻，极有弹性，还是半透明的，神奇得很！

痛快地"大扫荡"之后，我仰躺在椅上，嘴里还回味着那美妙的味道。

恍惚间觉得这就叫：民以食为天，我以鱼为乐！

二 吃月饼

中秋节吃月饼自古以来就是中国人不可割舍的传统。

虽说月饼已经逐渐变成了中秋节里的某种"礼品"，但我还是愿意在这一天的晚上得到一盒哈根达斯的冰淇淋月饼，它似乎成了我这一天唯一的期盼！

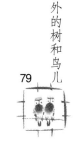

期盼如愿以偿。

打开包装盒，再拆掉最内层的盖子，一个咖啡色的冰淇淋月饼就露出它娇嫩的"皮肤"了，并且上面还冒着"仙气儿"。

我迫不及待地把月饼上用巧克力做成的商标扔进嘴里——温润的唾液包裹在巧克力外皮上，使之溶化成凉凉的液体后顺着食道流进胃里——一切都不受控制，我的消化系统已自动运转，渴望着下一股的冰凉。

出于本能，我拿起整块月饼，准备大快朵颐。刚要一口咬下去，却发现无从下口——整个月饼皮是用巧克力作色，上面雕满了娟秀的花纹，时凹时凸，错落有致，与雕刻家的作品有着异曲同工之处，食品也是艺术品。

我不忍破坏这艺术之美，于是用刀轻轻剥下一块外皮，好享用藏匿在里面的冰淇淋。随着咖啡色的冰淇淋暴露出来，一阵奶香便弥漫开来，迷魂药一般，让我再也矜持不住了。我用刀小心地刮了一下，尽量不破坏它美妙的躯体——刀刃刮过的地方卷一层浪花似的波纹。我在同样的地方又刮了一刀，在第一层浪花上又翻出了第二层，让人食欲大振。

我把刀刃上的冰淇淋送进嘴里，让舌尖成为品尝美味的第一人——与想象的不同，冰凉不是立刻漫及舌根，而是在舌尖逗留，像个精灵与我的舌尖的每个味蕾互相挑逗。紧接着，那冰凉迅速扩散，像洪水一般沿着食道直达胃——一气呵成，宛如一支乐曲的引子、主题与变奏……

待凉意散尽，才知道什么叫意犹未尽了。

这个奔跑的夏天

2010 年 10 月

一个小小的世界

　　每种动物都有自己的活法，而鸭子的活法最简单。吃、睡、玩，就是它们生活的全部。每天遵循，代代恪守。

　　这些鸭子还颇有几分像人，居住在什刹海的湖面上，有一个自己的世界。

　　所有生物都离不开吃，这里的鸭子最是如此。只要有人来这里扔面包、馒头，它们就蜂拥而至，真看不出是鸭子，简直是饿狼扑羊。小鸭子的身子太小，吃不了大块的食物，就只能舔舔面包渣儿，嘴使劲儿地上下咬合，小眼儿眯成了一条缝儿，津津有味地吃着，好像这是它们毕生的功课。健壮的鸭子是最能吃的，嘴大，嗉子大，胃也大，一副天生为吃而生的样子。它们先是从很远的地方飞速冲过来，疯狂地扭着屁股，拼命张大翅膀，还大声而难听地叫着。我疑心它是饿疯了：粗壮的脖子上挂着的笨重的头颅不停地向水里扎去，有时干脆迎面接住掷下来的食物，

窗外的树和鸟儿

81

还呼扇着大翅膀，把水搅得"哗，哗"响。老鸭子是最扎眼的，它们被可怜地挤在鸭群中间，刚想吃掉一块馒头，就被健壮的鸭子夺走了，想吃点碎渣子，又被小个儿的掠了去，气得乱叫，破口大骂，却没人理睬。这些可爱而愚笨的鸭子没有注意到就连饱经沧桑的老绅士们也没有意识到，它们正在吃"毒药"，它们正在慢慢"自杀"！

一个上午过去了，鸭子们都吃饱喝足，回到那个属于它们自己的鸭岛上去了。岛上空间很大，足够容纳一百只鸭子了。它们安逸地卧在上面，几只鸭子攒成一团地挤着，卧着。它们缩着脖子，低下头，把头放在胸脯上。丰厚的羽毛组成了一个毛茸茸的淡灰色的小球。暖和的阳光射在它们身上，给了它们多余的点缀。它们就在这里睡着，睡着，让时间消磨它们的神经，让阳光融化它们的寿命，让轻风带走它们的灵魂。它们小小的脑袋到底能装多少智慧?！

中午转瞬即逝，现在已是下午三四点钟，还不到饭点儿，所以就只能用游泳来消遣一下。小鸭子三五成群地下了水，壮鸭子和老鸭子就只是在岸上观战、叫好。一群小鸭子朝另一群扑扇过去，另一群也向这一群直冲过来。打斗是一对一的，选定了对手就开始厮打，岸上也偶尔传来阵阵叫好声。胜败不一会儿便分出，不知为什么：胜利的一方看不出喜悦，失败的一方也看不出丧气，就连看客也没有多大声响。也许是因为它们天天打，月月打，年年打，情绪已经被消耗光了，就连叫好也只是走走形式。就算这样也没有一只鸭子提出别的花样，这让我怀疑起鸭子的智商来了。

　　就这样，这些鸭子们有了自己的小世界，每天的一切工作都进行得有条不紊，而这一切的一切都只不过是三个字：吃、玩、睡，这是千年来鸭族的传统，不容改变。

　　我不禁打了个寒战。看着这些可笑的鸭子沉浸在一个小小的世界里，我庆幸自己不是一只鸭子……

2009 年 3 月

窗外的树和鸟儿

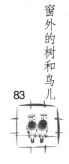

愿所有的流浪猫都有一个家

　　每个人从小到大，都有无数美好的心愿。虽然，随着长大，许多心愿我已不再记得，但是，在我的天空中总有一颗不落的星星，它里面蕴含着我一直以来的朴实与爱。它是那么的简单，只是我懵懂时的一个心愿：愿所有的流浪猫都有一个家。

　　在我家的小区里，就有许多流浪猫，它们大多数都是被人抛弃的，全都瘦弱不堪。就在一天下午，我放学回到家。刚想去上楼，就从旁边的草丛中蹦出一只白猫，它白毛如雪，而且不瘦，像一个被遗弃的孤儿，眼睛水汪汪的，大而明亮，好像在期待着什么。我的心一下子就软了，不知是去是留，于是只好站在那里望着它可怜的小模样。这时，一个念头已不知不觉地从心底升起：带它回去，给它一个家。

　　但妈妈太忙，而且家里也没人有时间照顾它。于是，

这个奔跑的夏天

我想离开。但它好像通晓人性，一下子蹿到我的前面，挡住我的去路，并用身体不断地蹭我的腿，同时，"喵、喵、喵"，不停地叫了起来，一声比一声凄凉，像在说：求求你，带我走，我要一个家！是啊，我有我的家，可这大千世界，何处才是它存身之所？可我还是不知如何是好。

我注视着它，看着它大大的眼睛，小小的粉鼻子，可爱的小嘴，毛茸茸的尾巴……终于，我做出了决定。

我一下子抱起它，冲上楼去。我感觉在抱起它的一瞬间，它整个身子都舒舒服服地软下来了。我从冰箱里拿出一条没吃完的鱼给它，它立刻高兴地摇起了尾巴。但我却不想让它这么高兴——因为我不想让它伤得太深。

片刻后，它把滚圆的脑袋从盘子上移开，嘴上还粘着鱼肉。我颤抖着把它抱起来又返身冲到楼下，把它放在楼门外，又在门外放了些食物，一狠心，关上了门。我原以为它第二天还会来吃东西的，但它再也没来。

虽然我再也见不到它了，但是无论它在哪，我都在心里为它和所有流浪猫祈祷：愿你们都有一个家。

这是我人性中最坦诚、最真挚的对一切生命的心愿。

2009 年 9 月

窗外的树和鸟儿

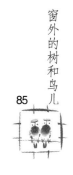

冬

　　冬天给人的感觉大都是白雪万里，而我喜欢的却是没有白雪的初冬，也许是我的性格与它很相似的缘故。

　　现在正值初冬，说实话初冬与秋天没有什么太大的区别，只是更凄凉了，秋天最后的一点美也被这枯树、白草、小路、天空给覆盖了……

　　倾听它，你会听到鸟儿的最后一声哀号。嗅一嗅它，你会闻见最后一缕孤烟。

　　看看它吧，你会看见那生命即将终结的枯树。干裂的树枝仿佛在做死前最后的挣扎，树上还孤零零地挂着几个柿子。"一点飞鸿影下，青山绿水，白草红叶黄花。"如同诗中所述，我已经看不到春天的青山绿水，更看不到秋天的红叶黄花，但是大片大片的白草还做着悲凉的背景。十几株枯草拧在一起，踩上去"沙，沙"地响，演绎着生命的余音。这"尸横遍野"的草不禁让我的心里愈加沉重。

漫步在小路上，我没有发出一点声音，这静寂的世界好像没有生命。回头瞅一眼，看见的是撒了一地的忧愁。我仰望天空。希望能得到一点解脱，但它睡去了，天空的深蓝色上没有镶嵌一朵云，更没有一只会飞的鸟让我感受到生命的活力。我想叫醒它，但我连自己都叫不醒了。

这寂寥的冬天会平白无故地给你带来悲伤，但心情与悲伤反而会让你更迷醉于其中。

总是这样没有动静固然叫人闷得慌，可我想这样的季节是不会再有动物出来了吧？应该没有几朵花会开放了吧！

忽然，一朵白色的小花挤开杂草跳入了我的眼帘……

2009 年 11 月

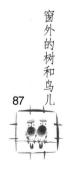

窗外的树和鸟儿

87

我为诺贝尔园出金点子

　　当历史的巨幅画卷慢慢展开，里面那无数的群星便开始闪烁。每颗星都是一个决定性的转折点，每一个转折都意味着人类的进步，意味着人类正在向现代迈进。玛丽·居里正是这样一颗明星——一位凝聚了人类最高尚精神与最坚强意志，为人类科技进步做出巨大贡献与牺牲的伟大女性！

　　那时玛丽还是一个美丽的少女——她的美貌是全村第一。但她天生好学，对知识的向往使她宁愿失去自己的美貌——她最终剪掉了自己的过腰长发，以明示她对知识的渴望。

　　以后，玛丽便致力于化学研究。虽然她是一位女性，但却有着比男性科学家更强的求知欲与意志。她从未为了一点在实验室中造成的烧伤而去过医院——也正是这样的坚强让她的丈夫为她倾倒。

经过玛丽和她丈夫在一所夏不蔽日、冬不遮雪的房子里的不懈努力，终于发现了镭，后来又发现了钋。尽管我这样敬佩玛丽·居里，但仍感到十分惭愧。因为我为我无法描述出她在寒风中瑟瑟发抖却依然继续工作时的场景而惭愧；我为我的语言之字如此苍白无力，不知如何塑造她的伟大而惭愧；为我时至今日却无玛丽·居里的半点精神，只会用文字了了充数而惭愧……但谁又能真正领会到一个发现所要付出的不可估量的代价呢？也许只有玛丽·居里自己才明白，但历史沧桑，居里夫人已离我们而去，带走了自己心中的苦痛，只留下元素表上的"镭"和"钋"。

　　你向上帝索取多少，上帝就会要回多少。居里夫人为了科学贡献出了自己的青春，抛弃了自己的健康，而自己却一无所求。

　　如今，校园里要建诺贝尔园，我想应该把居里夫人的雕像也放在里面。这理由不必多说，只需刻在那雕像下：

　　一位值得我们尊敬的女性——玛丽·居里。

2010 年 5 月

窗外的树和鸟儿

89

蝶 恋 花

呼啸岚风吹客过。冷语斜斜，小驿无人坐。花落泥泞香未没，青烟袅袅西天白。

天阔星谙不见朔。情思深深，我心为谁诺？折墨焚书不复作，空空色色穿肠些。

古今对照：

呼啸的山风吹着他乡客匆匆而过。虽然冷雨还随风而下，驿站里却空空地没有一个人。花朵已被雨水打落在泥泞的地上，但花的香气却没有消失。远处青烟袅袅盘旋，天边也已泛起鱼肚白。

天空辽阔，未落的星星的景象是那么熟悉，但却怎么也找不见那一轮新月。情思深深，我曾用心为谁允诺？折断墨焚掉书信立誓再也不与通信，因为这个世界上的一切都只是穿肠而过罢了。

2012 年 3 月

冬天， 总是最艰难的

　　春天不来，鸟儿不飞，小小的窗扉紧掩；花儿不红，
胭脂不香，羞涩的姑娘不笑。小小的心儿的城寂寞地，寂
寞地伫立在一旁。

　　冬天，总是最艰难的。

一

　　冬天的街道上永远一片肃杀。穿得臃肿的人们自顾自
地走着。从他们的表情中看不出一丝线索，能告诉你他们
要去哪儿。也许他们本来就没有目的地呢？我想。

　　整条街上，唯一没有在走的是税务局门前蹲坐着的那
个老人。三四年前，他便开始守在那里。因为那门口是他
的家，他的身旁是一个黄色大包，破烂的棉被从里面露出
来，像是什么邪恶的东西正从禁锢它的壳子里逃脱出来。

窗外的树和鸟儿

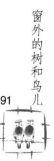

每天放学回家的路上，我都会从他身旁走过。遇见得多了，我也大概清楚了他的作息。

　　他睡得早，起得也早。尤其是冬天，我一大早赶着去上学的时候，他已经不见踪影，晚上五点钟回家路过税务局，他却已经钻进被窝。我揣测是因为冬天天气寒冷，天黑得也早，他才早早睡去。但后来才明白，他得在税务局开门上班之前离开，毕竟他不是被接纳的那类人。其实，他在这里一睡四年并不是因为税务局有什么做得不好，而是为了一街之隔的另外一个局。

　　像他这样的在我家周围有不少。以前，我家窗外总有一些人躲在树下用破纸板搭起个小空间住在里面。后来，一个晚上，熟睡的我被一阵卡车的引擎声吵醒。我心里抱怨，却传来一阵撕心裂肺的喊叫，有男人的声音，也有女人的。男人像是勒令，女人则在抵抗。随后是什么东西被扔上车的闷响。之后，声音没有了，卡车的引擎声渐渐远去。我终于又睡了过去。

　　我不知道那到底是现实还是梦境，总之自那天晚上起，我的窗外再也没有人烧火做饭，也再没人住在那个破纸板搭的小屋里了。冬天里，时间如雪般覆盖着一切，我已不太记得窗外那些人消失在哪个晚上，但我却清晰地感觉那天晚上刺骨的冷。那一定是个冬天。

　　……

　　冬天，总是最艰难的。但对那个老人来说，哪一天不是"冬天"呢？

　　那晚之后，我依旧每天从他身旁路过，但心里却溢着怜悯和敬佩。

在数不尽的"冬天"里，我从他身旁走过，却从未问过他究竟为何事来此。我是不敢走进他的人生，不敢聆听他的故事的，因为我知道那故事一定有太多残忍，那声音里一定有太多颤抖，那双眼睛里一定有太多执着。

我有多少次想冲上去问他，"这值得么?"但我每次都抑制住了冲动，因为感到了自己的愚蠢与可悲，因为看到了他在寒风中裹着被子发抖的样子，看到他身下垫着的不是棉褥而是破纸板，因为我从未见他向任何人诉说，也仅仅因为他在这里一守就是四年。

与那些从他身旁经过匆匆赶路的人相比，他拥有的是目的地，即使身处狂风肆虐的严冬。

冬天，总是最艰难的。

但我明白，他也明白，冬天来了，春天还会远吗?

二

1976 年 7 月的夏天，唐山大地震。我的奶奶在地震中去世。从此，父亲的生活进入了严冬。

短短的十几秒内，二十四万人在睡梦中死去，活下来的还惊讶于发生了什么使一个个家庭瞬间倒塌。

那些全家人都埋在瓦砾下的家庭或许是幸运的，但是对于全家五六口人中唯一幸存下来的人来说，活着是致命的痛。他只能任凭死亡烙穿自己的胸膛，痛得直到麻木。

悲伤过后，人们开始重建家园。

窗外的树和鸟儿

我的父亲那时才十三岁，挑水做饭的担子便转移到了他的肩上。

　　冬天吃粥，还有咸菜。过年吃饺子，一人三盘饺子都吃不够。"为什么？""饿呀！"父亲说。

　　寒冷的天气里，捧着一碗热腾腾的粥，呼噜呼噜地喝下去，用筷子把碗刮得一干二净，再不行就用舌头舔，总之这顿少吃一口，下顿就更饿。

　　父亲就这样饥一顿饱一顿地过，一边拉风箱一边读书，竟考上了哈尔滨工业大学。

　　于是，父亲告别家乡，走向寒冷的哈尔滨。也许是命中注定，父亲又一次步入冬天。

　　哈尔滨的冬天到底冷成什么样呢？据父亲说，吐口痰摔在地上就成两半了。我半信半疑。

　　不论那是真的，还是父亲刻意夸张，冬天，总是最艰难的。

跋

　　冬天一片肃杀。

　　窗外的灯光在干枯树枝的阴影里闪现，像鬼魅在窗边徘徊。

　　冬天，在我心里挥之不去。

2012 年 2 月

我期待中的冬天

期盼着，期盼着，北风来了，冬天的脚步近了。

老树上的残叶被冷酷的北风一吹，就如万花凋零似的一起飘落下来，落在我的脸上，如雪花般冰了我一下，瞬间唤醒了我冬天的记忆……

冬天是美丽的，我是多么期待那美丽，星星点点的雪花从天上缓缓飘落，如白翼天使，像素衣仙女，轻轻抚摸着我的面颊，打在脸上，进入心里，"啊！好冰!"。伸出手接住它们，细细观看，五角形的雪花中有许多规矩的图案，是哪双巧夺天工的手创造了这美丽的雪花。咦，它怎么消失了，真是个顽皮的孩子，不让我看个究竟……

冬天是安逸而慈祥的，我多么期待你慈祥的面孔。鹅毛般大小的雪成片地从天上压下来，钻进我的脖子、眼睛、嘴巴。小动物们纷纷回到窝里，等到大雪停息时，它们已经安适地入睡了。一望无际的白色大毛毯盖住了一切，压

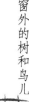

窗外的树和鸟儿

95

着小草，挤着梅花的蕾，一点点黄晕的光，点缀在这美丽的白色画卷上，烘托出一片安逸的气氛。啊，你是多么慈祥，让你的动物宝贝们休息一个冬天，它们都累坏了；让腊梅这个刚劲的孩子尽显英雄气概，你让大自然这个老公公可以放松了，因为动物们也都睡去啦；你给人们的眼中带来些新花样，不再都是让人疲倦的五彩斑斓的颜色；你让所有的生命攒足了精神准备迎接下一年的到来⋯⋯

　　冬末时分，冰雪化了，它笑着对我们告别，它所做的一切，都不求回报。青嫩的小草带着微笑钻出土来，动物们成群结队地开始觅食，树上还有点顽皮的小雪块不下来，留恋在冬天里。

　　忽然，一个寒战把我从梦中惊醒。这就是我期待中的冬天，美丽、安逸⋯⋯

　　期待着，期待着，西风来了，我的神思梦寐在这期待的冬天里⋯⋯

2011 年 12 月

这个奔跑的 夏天

96

往事知多少

　　我是个一提起往事就会伤心忧郁的人。所以，一年中的最后一天总是最难熬。

　　回首看看，这一年确实不太一样，发生了很多事情，产生了巨大的变化。但 2011 这个数字本身却并无明显的特征或预兆来暗示这些变化，这着实令我感到莫名其妙。但事情有时候就是这样，突然来了，弄得人手忙脚乱，来不及应对。

　　春花秋月何时了，往事知多少？
　　小楼昨夜又东风，故国不堪回首月明中。
　　雕栏玉砌应犹在，只是朱颜改，
　　问君能有几多愁，恰似一江春水向东流。

　　不知怎的，我突然想起李煜的《虞美人》。

窗外的树和鸟儿

我虽不曾有过因亡国而沦为过亡国奴的耻辱，但词中对日转星移往事不再的哀婉叹息却是感同身受。

　　我已经不记得中考是在几月份了，只记得那时穿的是短袖，那该是四五月份的样子吧，抑或是五六月份。至于具体是哪个月，我也不甚在意。

　　中考前我很努力地复习，卷子做了一套又一套，练习册买了一本又一本。我不晓得这样做是否有效率，只是觉得对得起自己罢了，毕竟我也不是很看重分数的人。

　　作业、小练习、卷子、考试统统地来吧，我已经没有什么好怕的了。这是真的。初三下学期一开始我还有些害怕，但越到后来越是觉得一切都无所谓。也许是每天重复的机械生活磨钝了情感的棱角，就连起码的在乎也没有了。

　　中考前的几天觉得好漫长。中考时的每一分钟也都好漫长。

　　我写完卷子百无聊赖地坐在椅子上等着考试结束。等待。等待。教室里安静极了，像是谁在桌子里藏了一个黑洞把所有的声音都吸了进去。

　　它好像把我的思维也吸走了。我想思考些什么，然而大脑没有响应。我只好转头向窗外，那景色我至今记得——黯灰色的小教堂掩映在翠绿的大杨树叶里，明快的鸟儿的叽喳声，木质结构的长廊。这也许是我最后一次看到这幅美丽的光景了。

　　等待，等待。铃声仍没有响。

　　半年前我就等待着中考。不，应该说是等待着考试结束的铃声。三年前，我就开始等待这铃声了。应该是自从

这个奔跑的夏天

上幼儿园，自从出生就在等待这铃声。我的思维又被吐了出来。

自从出生，每个人都在等待。等待第一个生日，等待上小学，等待中考高考，等待结婚，等待离婚，等待再婚或者复婚，等待退休，等待老花眼，等待那口黄花梨木的棺材。

而我现在正在等那个铃声。讽刺，又现实。

终于，铃声响起，人群开始躁动。

我走出考场，走在这个我生活了三年的操场上，本来以为心里会有什么无限感慨或愁思，但什么也没有。心就像封冻的湖面。

前一秒与后一秒似乎没有区别，走出考场前后也没有差别，铃声响起前后更是相似得出奇。

初中就这样结束了。我对自己说。自己没有回应。

我不甘心。初中三年的等待就被这么一个几秒钟的铃声结束了？那铃声好像就是在说，好的，你等了三年，现在你的等待结束了，你可以继续等下去了。

等待好像只是为了等待，却什么也没等到。天空仍然湛蓝，树也一棵不少，天上飞着的依旧只有鸟。也许这时候从旁边跳出来一只老虎冲我呲牙裂嘴才是我想要的。

改变。差异。统统没有。

我感到失望。

但我错了。完全的改变已经在酝酿，只是时间的惯性将我蒙蔽。当然这是后话。

……

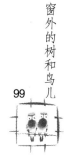

窗外的树和鸟儿

12 月 31 日的 24 点 0 分 0 秒像一根钢丝勒紧我的脖子，勒令我抛弃那过去的一切。每一年难道都要把自己刷新成空白吗？

我想这一个个 24 点 0 分 0 秒有什么必要如此事务性地伫立在每一年的最后一个时刻，将本来并无差异的时间分隔的支离破碎。

也许就是为了给人个希望，给人个念想。有了年，就能熬到头。

也是为了回顾过去。我想起了毕业典礼，我哭了；军训结束，我哭了。确实伤心，因为结束。而现在 2011 年也结束了，心中不禁有些惊惶。

往事知多少？

再过数载不知我还能不能记得当初的自己？

2012 年 1 月

外 三 篇

一 春笋

在茂密的竹林里，一个"婴孩"从泥土里钻出——笋的小芽顶了出来。他拼命地往外拱，拱开厚厚的泥土，撞开坚硬的岩石，向着阳光生长，贪婪地吸收着阳光。

呵！这个小东西的生命力还真是顽强哩！一眨眼，就长高了一大节儿。新长出来的那节还是嫩绿色，好像轻轻一碰就会枯萎似的，真想不到他是怎样冲破大地坚硬的外壳的。

不知不觉地，下雨了。春雨更给了它极大的力量，这不知疲倦的春笋在不停地疯长着。

这时，竹笋已经长得很高了，但他并不满足，还在长，并且长得更快了。咦！它身上怎么有一道伤痕？原来是被

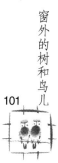

窗外的树和鸟儿

人们砍去了一节儿，可它依然茁壮成长，尽显着它生命的顽强……

不长的时间里，它已经长成了一根健壮的竹子，不论风霜雨雪，都屹立不动。

我们是不是也应该像春笋一样，积极地面对生活，用顽强而坚定的意志去开创新天地呢？一时间，我的笔端流泻出我的感受：顽强决定生命的精彩！

二 春雪

二月的雪毕竟不成熟，像个娃娃，护不住本该属于自己的二月，竟让雪儿这个小东西钻了个空儿，让刚醒来的动物又睡了个回笼觉。

可我却喜爱这春冬的交融。雪一下就是三天，每天的光景各不一样，给我的学习之余增添了几分乐趣。

小雪花姗姗而来，这就是第一天。它们都缓缓飘落，伏在我的脸上，给我一个冰凉的吻。我用手轻轻接住它们，想看看它们美丽的脸庞，谁知它如此害羞，消融地如此迅速，只留下一颗珍珠般晶莹的露珠。我张望身后的世界，希望得到一点补偿。雾一样的雪笼罩着一切，隐约露出淡淡的绿，红，橙，黄。这顽皮的雪，正在和春天挑逗，痛快地玩乐。

它好像玩得不过瘾，于是便又折腾了一天。地上的雪厚了，踩上去"吱，吱"地响。满世界的银白色很是刺眼。我抓起一把雪，好蓬松！像是棉花，不，比棉花还软，还

这个奔跑的夏天

白。被子一样的雪盖在大地妈妈的身上，让她美美地睡上一觉，算是对她的回报。我想给这平整的被子绣上一点花纹，便在它的身上留下一串脚印，也算是点缀一点儿生机。

雪的野心更大了，好像要把春季变成冬季。经过一个夜晚，雪又厚了许多，也硬了不少。立刻便有大大小小，许许多多个雪的工艺品被它这天生的工匠雕刻出来。它们之中，又大多数是雪人，肥大的身子，滚圆的脑袋，真不知雪儿这小家伙有如此大的本领。这时，雪已经不下了，它累了，它得意地欣赏着它的作品，看着孩子们在它的乐园里游戏。

终于，雪褪了去，渐渐露出了春意。碧绿的嫩叶上贴着一点儿雪渣儿；青色的草芽尖儿上顶着一顶雪帽；人家的窗户上还镶嵌着一点儿冰窗花儿，花上还映着屋里那盆花的红……

这样难得一见的春雪，不知什么时候还能再见？

正当我细细品味这春天中的冬韵时，一片雪花轻轻飘在我的面颊上，给了我会心的一笑……

三　腊梅

我从未见过这样美的腊梅。那小脸被伏在身上的积雪冻得粉红的腊梅在枝头上挺立着；那娇小的花朵好像被厚厚的积雪压得喘不过气来似的，小脸憋得通红。腊梅虽小，但是却充分展示着自己的美。尽管有的还是花骨朵儿，却依然饱满，好像迫不及待地要绽放似的。花瓣越往边缘越

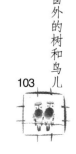

窗外的树和鸟儿

白，最终与雪融为一体，在一望无际的白雪中最显眼，给寂静的冬天增添了希望与生机。

随着花枝上的积雪越来越厚，那倔强的腊梅却开得愈来愈旺，愈开愈艳。不久，满片的白变成了大片的红，雪折服于腊梅了，我也被它顽强的生命力的美征服了……

2008 年 9 月

粉色康乃馨

天下有多少伟大的母亲！可我宁愿自私地把我心中那唯一的位置留给我的母亲——在我看来，它就是所有母性完美的化身。

这可能过于感性，但一个母亲对子女的爱怎能用理性客观的冰冷去触碰？如果真的有超自然力量的存在，那便是父母之爱。

······

今天是五月九号——母亲节。我从花店出来，手里拿着一支粉色康乃馨。淡粉色的花瓣层层叠叠，缝隙间还夹杂着数颗珍珠般的小水滴，在阳关的照射下晶莹剔透。

我推开家门，几步走到妈妈跟前，举起手中的康乃馨："送您一朵花儿……，母亲节快乐！"这是我第一次给妈妈送花，不禁显得有些紧张。妈妈接过花，露出了一种我从未见过的笑容——它含藏着欣喜与幸福，好像还有享

窗外的树和鸟儿

105

受——这不是付出后妈妈的笑容，而是得到后的笑容，这笑容相比以前来得更甜美、更幸福。然后，她把头紧贴在我的胸膛上，两手从背后搂住我——给了我一个紧紧地拥抱。但实际上，是妈妈蜷缩在了我怀里——我才是温暖的给予者。

此时，以前从来都是爱我护我的妈妈，突然觉得她如此弱不禁风，要人保护。我的心里流过一丝酸楚……

曾几何时，妈妈的肚子一天天变大。终于有一天，我"哇"的一声降临人世，她终于如愿以偿，成了一位母亲。

曾几何时，妈妈给还躺在摇篮里的我换尿布，疲惫之极，可一看到我就笑容满面。

曾几何时，妈妈轻轻拍打着突然在半夜里大哭起来的我，给我讲嫦娥的故事，直到我酣然入睡，自己却不知疲倦。

曾几何时，我第一次张口喊出"妈妈"，她高兴地抱着我在屋里转圈。

曾几何时，我终于松开了妈妈的手，迈出了人生的第一步，妈妈欣喜若狂地告诉了全家人。

曾几何时，妈妈每天骑车带我上小学，虽然累得气喘吁吁，但却从不抱怨。

曾几何时，妈妈守着生病的我整夜未眠，但白天还要坚持工作，兢兢业业。

曾几何时，我与妈妈拌了几句嘴，但她却在生活中处处关心我。

曾几何时，我在母亲节送了妈妈第一支康乃馨，她露出了甜美一笑。

......

妈妈把头抬起来，结束了这短暂的拥抱。在她的脸上，我看到了十四年来我给她带来的岁月的痕迹，还有这十四年来妈妈对我永远不变的爱。

这个母亲节，我送了妈妈一支康乃馨，它是那么美丽、芬芳，是那么真挚、永恒……

2010 年 5 月

窗外的树和鸟儿

嘿，该起床啦

这是妈妈的叫声。

"不是说好了去运动运动吗?"她又说。我没有作声，死死地钉在床上。不是因为不想起，而是因为真的没听见，睡得死死的。

妈妈见我没动静，就走到窗边对我说:"快起! 回来了照样能睡觉，瞧外边天儿多好呀。"妈妈说话声很大，我不得不被她从美妙的梦境里拉了出来。"不去。"我哼哼了几声，应付了过去。随后，她又说了一大堆招人烦的话，可我就是不起，因为我的大脑根本没有分析这些话的意思，只是听到了一些声音，本能地意识到这是妈妈在叫我起床，所以我又本能地发出几个音——"不起"。

妈妈见我不起床，就伸出手去拉我。我却只觉得很痒，妈妈说我还乐出了声。终于，"砰"的一声，是关门的声音，爸爸和妈妈自己去早锻炼了。

我终于有了自己的梦乡，很快又睡死了，又做了个梦。我梦见了许多我的同学，而且正在和他们莫名其妙地打闹，快活得很，最重要的是我的梦境是冬天，于是我们在雪地里打雪仗，玩得不亦乐乎……

不知道又过了多久，我醒了。一醒，就知道已经不早了，可还是出乎我的意料。我在枕边一阵乱摸，找到了手机，睁开一只眼瞅了瞅时间，十一点半了。我想起床，因为还有作业要写，但是，与其写无聊的作业，还不如沉浸在快乐的梦中呢！

"嘿，快起床，都几点了！"妈妈早锻炼回来了。而我却依然微笑着做快乐而甜美的梦呢！

2009 年 3 月

窗外的树和鸟儿

109

我的蜗居

一

　　在这个家中，真正属于我管辖的也就只有我的卧室了。我每天中的大半时间都是在这里度过。把它叫作家？它显然不够大——仅有十几平方米；把它叫作居所？它却更温馨；把它叫作巢？我对它的感情却又远远高于之上。于是我翻阅词典，终于确定了它的属性——蜗居。

　　我的蜗居是个正方形，处于阴面，太阳不能直射进来，但幸好有暖气，才使我能在这蜗牛壳中安然过冬。我的蜗居虽小，但功能却很多：餐厅、卧室、书房、健身房、储藏室等，它都一一取代了。

　　蜗居的入口位于房间的西南角，门开在了南面的墙上，被漆成了白色。推开门，迈开一步，就会听见"嘎吱"的响声，那响声来自纯木地板，不同于客厅的瓷砖。再迈一步，就处在通往蜗居核心的狭窄通道上了，这通道由三样东西构成：左面的蓝泽色的墙，上面的白房顶和右面深棕色的双层实木单人床。

左面的墙上挂着两个黑色小画框，里面嵌着两幅简笔画——《醉翁之意不在酒》和《寻章摘句老雕虫》，画上还用笨拙的字写了两句赏析，但又不失韵味。这就是我的蜗居——洒脱、超脱。

转头向右，就是我的小床。我的床分为上层和下层，中间有梯子连接，床头冲东，床尾朝西，紧贴着东面的是南面的墙。我的床不仅是我睡觉的地方，也是衣架。站在原地，左手边就有一道横梁，上面堆叠了好几件衣服，垂下来的裤子和上衣把床的下半部分遮得严严实实，只北面留下一个"口子"，以便上床使用。每天晚上，当我摸黑钻进口子，爬到床上，总有一种奇妙的感觉，像是历险，充满兴奋与期待——这可能是终于熬过了一天，到了可以安心休息的缘故。每次躺在床上，我总要先把被子裹在身上，把头深深扎进带有幽香的枕头，让身体与被褥充分接触，好好享受这久违的温柔。待到被窝里暖和了，我便又睁开了眼，伸出右手在黑暗中不停摸索，打开了床头灯。这时，便可以一睹我的小床下层的模样了：各色各异的衣服像瀑布一样"飞流直下"，围绕在身边。南墙上贴满了写着单词和句型的黄色便签。我被围在这样一个小小的空间里，感到异常温暖。睡前，我总是捧起我的床头书并沉迷其中。有时我会欣然一笑；有时我会揪心一颤；我在我的小床上

窗外的树和鸟儿

获取知识，体悟感情，随高尔基重走他的成长三部曲；随梁山好汉打抱不平；随三国英雄征战沙场。当然，还有更重要的——在我的小床上，我每天都拥有不同的梦……

我爱我的蜗居！

二

走过狭且短的过道，眼前就会豁然开朗，像是渔人寻到了世外桃源一般明亮。阳光从窗外射进来，照射到小床上，暖意浓浓。

窗前是一条长长的黑漆书案，那是我学习的地方。这里，书案和窗前，是我最爱的地方。不是因为我最喜爱学习，而是因为这是我心灵的窗口。

多少个晚上我都是这样度过的——穿着蓬松的睡衣，半倚在椅子上，把脚搁在书桌上，脸冲着窗外，让远处的红霞照进我的眼睛。什么也不做，什么也不想，只是痴痴地望着窗外。可是我分明又感到我在做着什么，也在想着什么。这感觉像是排解，像是发泄，但最终带来的总是开阔与敞亮。

一层薄薄的玻璃把我和这喧闹的城市隔了开来，可其实却是隔而未隔，界而未界，藕断丝连。于是，我开始了已经进行了无数个傍晚的与城市的对话——我把我的一切不快都扔进这个巨大的储藏器中。——这就是我的蜗居带给我的。

就这样。坐着。望着。直到天空被染成浓墨。于是就到了最奇妙的时刻。白天阳光照人，很难让人发现，原来窗外有窗。到了晚上，四周黑了下来，唯有窗户里闪烁着灯光。有时，窗中的光还会写出"一"、"二"、"三"、"六"、"八"和"十"这样的汉字来。幸运的话，还能看出"大"、"中"这样比较复杂的字来，当然，自然本无意，只是人有心，这还要依托想象力才行。若是从人家的窗子里看进去，还能一睹别人家的温馨与快乐。于是便可知，这窗外之窗的里面还有着千千万万个蜗居，像我的一样。也许还有千千万万个人像我一样正痴痴地望着窗外：欣赏着灯光的艺术字；善意地偷窥着别人的蜗居；想着我此时想的；写着我此时写的……

　　这概率看似有点小，几乎是不可能的了。但我相信，他们在结尾一句，都会或是在心里，或是在纸上写下：我爱我的蜗居！

2010 年 3 月

窗外的树和鸟儿

113

我的母校

——仅以此文献给我的母校黄城根小学

轻轻地，我来了，正如我轻轻地去，带来了万丈朝阳，不带走一片云彩……

七年前，当我第一脚踏入母校的大门，我就注定做她的一个孩子了，在她的哺育下成长。

每天早晨，她陪我看火红的日出，给我讲一个叫后羿的人射日的故事，她那温柔的声音叫我心驰神往；中午饭后，她总是跟我一起享受金色阳光洒在身上的温暖，给我讲大自然给予我们的恩惠；黄昏傍晚，我们一起看日落，霞光万丈，天火烧云，一起看夜幕笼罩，繁星满天……

她告诉我为什么会有晚霞，为什么会有彩云，为什么星光闪烁，为什么……我知道的一切，都是她传授于我。

还记得那颗老槐树，每年春末秋首之季，她总是把满树的槐花香送给她的孩子们，迷迭香般的味道随风飘散，中间夹着许多白色的槐花，落在脚上、手上、头上、肩上、鼻子上，此时，我便走在曲折的小径上，吟着一首送给她

这个奔跑的 **夏天**

114

的小诗。

> 老树像妈妈，
> 慈祥又伟大。
> 遮风又挡雨，
> 教我学文化。
> ……

春去秋来，槐树花开了一百多年，老槐树也在这里伫立了一百多年。在这些年间，她送走一批又一批孩子，又迎来一批又一批孩子。

如今，在她云蒸霞蔚之时，我，您的孩子，前来看望我的母校，看望每天对我迎来送往的老槐树，看望像妈妈一样慈祥并哺育了我的老师们，看望我熟悉了的校园和那陪伴过我的一草一木……

轻轻地，我向老槐树鞠了一躬，留下一声祝福！

2011 年 6 月

窗外的树和鸟儿

朋友？朋友！

昨晚去看了成龙的演唱会。周华健也应邀参加，自然要唱响他的《朋友》。每一句都狠狠敲击着我的心。许多人都把我当作朋友，而我又真的拥有几个朋友？

朋友？

还记得小学的那个他吗？我的朋友？他很胖，有一双纯真的大眼睛，扁平的鼻子，身子像球，矮矮的，很是可爱。记得那一次吗？我们因为调皮，弄坏了班里的多媒体设备，老师严厉地批评了我们。我胆小地躲在了你的身后，你如一堵保护墙一样把所有的责任都揽给了自己，而给了我绝对的安全。至今，我还清楚地记得你紧张而严肃的小脸，毫不畏惧老师的言辞，眼睛里透出勇敢与正义。你哈桑式的微笑一次次地浮现在我的脑海里。

还记得，每当我的生日，你都会给我买礼物或发短信祝我"生日快乐"。我也经常提醒自己快到你的生日了，可我没有一次记得祝你"生日快乐"。也许我的心里根本没有你?

难道我的每一个朋友都只是一个路口,走过了就没了?就看不见了?我这才感到一丝恐惧——我心里只有自己。

也许我真的该找寻自己的枝枝蔓蔓了。

朋友!

这才知道要挽回,可时间将他无情地带走,给了我一个永久的痛……

中学来了,带来了新的朋友。这次,我要真心地对待他!给自己的心灵一块补丁!

放学后我们一起回家,我们说笑的每一个字都告诉我什么是朋友。晚上,你经常打电话问我问题,你可知道每当我解答一个问题后,我的心里有多温暖,有多快乐!

如今,我们一起哭,一起笑,一起承担,一起荣耀!每当我们走在一起,我总能感受到我们之间不可磨灭的情谊。现在,我总是希望承担得更多——也许是对小学时友谊的延续?

朋友?朋友!

从懦弱到勇气!从无到有!我感情的缺失正在慢慢找回,心灵的缺口正在一点点填补。可是终究会有一道伤痕,是永远抹不掉的。然而,它却时时提醒着我:

朋友!朋友!

2009 年 5 月

窗外的树和鸟儿

我长大了

长大是迅速的，有时我会害怕长大，害怕它带来的责任。但这一切我都必须面对，也就是在这长大的过程中，我渐渐懂事，懂得了用慢慢堆积起来的爱来回报他人。

正值冬季，寒风刺骨。我放学回家就觉得气氛不对：桌子上没有了摆放整齐的小食品，家里的灯没有开，厨房里抽油烟机的嗡嗡声没有了，就连进门时妈妈亲切的招呼也无影无踪。

一束微弱而暗淡的灯光从卧室里疲惫地爬出来。我走进卧室，就见妈妈正无力地躺在床上，嘴唇干裂，肯定是生病了！我摸了摸她滚烫的头，扔掉书包，冲进卫生间，抄起一条湿毛巾，轻轻地放在妈妈的头上。妈妈被突如其来的冰凉惊醒了，缓缓睁开眼睛，望着我。我抢先说："妈，快吃药吧！"我看着她吃了药，又让她躺下，拿凉手巾为她擦手擦脖子。我一向是个不大会关心照顾别人的人，不知道为什么我会这样体贴。

　　记得小时候我生病时，妈妈也是这样用凉毛巾给我擦手，喂我吃药。她也是这样着急地望着我，一会量体温，一会给我捏头按摩，忙得不亦乐乎。

　　我一直陪伴在妈妈身边，握着她渐渐变凉的手，把一股股爱传递给妈妈。"您好好休息吧！"我对妈妈说。"我的儿子长大啦！"妈妈睁开眼，欣慰地对我说。

　　是啊，我已经是大孩子了。我第一次这么深刻地认识到我长大了。长大是懂事的象征，它让我更加懂得亲情的含义。

　　我成长的金字塔是妈妈用爱一点一点累积起来的。我就像树上的一片叶，不断从树身上汲取营养。但我终有一天会叶落归根。

　　我长大了，我会用所有的爱与光芒回报我的母亲！

2010 年 5 月

窗外的树和鸟儿

信　念

　　"初一7班荣获会操比赛二等奖!"一个响亮的声音从表彰大会的领奖台上传出,我们班的所有人都为之高兴。但在这荣誉的背后是我们付出的汗水与信念……

　　在一个炎热的中午,我们班正如钉子一般钉在操场上准备开始会操比赛。几个班的方阵都排列得整整齐齐,谁都不肯输给谁。毒辣的太阳把我的脸晒得滚烫,汗水像泉水似的不断涌出。"坚持、坚持、坚持!"我鼓励着自己。

　　期待已久的会操比赛终于开始了,但谁知比赛顺序是由一班、二班最后到八班的顺序进行的,因此我们七班自然要等到第七个才比。还要站半个多小时哩!我的意志一下就被击垮了,但在我的心里又有一个声音高喊着:"为了班级的荣誉,坚持住!"是啊,这关系到班级的荣誉呢!

　　于是,我绷紧了手臂,挺直了腰,把早已麻木的双腿夹紧。忽然感到眼前一片白,我不知怎么回事,紧接着两腿开始打战，我努力控制它。但它像一个顽皮的小孩似的不听使唤。"坚持住，如果在这时候倒下，班级的荣誉可就没有了，坚持、再坚持一会儿。"此时我能感到衣服全湿了。"我快不行了，我站不住了。""不，我得坚持。"……

我用手打了自己的腿一下，想道："我不能放弃!"终于，我战胜了自己，此时，我的脸红得像关公似的。

终于轮到我们班了。我们踏着整齐的步伐走过主席台，喊起响亮的口号，动作刚劲有力……"已经成功一半了，再坚持坚持……"不知不觉，一滴汗珠从头发上流下来挂在我的睫毛上不停摇动，弄得我非常痒，我是多么想动一动，可是我没有动，因为始终有一个信念驱使着我。虽然它流进了我的眼睛，把我的眼睛弄得生痛，但我仍然一动不动，因为我的心里始终有一个信念——"坚持"。

在那以后，不论我遇到什么困难，我都会想起这件事，每当想起它，都会重新给我力量，重新给我坚定的信念，让我继续向前!

2010 年 6 月

窗外的树和鸟儿

121

放 轻 松

一大早。我就坐在书桌前开始复习了。我的笔尖飞速地动着，一本又一本书从我眼前经过。这全是期中考试的缘故，我为了考个好成绩而拼命地复习。妈妈说我紧张过度了，可我却认为考试前没有压力是不行的。我像着了魔似的，一刻也不停息。

"铃铃铃"电话铃响了，原来是同学来找我打篮球了，在他的强烈要求下，我只得答应了。

一刻钟以后我就来到了篮球场，同学们早已在等着了，见我打篮球还带着书，不禁笑出了声。我并不与他们理论，认为他们肯定考不好。我们先比投篮，一个人首当其冲。只见他右手托球，左手护球，双眼紧盯篮筐，双腿微蹲下，把球举过头顶，使劲儿一投，向对面一位大姐姐砸去。只听"啊"的一声尖叫，球砸中了她的屁股，我和其他人一见，不禁哈哈大笑，此时我早已经忘了要复习的事了，把书扔在一边去打球了。

后面又有几个人投球，可是都没有进。轮到我了，我拿起球，拍了几下，学着科比的样子，奋力一投，只见那球在空中慢慢旋转，飞到半空中，然后猛然落下，"进了，3分！"我欢呼雀跃着，一种喜悦感袭上全身，紧接着我又投了一个3分球，"又进了！"欢喜的心情把一开始的压力洗刷得干干净净。在这种心情的驱使下，我又投了一个三分……

我怀着愉快的心情回到了家。此时，我才感到在生活中是要压力与快乐结合的。

这件事给我启示，让我的心灵得到了自由，得到了解脱。

放轻松吧！让心灵自由飞翔！

2008 年 11 月

窗外的树和鸟儿

123

我多想得到一个吻

是我大了，还是妈妈老了？我不明白。

——小序

一

　　在医院的产房中，一个坚强的女人正在忍受着痛，她就是我的妈妈。当然这是后话。她努力地想生出一个可爱健康的小宝宝，但可惜，是难产。于是我就在妈妈的肚子里困了八个小时。但这也许不是妈妈的缘故，而是我发育得太好，长得太大而生不出来吧！要是这么说我还挺内疚，因为妈妈的手已经被铁床杆压紫了。终于，在一声石破天惊的哭声中，我来到了这个世界。

　　第一次见到我，妈妈就狠狠地亲了一口我的屁股，像是为让她受苦的报复，也像是对我平安降生的祝福。这就是我得到的第一个吻，也是最甜的一个吻。

　　渐渐地，我长大了，妈妈给我的吻也越来越多，只是感觉不那么浓了。当然这是从现在的角度来看的。但毕竟是有的，其中的爱也是直来直往。

二

　　截至今日（2009 年 12 月 29 日），我已经出生十二年三个月两天了。自从上了六年级，妈妈就没有再吻过我，但我也并不怀念。直到一晚，幡然醒悟。

　　夜深，我仍在奋笔疾书。妈妈推开了禁闭的房门，手里拿着各式各样的小食品，按她的话说这是"补充能量"，按我的话说这是"影响学习"，按爸爸的话说则是"没事犯贱"。但我早已对此习以为常，可是今天却实在有些过分了——要知道我在学习时是从不吃东西的，就算妈妈端来也只是在桌上放一晚上，第二天就被爸爸偷着吃了。上次的最高纪录是六盘，不是夸张，这些盘子的红瓷上都包着一层金边，像是给自己的罪行抹彩，真是讽刺。

　　我说了一句："我不吃，端出去行吗？"可妈妈却唠叨个没完。什么学习累要补充营养，晚上没吃好饭现在是夜宵，人是铁饭是钢之类的话。也怪我多嘴，不搭理她不就完了，可谁让青春期碰上了更年期，一场家庭战争不可避免。

　　妈妈怒目而立，指着鼻子骂着脸，我也不甘示弱，企图用讲理的方式对抗。但我才发现，妈妈实在不是个能讲

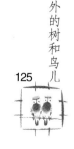

窗外的树和鸟儿

125

理的人，唾沫飞溅，我被骂得狗血喷头。于是，一气之下，直接把她推出了房间，战势方有缓和。

我明白，这是妈妈的爱，但我实在不希望把爱用一种"仇恨"的形式表达出来，要不然，爱就只是"仇恨"之后的借口和辩解了。

于是，我开始想要得到一个吻，那最原始纯洁的爱。

但妈妈好像老了，变得不愿意表达了。以前早晨的一个吻变成了收音机嘶哑的问候，出门前的一个吻变成了一句"好好学习"，每次取得成绩的那个吻变成了"不错，继续努力"。

但老的好像不仅是妈妈，还有我。以前管妈妈要吻的小孩子变成了一个不想让妈妈抱的大男孩。这听起来有些矛盾——一个人怎么可能既想让人吻又不想让人抱呢？

是我大了，还是妈妈老了？我不明白。

我多想得到一个吻。

2009 年 12 月

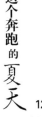

妈妈的茶，我难以忘怀

世上还有哪一种良药能比妈妈的那杯茶更有效？世上还有哪一种炽热能比妈妈的那杯茶更温暖？世上还有哪一种真理能比妈妈的那杯茶给我的启示更多？妈妈的那杯茶就像大伞，伴我走过风风雨雨，送我踏上人生的征程。

对我来说，那是令我沮丧的一天。考试的不断失利使我坐在写字台前，一个字都写不出来，只是呆呆地看着空空如也的作业本。我想哭，但却流不出泪。就在我呆滞的时候，妈妈走了进来。

她小心翼翼地端着一杯热气腾腾的茶。她把那茶轻轻地放在桌子上，示意让我喝。都这时候了，我哪有心情品茶？于是，像吞药一样一口气喝了。妈妈见我喝完了，就要端起杯子再沏一杯，我却没好气地说："不用再沏了，再沏就没味了！"妈妈却没说什么，端着杯子出去了，不一会，又端了一杯进来。还是原来的茶叶，但茶水颜色却更

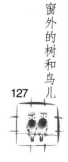

窗外的树和鸟儿

127

浓，茶叶也更舒展了。

　　妈妈放下茶，对我说："孩子，刚才那一杯，叫醒茶，是没味的，好茶叶呀，越沏味越浓！"我半信半疑地端起茶杯，一下子就闻到了一股从未有过的清香。我用嘴唇慢慢触到了茶杯，品了一小口，四溢的温暖与安逸顿时弥散开来，全身都沉浸其中。于是。我慢慢地喝起来，刚才的郁闷和不快乐都烟消云散了。我一边喝着，妈妈一边对我说："孩子，一切都可以再重来，面对问题，就像喝茶，急不得，得慢慢品呀！"看着这重沏的茶，听着妈妈的话，我顿时茅塞顿开。

　　是啊！这一次次考试，不就像这一杯重沏的茶？挫折不算什么，因为还能重来，就像茶还能重沏，而且味还会越来越好。

　　从此，我再也没被挫折打倒过，因为，每当失败，我就会想起妈妈的那杯茶。有了它，我才能走得那么远。

　　茶如此，人生亦是如此。顷刻间，我的笔尖流露出我现在的感受——妈妈的茶，难以忘怀！

2008 年 11 月

这个奔跑的
夏天

我从那一握中读出了爱

海枯石烂，日转星移，纵使青春年华早已逝去，唯有爱不变。

……

记得那是去年的春节，全家十三口人都聚在姥爷家一起过年。鞭炮噼里啪啦地乱响，把空气炸得沸腾起来，我的心也随着热闹的气氛而沸腾。

晚饭后，全家人都坐下来观看"春晚"，大家都笑着谈论着有趣的小品，一时合不拢嘴。我就坐在姥姥姥爷的对面，不经意地转头，视线却定在姥姥和姥爷的身上，再也移不开。

这样的画面映入我的眼帘——姥姥和姥爷坐在沙发上，紧紧靠在一起，肩并肩，两只苍老的手轻轻握在一起，放在姥爷的腿上，姥爷的手在上，姥姥的手在下。两只手上青色的血管严重地暴露着，手背上结着霜一样的白色死皮，

窗外的树和鸟儿

皮肤也失去了光泽。姥姥的手上裂出一条鲜明的口子——这大概是刷碗时弄的吧。姥爷小拇指的指甲已错了位，成了畸形的模样——这是年轻时出车祸落下的。

然后是一个低沉的声音。

"这些年……辛苦啦……"姥爷说。

然后，这个画面继续着。他们的两只手就那么轻轻地握着，毫不费力，毫不勉强，毫无阻隔。

此前，我也见过无数情侣挽手，但这一握却使我心中涌起了莫名的，比以前更加剧烈的感动。随后，我的心平静下来，静静地看着这对老人。我想哭。

我的心变得敏感起来——两只苍老的手见证了他们一起走过的岁月，经历的坎坷。他们也曾经年轻，也曾经像恋人一样拥抱，他们之间被一条爱的纽带紧紧相连。随后，年复一年，岁月夺走了他们的激情，带来的是一道又一道皱纹，一根又一根白发，但不变的是那条爱的纽带——它依然崭新如初——这些仿佛道尽了他们之间的爱。

是啊，时间不会消磨爱，只会让它更深沉。我从那一握中读出了爱——两个老人的爱。

2011 年 3 月

这个奔跑的夏天

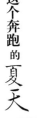

猜 火 车

也许我不应该说出这句话，因为我有很大概率是猜错了。可是我对于不可知的事情什么时候猜对了呢？

猜 火 车

面对着他我不知道能向他解释什么。他只不过是一个五岁的孩子，眼睛还是透彻的蓝，身上还没有一点被污染的痕迹。我要向他说明我的恐惧么？那么他一定会疑惑地问我为什么，我该怎么向他解释呢？这种恐惧是人类祖先祖祖辈辈遗传下来的，是我通过几十年积累下来的，我不可能用几句话向他说清楚。

"爸爸，快猜啊，哪个火车里有我的小熊?"他又问道，似乎有些不耐烦了。

我看着地板上的六节花花绿绿的火车厢，感到无助，好像被什么人蒙上了眼睛推到海里——我想呼喊胸腔里却灌满了水，周围一个人也没有，声音顿时消逝了。我知道我得做出选择。于是我胡乱说出口："也许是红色的那节。"

也许我该向他诉说我的童年，那时我与他年纪相仿，却比他瘦弱些。与他不同的是，早晨我会早早地起床，为

猜
火
车

的是去找邻居家的女孩玩。我从来不知道她叫什么名字，在我看来那并不重要，重要的是我能和她快乐地玩一整天。对她的记忆仅仅是一个画面——她背身蹲在地上，手里拿着她的洋娃娃，薄薄的单衣让她显得极瘦，一条麻花辫垂下来。

他们全家就那么突然地消失了。早上我跑去她家，就只剩下了空房子。我的恐惧一定是从那时开始的——之后的几天里我没再跨出家门，只是躺在床上失神，对接下来要做些什么一无所知。那是我第一次体会到空虚，感觉到对未知的恐惧。

大学毕业，我便到一个陌生的小城的报社里做编辑。说实话这样的工作也不错，虽然薪水不高，但只要老老实实审阅稿件、给出修改意见再把稿子寄回给投稿人，就不至于担心丢掉工作。回到家做一盘菜再配上一周前事先蒸好的米饭，有时还要灌下一杯啤酒，然后放起小泽征尔的交响曲，躺在床上看书，这时应该会打来几通电话。这么晚能打来电话的无非那么几个人，听电话响起的声音大概就可推断是谁打来的。

去上班的路上，我会把一盒沙丁鱼罐头扔给爵士，它是条大狗，可是却爱吃沙丁鱼罐头。爵士吃完罐头，高兴地摇尾巴，一路跟着我到报社。

过这种生活谈不上幸福，也不至于悲惨，最大的好处是不会有很多事情让你浪费感情。我不是那种感情充沛的人，一天的感情量是有限的，用完就没有了，要想接着高兴或者接着哭就得等明天。有时在饭桌上有人讲笑话，前两个还能哈哈笑出声来，到了第三个就只能苦着脸赔笑，再多就笑不出来，就像没了汽油的车子怎么也无法运转。

但是感情总是不用就会越积越多，让人膨胀得难受。于是我每天会去家对面的唱片店，倒不是真的需要买唱片，只是形成了这种习惯。我第一次去那家唱片店是为了买小泽征尔的交响曲，那张唱片我一直听到现在，每天听都会有相同的画面——女接待员礼貌地带着事务性的微笑向我点头。她的名字我同样不记得，也许我天生对名字有敌对的心理，好像是什么进入到思维里的脏东西，被大脑自动清除了。也许在某种程度上，我去唱片店就是为了见她，用光我积攒下来的感情。她也知道我不是来买唱片的，于是便大方地同我聊起来。

"晚上请你喝酒怎么样？"我问道，不知道自己究竟是谋划多时还是随口胡说。

"建议倒是不错，可是如果喝醉了谁送我回家呢？"也许她是明知故问。

"只能是我喽。"

到了下班，她放下唱片店的卷帘，锁上铁链。我们就沿着海边公路向前走，左手是海滩和漆黑的海水，右边是通明的小酒吧。九月海风宜人，我着单衣向前走，每一步却很卖力，不一会儿便微微出汗，衣服上残留的清洁剂的香味就散发出来。当我们实在有些热了，便钻进一间酒吧，每人点一大杯啤酒。我一口喝下去半杯。

"你走路还真是卖力啊，为什么做这种事还要认真呢？"她只喝下一小口，白色沫子却粘在嘴唇上。

猜火车

135

"也许是一种习惯，至于深层的原因我也没有想过，只是大脑无条件地执行一个程序罢了。"

　　"这种事确实没什么原因，如果问我我也会这么回答的。"她伸出粉红色的舌头舔去了嘴唇上的白沫。

　　"这种没有原因的事多的是，而且大多数事情是你预料不到的，就像你不知道什么时候我会喝完这杯啤酒。"说着我一口喝完剩下的一半，又点来一杯。

　　"是啊，这种猜不到的事总是让人害怕。"

　　"你也这么觉得？"我有点兴奋。

　　"当某些你熟悉的东西突然消失，没有任何预兆，就会非常不适应。这种不适应其实就是一种不能承受的生命之轻。"她已经喝完了一杯，正在用手指抚摸着玻璃杯口。

　　"负担越重，我们的生命就越贴近大地，它就越真切实在。相反，如果重压突然消失，人就会比空气还轻，就会飘起来，就会远离大地和大地上的生命。米兰·昆德拉如是说。"

　　"你读的书还挺多嘛。确实是这样，所以当我们拥有熟悉的生活时，就等于背上了重负，所以人不会感到恐惧。一旦熟悉的东西消失了，我们就会飘起来，随波逐流，无依无靠。这是谁都不希望的。"

　　"完全正确！"我又喝下一大口。

　　"你这人喝酒竟也这么卖力。"说着笑了起来。那笑容俨然是精灵向湖水里投掷金币激起的波纹。

　　我笑着没有作答。

　　接下来我们便一直喝酒，边喝边聊各自的情况。直到两个人都有些醉意了，我提议送她回家。

"我是大学生，住宿舍的。"她说话已经有些模糊了。

"那又怎样?"

"非如此不可?"这是贝多芬奏鸣曲中的乐章线索，我突然佩服她对贝多芬如此熟悉。

"非如此不可!"

于是我们往回走，我并不知道那个大学在哪里，甚至没听说过。我只是和她并排走着，按照她的指示拐弯。

"就是这里了。"她终于说道。

于是我站住，向街对面望去。果然有一栋矮矮的小楼。

我犹豫是否还要跟她说什么，她耐心地等着我。最后我确定没有什么可说的了，该说的已经说完了——应该是今天的感情已经告罄。

于是我们互相道别。

那是我最后一次看见她，只怪当时黑暗，看不清脸的轮廓，于是没能记清楚她的样子。又加上不知道名字，我便真的开始怀疑是否真的有这个人了。记忆斩钉截铁地告诉我这个人真的存在，可是她是谁呢? 身份无法确认，我认识了一个我不认识的人。

第二天去唱片店的时候，店员说她已辞去工作。找到大学，宿舍名单上分明写着"退宿"。面对这种猜不到的结局，我又一次感到极端地恐惧。接下来我该做些什么呢? 本来预设好的未来却突然被人删改了，我想愤怒地谴责这种卑鄙的行为，可是我又害怕它。

我向报社请了一个月的假，待在家里听小泽征尔的交

猜火车

137

响曲，注视着老旧的放映机，不时喝几口啤酒。不知道一个月没有吃沙丁鱼罐头的爵士会怎么样……

三十岁那年母亲去世了，因为突发的心脏病。两年后父亲也过世，医生不知道死因，总之是在睡梦中死去的。

"也许是红色的那节。"

也许我不应该说出这句话，因为我有很大概率是猜错了。可是我对于不可知的事情什么时候猜对了呢？

我再一次望见儿子的蓝眼睛，不知道要不要向他讲述我的故事，要不要向他说明这个世界的残酷？我究竟要不要提前告诉他他将要面对的——他永远猜不到的世界？

在我还在犹豫要不要把恐惧传染给他的时候。听到他嚷出来：

"爸爸，你猜错啦！"

是的，我猜错了。我早就知道。也许我唯一能猜到的就是我永远猜不到。

"火车里没有小熊！"儿子为自己成功给我设下陷阱而高兴，"我没有把小熊放进去！"

我突然明白儿子说的对。根本没有小熊，所以你永远也猜不到。

2012 年 11 月

北京市第五届中学生校园文学交流会·文学创作大赛一等奖

发表于《海燕》2013 年 6 月

偶　遇

那晚，我正游沈园，春风已经十分和煦了。园子里处处有灯火映照，人影绰绰。

虽然只是着单衣在园里游逛了不到一个时辰，但身上已微微出汗，气血也已畅通，全身轻松。

这样的曼妙春夜不饮酒甚是可惜了。于是，我跳进一家酒店，招呼店小二让他只管把好酒拿来。我就这么独自饮着，望着街上的人群和灯火酿出的一片繁荣。听见有人啜泣。扭头望向邻座，只见那个男人独自守着一小壶酒，两颊上明显留着泪痕。我实在不解这样美好的夜晚怎会哭泣呢？于是起身坐到他对面，爽朗一句："你这么小壶小杯的怎么喝？来，喝我的。"说着，把壶递到他面前。他抬头看看我，又低下头。头发遮住了他半个容颜，但仅凭那露出的一半便可知他那缠绕满身的愁绪。"嘻，你怎知放翁啊……"说着，又斟满一小杯，一饮而尽。

"呀，莫非你是陆游？"我惊奇地叫道。我实想不到能在这样美好的夜晚再碰上一位才子的，心里一阵欢喜。但随即瞅到他满脸的痛苦，便收敛起来了。

　　"没想到，我竟如此被人抬举，这般模样也有人能认出我。"他苦笑一声，又饮一杯。

　　"怎会不认识？只是为何愁饮于此啊？难道是为情所伤不成？"我只是胡乱一语，半带着玩笑。怎想他眼睛突然定在我身上，令我浑身不自在，不敢直视他。

　　他却快语到："跟我走。"随即从小二那里讨来笔墨，大步流星出了酒店。我一时摸不着头脑，但也匆忙跟了上去。

　　人群十分密集，行走十分困难，拉下得越来越远。只看见他的帽子在前面摇摇晃晃。

　　终于，我拨开人群，在一面院墙前找到了他。他正在墙上题写着什么，笔速很快，一气呵成。借着灯火我得以读到诗题三个字：钗头凤。后面便是上下两阙：

　　红酥手，黄藤酒，满城春色宫墙柳。东风思，欢情薄。一杯愁绪，几年离索。错！错！错！

　　春如旧，人空瘦，泪痕红悒鲛绡透。桃花落，闲池阁。山盟虽在，锦书难托。莫！莫！莫！

　　满园的繁盛突然变成了盛宴消散后的落寞。熙熙攘攘成了陌生的景象，我与所有人之间好像围起了一圈帷幕，挡住了所有喧闹，帷幕里只有陆游站在我身旁。

　　"可容我向你讲个故事？"他轻声问道，声音中的亲切消除了我心中所有的防守。

"当然。"我低声答道。

"二十岁那年，我娶了我的表妹，她叫唐婉。那时我们整日舞文弄墨，琴棋书画是一天的所有内容，她很有灵性，诗书一点就通，音律也极好。虽然我们是先成的夫妻再成的知己，但相知并相爱毕竟是十分美好的。我们每日都很快乐。那时，我觉得世间的行乐也不过如此了吧。

"我母亲不喜欢她，逼我和她断绝。真不知那时我怎会那么敬母亲，竟真的不与她来往了。可是，离得越远，这愁绪拉得越长，从心里抽丝的痛你可懂吗？也许时间真的能抚平一切。后来我娶了王氏，她嫁了赵士程，我也有了孩子。虽然不再思念，面影却能时常想见。"他又转过身来，面对着我，眼角晶莹闪烁。

"今天，就在沈园，我又遇见她和她的丈夫。虽然时隔七年，但她的样子还和我印象中的一样。当年我送她的那只钗，如今已不在她的头上。不知为了什么，非要见着一面。"此时，他已走开，躲进了拥挤的人群中，留我独自在这铁壁一样的帷幕中。

我突然响起还没付酒钱。于是又赶回酒店，扔下两个铜板。抬头望见那惨白的月，喝下杯中最后一口酒。

2013 年 6 月

猜火车

141

你不觉得这是个伤感的故事么？

　　九月份其实已经是夏天的尾巴了，呃，准确地说秋天应该已经开始了。我顶喜欢九月，至于原因可能有很多，比如 September 的花体字是所有英语单词中最好看的，至少我是这么认为。也可能是因为我的生日在九月，虽然我并不在意自己到底几岁，但还是会有人适时或不合时宜地发短信问候，难道他们就不知道我真的不想搞个 party 让自己像个外星人？总之，九月是我最喜欢的事物——除了狗和枪，我最喜欢九月。所以在九月，在这一年只能有一次的月份里，我会把所有晚上都花在散步上。我常去那条沿海的柏油路。因为没有便道，行人和车走在一起。

　　也不知道这是九月几号，总之这一天非常奇怪，本来应该是秋季凉爽的夜晚，却变得极其闷热。所以我只穿了单衣，在柏油路上走着，听浪花拍击海岸。走了一会儿，身上微微出汗，于是我钻进一家酒吧要了杯啤酒。看着电视上无聊的足球比赛。坐了一会儿，无事可做。我转向旁边的那个人。

"你说为什么人们会喜欢上足球？"

那人显然是反应迟钝，愣了一会儿才转过身来。

"也许是人们没得可喜欢了。"

"可为什么光有足球还不够，还喜欢篮球和橄榄球？"

"一定是足球玩腻了。"他想了想才说。

"你喜欢么？"

"什么？足球还是橄榄球？"

"就是球，这球也好那球也好，就是这些踢来踢去，抢来抢去的东西。你喜欢么？"

"谈不上喜欢不喜欢，只是在其他频道都没的可看的情况下才看一眼，"他说完喝了口啤酒，然后用眼睛盯着我，"你这人还真有意思，为什么提这种莫名其妙的问题？"

"的确莫名其妙，因为一切都是莫名其妙，"我也喝了口啤酒，"嗯，怎么说呢，我就是喜欢对所有事物问为什么。"

"结果呢？"

"结果？结果就是一无所获。就像人们发明轮子，改变了整个人类文明，为什么不能是其他什么？就是能像轮子一样发挥同样功能的东西，为什么不能是那些呢？要知道在某些特殊的凹凸地面上，圆的轮子可不是最方便的。类似的有很多，为什么狗只能爱上狗，猫只能爱上猫，人也只能对人产生荷尔蒙。为什么就不能是猫嫁给狗，狗爱上猫呢，也许人会喜欢上猪也未可知，可这些都没发

猜火车

143

生过。"

我拿起杯子喝了一大口，喉咙瞬间又恢复了清爽。

他沉默了一会儿。沉默的时候俨然一尊雕工粗糙的石像，片刻之后又恢复了生机。

"嗯，对啊，确实说不出来为什么。也许有些问题就是没有答案的。不该知道的就永远不要知道。就像不恰当的提问，假如我问你喜欢纸么？"

"谈不上喜欢，也不讨厌。"

"对啊，有些事情就是既不喜欢也不讨厌，说白了就是无法回答。因为你根本不了解它，你既不知道纸的味道，也不知道把它吃下肚会不会腹泻。所以对于你根本没有感知甚至根本无法感知的事物提问题，是无法回答的。即使回答了，也是在答案的几个选项里随便挑的一个。"他一口气喝光一杯，又叫来一杯。

"这个我倒是明白，就像我看着订书机看上一天，也不会知道自己到底喜不喜欢它。因为我根本不知道订书机的本质。"

"说的没错。"

"那么请你告诉我，你真正了解什么东西么？"

"嗯……其实没有，就像我老婆上个月跟一个男的跑了，这之前我还以为她很爱我，其实我根本就不知道她爱上了她的钢琴老师。"

他端起满满的酒杯喝一大口，白色泡沫粘在他的胡子上。

"没错，一切都看不透，所以我才来这里喝酒的，我打

这个奔跑的夏天

赌你也是。"

"是的我也是。"

接下来的几分钟里我们谁也没跟谁说话，只是各自喝着啤酒，我发现他胡子上的泡沫越来越多。突然，电视里传来一阵欢呼声，是一个队进球了，1：0，球员兴奋地抱在一起。

到底是谁发明的足球？

"你有看过《百分之百的女孩》么?"也许他对足球实在没兴趣，转过来对我说。

"还有百分之百的男孩?"

"是一篇小说，村上春树。"

"那是个人？男人还是女人?"

"没看过就罢了，"他不理会我的话，"只是我的妻子，应该是前妻，喜欢看他的小说。她给我看过那一篇，《百分之百的女孩》。她说她向往小说里的生活，还说我与其他小说里的人一样沉闷，不求改变，就会没事闲逛，要不就是喝酒，她讨厌我喝酒，可我没喝醉过，小说也都是假的嘛。"

"你可曾还见过她?"

"没见过，连电话都换掉了。人间蒸发。"

他又喝完一杯，桌子上已经有六个空杯了，他四个，我两个。

"这点我倒是与你相似。我有过一个女朋友，应该是有过几个，但都想不起来名字了。一个是高中的同班同学，样子已经记不得了，只记得名字里有个惠字，还有一个是

猜火车

大学里认识的，也忘记样子了。另外一个，就是我一开始说的那个，是我在酒吧厕所里认识的。"

"地点挺浪漫啊。"

"我一进去就看见她倒在地上，于是叫了人把她抬出去。在她钱包里找到了证件，就送她回了家。路上我发现，她的左手只有四个手指，小指不见了。"

"于是就……哦呦，这也太老套了，简直像烂电影。"

"什么啊，她住大学宿舍的。后来，我去唱片店买《加利福尼亚的少女》，正好碰上的销售员就是她，她居然记得我。我当时正在那里旅行，她在那家唱片店打工。我在那里没有朋友，就认识她一个，所以有时间就周末见个面，一起吃饭什么的。本来只打算待一周，没想到待了一个月。"

"后来呢？"

"后来就在我要回去的前几天，她失踪了，电话没人接，宿舍里也没人。找了好几天也没找到。知道我要走的前一天晚上，她突然给我打电话，让我去第一次见面的那个酒吧。我们喝着威士忌，好像谁也没说话。然后她突然就哭了，倒在我怀里，眼泪止不住地流，我们就这样一直坐到酒吧关门。然后我送她回家。我记得她说的最后一句话是，你会回来么？我说会的。于是，第二天早上我就坐飞机回来了。三个月以后，又去了那里，可是找不到这个只有四个手指的女孩了，工作辞掉了，宿舍也退掉了，在时间的长河与人的洪流中消失得无影无踪。后来我再也没有见过她。"

我拿起酒杯喝着，他再次沉默。

"所以，她是你的百分之百的女孩喽。"他终于开口。

"不对，我幻想的百分之百女孩应该是这样。我就从街的一头走过来，她从另一头走过来。我就对她说，你愿意做我的百分之百女孩么？她说，好的。于是我们就确信都是对方的百分之百，与其他成千上万的恋人一样。直到有一天，我对她说，我们再尝试一次吧，如果我们真的是百分之百，那么我们就分开，肯定还会在哪个地方碰上的，到那时就说明你真的是我的百分之百女孩，我真的是你的百分之百男孩，我们就马上在那里结婚。她说，好的。于是两人分开，各奔东西。从那以后，我们就再也没见过。后来我结婚，有了女儿，变成老头，但萎缩的大脑却隐约觉得有个百分之百的女孩在等着我。这就是我的百分之百女孩。"

我们再一次陷入沉默。

我看着他，首先说话：

"你难道不觉得这是个令人伤感的故事么？"

后记

其实就是把假期里的一些感受（应该说是感觉）写成了一篇小说，风格和内容多有模仿。

假期里一直在四处奔跑，不自觉地会陷入城市人的迷茫，有时候会像走进小胡同一样，一直走却一直不见到头。所以，假期里我花了更多的时间来审视自己，却发现自己其实什么都不了解，对身边的一切都不了解，就像我不知

道自己喜不喜欢纸、垃圾桶、眼睛或者是不是对手、腿、脑袋有好感，我发现有很多事是不确定的，原来以为确定的，换一种思路就又不确定了。于是我有些沮丧。其实这一切（也许指生活）都是一个令人悲伤的故事。没有为什么，只有怎么样。只有悲伤，悲伤之后，什么都不剩下。

2012 年 9 月

戏如人生

——观电影《梅兰芳》有感

看到《梅兰芳》这个名字，便可知道这是有关我国四大名旦之首——梅兰芳的故事。不要以为他只是一个唱戏的，他的身上更多的迸发出京剧艺术的内涵……

梅兰芳是一个内敛的人，但他却充满着创新的勇气。梅兰芳在听邱如白的讲演时说道："唱京剧的根本没有真实的感情，为什么？就是因为他们脸上紧绷着，总是古板的唱腔。"正是这几句话奠定了他们二人的精诚合作，邱如白也成了一个对梅兰芳产生深远影响的人……梅兰芳的戏能让一个本是五代为官的官员弃官从戏，可见他演得是多么入情入境、鲜活至极呀！

在梅兰芳与当时的京剧大王十三燕同唱"夫妻相隔十八年再相会"这段戏时，梅兰芳扮演的妻子本没有戏，但他勇于向十三燕提出要改戏，"夫妻相隔十八年又见面，妻子却如死人一般坐在那儿一动不动"。虽没有得到十三燕的

猜火车

149

同意，但敢与自己的师傅打对台，在当时这是多么的难能可贵。是梅兰芳让京剧赶上了时代的变化，推进了京剧艺术的发展，使京剧得以发扬光大；而十三燕也以另一种方式演绎着对京剧艺术的理解……

1937 年，日本入侵中国，并很快占领了北平，梅兰芳便离开北平前往上海。

梅兰芳虽然在舞台上扮演柔弱女子，但在生活中他却是铮铮铁骨男子汉。日军要梅兰芳给他们唱戏，他毅然决然地说，"不演！"。即使用刀架在脖子上也绝不动摇！为了表达对祖国的热爱和民族气节，他竟然"蓄须明志"放弃比生命还重要的京剧艺术。这看似简单的"唱"与"不唱"对梅兰芳来讲其实是一次严峻的"生死抉择"。我们知道，戏是梅兰芳生命的全部啊！是啊，自己的京剧对整个中国来讲实在算不得什么，梅兰芳热爱京剧，但更热爱祖国，国难当头，绝不能让自己的京剧成为日本人为中国人洗脑的工具和帮凶！由此可以看出，梅兰芳与当时那些毫无气节充当达官贵人玩物的"艺人"、"戏子"、"伶人"是截然不同的，他是当之无愧的伟丈夫、男子汉、民族脊梁！

邱如白曾对梅兰芳说，"别让京剧荒了！"他蓄势待发，抗战胜利后马上重登京剧艺术舞台，不但没有让京剧"荒"了，而是精神上和艺术上都实现了飞跃，梅兰芳的从"不唱"到"唱"实在是一次感天动地的凤凰涅槃，经过战争和精神洗礼的梅兰芳终于成了受人尊重的一代伟大的京剧艺术家！

在梅兰芳的成长过程中不得不说的有两个人，第一个就是十三燕。

梅兰芳自小师从爷爷十三燕学艺。十三燕正与梅兰芳相反，是个守旧的人，并最终被时代所抛弃。就在梅兰芳与十三燕打对台的最后一场戏时，观看十三燕演出的人一拥而散，可他面对空无一人的戏院还在唱着，直到把戏唱完。可见他对京剧艺术的尊重、执着与追求。梅兰芳始终牢记爷爷的话，"你以后一定要让别人看得起，咱们是下九流啊！可惜爷爷这辈子都没有做到。"事实证明，他不但"让人看得起"，不但不再是"下九流"，而是真正成了一代宗师，一个受人敬重的人民艺术家，一个德艺双馨的艺术家。在此我由衷地向梅兰芳先生致敬！

　　如果说第一个人十三燕不但给了梅兰芳京剧艺术的基础，同时也给了他奋斗的目标，那么第二个人——邱如白则给了他撕开那个"纸枷锁"的力量。

　　梅兰芳的大伯邱如白曾在信中对他说，"我被套上了纸枷锁，不能撕开它。"其实被套上"纸枷锁"的远不只是邱如白自己，几乎当时所有的京剧演员都套着这样的一副枷锁，一副精神上的枷锁。邱如白在不断给他说戏的同时，也就是慢慢帮他摆脱这束缚，撕开这枷锁。若不撕开它，京剧就只能固守传统，毫无发展，邱如白让他"演得更真"，正是此目的，但邱如白只顾京剧，却不顾大体。"别让京剧荒了！"一句话也正体现出了这一点，若是继续唱戏，国家就会"荒"了！这才是梅兰芳不唱戏的真正原因。

　　梅兰芳坚守艺术的贞操，为祖国作出的贡献是不可磨灭的，他对祖国的爱与对京剧艺术的不懈追求值得我们思考……

猜火车

151

说湖南卫视

读陈善雷《从湖南文化解读湖南电视的"山寨"现象》和王夫之《宋论》的节选，我有以下几个看法：

首先，这"山寨"的帽子是不能随便扣的。

所谓"山寨"，无非是对别人已有的东西进行模仿，带着点侵权的意味。如果这么看，改革开放后的中国社会完全就是一个山寨的社会，模仿的对象当是日本和欧美；而日本又是在明治维新后模仿的欧美，所以不仅日本社会是山寨的，中国社会更是山寨的山寨。如此说来，在一个山寨的社会里出现一两个山寨的电视也是情有可原吧，如果一个山寨电视都没有，那才叫奇怪呢。可是这种社会的山寨（像市场经济、工业文明、"科技是第一生产力"和资本主义城市文明）被叫作"中国特色社会主义道路"，难道湖南电视就不能叫作"中国特色社会主义电视"么？

另外需要明确的是，不应该把山寨看成"落后"而批

这个奔跑的夏天

评它，也应该看到"山寨"是与自身相比的一大进步。正如陈善雷所说"山寨现象是在突破占中国电视主导地位的知识教化功能和资讯服务功能后出现的，它以娱乐游戏功能为内核率先发生，具有开创性意义。"这就体现出了湖南人敢为天下先的精神。能够在电视上走出这第一步是十分不容易的。因为电视，是言论机构，在某种程度上代表着国家的意识形态。而湖南卫视率先突破原有的意识形态，其意义就像小岗村第一个实行家庭联产承包责任制一样。湖南电视人告诉中国电视界，"原来电视还可以这样做"。

从这里还能看出湖南文化的经世致用——务实学、重实践、求实干。正所谓"天变不足畏，祖宗不足法，人言不足恤"，说的也是这个意思。就是在"三个实"和"三不足"的思想指导下，湖南电视踏上了创新的道路，当然这种创新只是相对于自身。

其次，"山寨"此词用的也不妥。

"山寨"跟"盗版"其实还是有些相同的，都有侵权的意思。要说十几年前湖南卫视的节目是山寨可以，因为当时国内的电视版权意识还不强，况且有政府罩着，怕什么？但是近几年，像《我是歌手》《唱出我人生》《我们约会吧》这些节目都是引进的国外版权，所以就不是侵权，用"山寨"这个词就不太合适。因为毕竟纯模仿只能模仿来皮毛，而真正的节目运营方式、节目策划、现场气氛的营造、机位设置、节目播出和剪辑都是需要专业流程的，而这些东西恰好是中国电视业内缺少的东西。所以现在大多数电视公司都采取了购买版权的方式。购买版权，那么

猜火车

授权方就会送给你一个业内称之为"宝典"的计划册，里面有该节目制作的完整详细流程，讲解得细致入微；授权方还会派专人到节目录制现场参与节目录制，监督各个环节。当然，外国节目到了中国有可能"水土不服"，外国人喜欢的中国人不一定喜欢，而且既然是中国节目，必然要加入更多中国元素，这时就需要将外国节目"本土化"，授权方会与电视公司商谈，在不脱离节目大体方向的基础上制定本土化的节目录制方案。如此一来，引进外国版权节目就变成了学习的过程，俗话说"授之以鱼，不如授之以渔"，引进版权正是"授之以渔"，引进得多了也就学会了这类节目该怎么做，也就不用引进了。但事实上，此道路相当漫长。

最后，我查了这篇文章的发表时间，是2011年，个人觉得时间有点早。

现在就连央视也已经开始引进外国版权节目，如《梦想合唱团》《谢天谢地你来了》。可见，中国电视已经踏上了一个新阶段，并慢慢向国际水平靠拢。而这一切的开山鼻祖，便是湖南卫视。

2013 年 2 月

兄弟的战争

　　托马斯兄弟是一个富有的奴隶主家的奴隶，他们自从出生就被卖到了奴隶主里德斯家中做奴隶。里德斯喜欢叫哥哥大托马斯，弟弟叫小托马斯，这名字一直叫了十七年，以至于他们已经忘记了自己的名字。

　　那时候，所有奴隶的待遇都一样，每天都是繁重肮脏的活儿，干不好就挨打。托马斯兄弟也不例外，他们已经挨了十七年的打，所以他们身上满是疤。

　　不过，生活并不是没有一点希望。里德斯老爷喜欢野味，经常让托马斯兄弟去打猎，所以他们的枪法百发百中。有时他们会从打来的野味中偷偷扣下一只兔子或一只鸽子留给自己吃，而且每次都很成功。其实里德斯老爷早就开始怀疑他们了。

　　这天，他们又偷吃了一只兔子。

　　"今天怎么才打了一头鹿？我的兔子呢？"里德斯生气

猜火车

155

地问道。

"今天兔子很狡猾，全都躲起来了。"大托马斯颤巍巍地回答。

"是吗?"里德斯冷笑一声，"管家!"

管家从门外走进来，手里托着一个盘子，盘子里是一堆兔子骨头。

"打! 我还要罚你们三天不许吃饭!"里德斯咆哮着。

他们被粗暴地拖了出去，一顿毒打后，他们被锁进了马棚。

"他们根本不把我们黑人当人看! 我受够了，我必须走，就在今晚，你走不走?"

"走!"小托马斯坚定而愤怒地说。

这时，闯进来了管家和两个人。他们抓起大托马斯就走，并搁下一句话:"他可比你幸运，小托马斯，他要被卖给另一个老爷啦!"

"不! 不!"小托马斯叫道，可是他的腿被打得不能动弹，只能眼睁睁看着哥哥被带走。可这更坚定了他的决心，因为他清醒地认识到自己只不过是一件物品，留在这里，只有死路一条!

于是，他用一小块铁皮磨断木栏，从窗户逃跑了。

他想找到北方军，参加战斗，打倒这些奴隶主。

于是，当他爬过麦地时却突然晕倒了……

当他醒来时，他在一个大帐子里，旁边有两个士兵正用树枝敲打他的脸，还不时用枪托顶他一下。

小托马斯张口便问:"这是哪儿? 你们是北方军吗? 我

这个奔跑的夏天

是来参军的!"

那两个士兵听后表情有点不自然,不过很快答道:"是的。我们是北方军队,欢迎你加入我们。"

随后,他被带去见了长官。一进那帐子,小托马斯就被冲鼻的烟味弄得咳嗽不止。

"你想参军是吗?"那长官闭着眼问。

"是的。"小托马斯高兴地答道。

"枪法怎么样?"长官的话中有点轻视的语气。

"一流棒,长官!"小托马斯有点得意。

"是吗?"那长官显然不信,"不过,好吧,我正缺狙击手。副官,给他一把枪,让老独眼跟着他,让他去前线吧。"

于是,小托马斯有了一把狙击枪,并带上助手——老独眼去前线了。

老独眼要他每天至少杀五个人,但是小托马斯一腔的怒火却让他发狂了似的,每天都要打完自己的二十发子弹,而且弹无虚发。

可就在第三天,他接到命令:南方军队中有一名狙击手,我军大量军官被射杀,命你在两天之内,立即消灭目标。

而就在这天下午,他在瞄准镜里看见那个狙击手,他热血沸腾,把一切仇恨都寄托在了这一枪上,可当瞄准镜的十字瞄准心对准那个人的头颅时,他不敢相信自己的眼睛——那个人居然是自己的哥哥。小托马斯不敢相信,哥哥竟然在为南方军打仗,他此时真不知道该不该扣动扳机。

猜火车

这时，一直在用望远镜观望的老独眼却吼道："开枪啊！开枪啊！杀死他！"可小托马斯始终不能开枪，他找了个借口："不行，有棵树挡住了。我们换个位置。"

这天，那个喜欢抽烟的长官被杀了。老独眼发疯似的对小托马斯吼着："如果你明天不能杀了他，有你好看的，知道吗！"

第二天，小托马斯和老独眼又来到了那个狙击点。小托马斯刚把眼睛对准瞄准镜，哥哥那熟悉的脸就出现在眼前，他的手颤抖起来。而就在他犹豫之时，哥哥的狙击枪突然转向了他，小托马斯看见哥哥好像也吃了一惊，可随后他看到哥哥立刻用手扣住扳机，紧接着就是一声枪响。小托马斯听到枪响，本能地也开了一枪。他真切地看到子弹穿过树丛从哥哥的颈部射出，哥哥一点一点地倒下了。可他却吃惊哥哥没有打中他，他回头一看，老独眼头部中枪了，手里还握着一把刀。

小托马斯这才明白是哥哥救了他。他扔下枪，拼命冲向哥哥。对面的岗哨发现了他，机关枪、冲锋枪、步枪，全都瞄准了他，可没有一发子弹击中他，就像有一个屏障保护着小托马斯。

他冲到哥哥身旁，把哥哥的头抱在自己怀里，泪如涌泉般流淌下来。大片大片的血也浸透了他的衣裳。大托马斯慢慢张开眼睛，看着弟弟露出微笑。"好弟弟，别忘了……我们……说好的……做一个真正的人……"大托马斯渐渐闭上了眼睛。小托马斯也被一枪托打晕了……

小托马斯醒来时，他被绑在审讯室的一把椅子上。

这个奔跑的夏天

"你们放开我，你们这些南方军队的奴隶主，我不会再为你们卖命了！永远不会！"小托马斯大声叫喊着。

"什么？你自己才是在为南方军队卖命，看看你的军服吧！"一名军官惊奇地说，"我们才是北方军队。"

"不可能，你在骗人！"

"我没有骗你，我们……"

那名军官讲了许多话，小托马斯才明白，自己被那些可恶的奴隶主利用了，来杀自己的兄弟……

战争结束后，小托马斯晋升为北方军上校，立下战功无数……

在哥哥的墓前，小托马斯跪在那里，抚摸着石碑。

他掏出手枪，上好膛，为自己误杀的北方军士兵放了五十二枪。他凝视着墓碑，说："哥哥，战争结束了，我们都是真正自由的人了，我们说好的，说好的……"

他把枪口对准自己的头颅，把最后一枪留给了自己……

2009 年 9 月

思凡·双下山

　　这部长约一个半小时的话剧上演于 1993 年，把明朝无名氏传本《思凡·双下山》和薄伽丘的《十日谈》经过改编融合到一起。这部话剧是孟京辉开创中国小剧场话剧时的先锋之作。

　　这部先锋话剧分为四幕——开头和结尾两幕以明朝传本《思凡·双下山》为主干，讲述了一个小尼姑和一个小和尚再也无法忍受佛寺的清规戒律，双双跑下山来，在途中遇见并萌发爱情的故事。木鱼声声，佛声悠悠。但在小尼姑看来，这一切念经吃斋和了断欲望都是对这个十几岁幼尼青春的蹂躏——她那躁动的渴望爱情的心早已飞到佛缘外面，去寻她那心爱的哥哥。

　　"削发为尼实可怜，稗灯一盏伴奴眠，光阴易过催人老，辜负青春美少年！"

　　——小尼这一句开场诗，便道出了她心里的渴望。或

这个奔跑的夏天

许与杜丽娘些许相似。想必一切经历过躁动青春的女孩都曾像这幼尼一样，夜里孤枕难眠，凄凉人也。

另一座山上的小和尚也像小尼姑一样，怀着向往青春向往爱情的心，冲破禅院，下山寻找他渴望的一切。

"和尚出家，受尽了波查，被师父打骂，我就逃往回家。一年二年，养起了头发；三年四年，做起了人家；五年六年，讨一个浑家；七年八年，养一个娃娃；九年十年，只落得叫一声和尚，我的爹爹，和尚爹爹呀！"

——这是小和尚的独白。和尚也是肉身，怎么就隔绝了俗世？

第二幕第三幕是薄伽丘的《十日谈》中的两个小故事。

故事一，一个男人爱上了老实人的女儿，想和她睡觉。于是与朋友假装夜里投宿，上了她的床。当男人靠近老实人女儿的床时，听见她在梦里呼唤自己的名字，才知道她原来也一直爱着他。于是两情相悦，共度幸福一晚。而老实人的妻子却又阴差阳错地上了朋友的床。那一晚上老实人的女儿和妻子都非常快乐。事情被老实人发现后，女儿和妻子都称没有这回事，于是放过了两个占了便宜的男人。

故事二讲的是国王的马车夫爱上了王后，决定冒着生命危险——即使丢了性命，如果能上王后的床，那么死也甘心了。于是，他冒充国王与王后共度一晚。然后又机智地逃脱了国王的调查，安然无恙。

可以说，《十日谈》是整部剧中的插曲，却也是画龙点睛之笔。它让我们明确地知道，这部剧讲的不是完美的爱情，而是欲望。那个男人和马车夫只是在乎良宵的美妙，

猜火车

小和尚与小尼姑最后不一定会终成眷属。但他们在乎的是挣脱礼数道德的枷锁，追求自己的欲望。接着一点而言，他们都达到了目的。

我想这就是这部剧是先锋话剧的原因——在20世纪90年代的大背景下，完全脱离形式主义、脱离保守思想观念、拒绝改革开放的停滞、推翻左派余风，在艺术界蹦出来把戏剧拉回到人的自然属性，公开地提倡追求个人欲望。在解放人性的方面的确开了中国的先河，想不先锋都不行。要理解《思凡·双下山》的先锋性，还要联系社会大背景。

20世纪90年代初，改革开放停滞不前——各地改革不敢改了，甚至"左倾"思想再次抬头。邓小平当时虽然已经退休，但看到这样的微妙情况，他知道如果自己不站出来说话，改革开放可能会功亏一篑。于是邓小平开始了他的"南方讲话"，让各地放开步子大胆改革。这才让改革继续下去。虽然当时政府方面有所动摇，但西方的思想文化已经深入百姓之心，并且由于新思想的潮水太过凶猛，让这些知识分子陷入了迷茫——新鲜事物太多，让他们只是不断尝试，而失去了发展方向。可以说，20世纪90年代的思想文化言论是新中国成立以来最自由的时期，就是中国的"文艺复兴"。于是，先锋话剧孕育而生，小剧场演出在各地铺开。孟京辉的《思凡·双下山》就是在这样思想文化大步流星前进而政治却如小脚女人走路一样的背景下产生的。所以，《思凡·双下山》的价值就在于它体现了90年代思想文化的大变革。

另外，这部剧中的表演手法也是值得称赞的。首先，舞台上演员一人饰多角——既是小和尚，又是与老实人女儿偷情的男人，又是上了王后床的马车夫。其次，两人饰同一角色——一个人表现马车夫靠近王后时的故作淡定，一人表现他心中的兴奋。这种表现手法让观众易于理解，体会深刻。另外一点要得益于小剧场的好处。演员拿起一盆沙子直接向观众身上泼去，观众纷纷躲避，却都笑着掸掉沙子。这种与观众的交流怕是没有更极致的了。再有，演员会突然脱离人物，发表自己对人物的看法，我在之前从未见过。

也许是我看话剧看得太少，总之我对 90 年代能够演出这样优秀的先锋剧感到惊讶。

看了这部话剧让我感觉心情舒畅。因为冲破牢笼正是每个人所向往的。我就非常希望自己明天突然有勇气下决心不再参加任何考试，不再臣服于这种僵硬的体制，我真希望自己能够有勇气不再以世俗的标准评判自己，而仅仅听从内心的声音——就像小和尚小尼姑一样冲破寺院冲破戒律。何况那是明朝人写的故事啊，而到了现代社会的我们仍然只能把自己想象成故事里的人——何等惭愧！何等无奈啊！！！

如果有人像我一样渴望冲破牢笼，就看看这部《思凡·双下山》吧。（推荐 93 版）

2012 年 11 月 21 日

猜火车

妙境奇游

再没有比这更妙的事了！

清晨，当布谷鸟的欢快歌声敲响了寂寞了一夜的耳膜；当柔和的阳光透过微微张开的眼睑温暖了漆黑了一夜的瞳孔；当茉莉的幽香徐徐流进平淡了一夜的嘴唇——新一天的讯息就像电流通过全身，不可计数的神经传导到我混沌了一夜的大脑。新的一天就这样奇妙地敲开了我睡梦的大门。

再没有比这更妙的事了！

起身下床，步入阳台。极目远眺，蓝宝石一般的广阔天空下是翡翠般的森林；在森林的掩盖下是一弯透明色的闪着亮光的小溪；在小溪前进的道路上坐落着一座深青色的磅礴的雄伟山峰。深吸一口气，湿润的空气中夹杂着淡淡的香，刺激着每一个敏感的嗅觉细胞。再吸一口，再吸一口！让身体中充斥着这气息，轻飘飘的，悬浮在空中。

却发现自己身处在一个爬满藤萝的木屋里，它静静地伫立在这片土地已有千年之久。就这样，我开始享受这奇妙的一天。

再没有比这更妙的事了！

坐在藤萝盘绕的桌子前，享用早餐。一块面包，一块甜点，一杯清茶，再没有别的花样。吃着早餐，赏视着这屋中的一切：藤条编织的吊床、衣柜、板凳、躺椅，还有一个狗窝。不一会儿，我的猎狗跑了进来，嘴里叼着一张弓和一筒箭，来邀我一起打猎。于是，我结束早餐，随着我的猎狗朋友走进森林，开始我奇妙的狩猎之旅。

再没有比这更妙的事了！

我盯上了一头小鹿，拉弓搭箭，箭如闪电一般飞出去，撞在小鹿的身上，碎了，变成粉末，随风而去。那头小鹿可爱的转过头望着我，欢快地向我跑来，在我身上蹭来蹭去，高兴地眯着眼睛。于是，我猎到了一头小鹿。我继续向前走，我的朋友和小鹿尾随在我身后。一箭，一箭，又一箭，当我打猎归来时，屋前已满是我的猎物：鹿、兔子、狼、熊、猴子、老虎、鹰、麻雀、白鹭、鹤……它们都像是一个个神奇的宠物，乖乖地在屋前漫步，在天空盘旋。我走出来，抚摸它们的皮毛，与它们赛跑，在地上打滚儿，在池塘里游泳……直到晚上，又是一箭，它们就又都回到奇妙的森林里睡觉去了。

再没有比这更妙的事了！

送走了我的动物朋友们，用过晚餐，就要傍着满天繁星进入到睡梦中去了。躺在床上，野草编成的被子盖在身

猜火车

上，和天上的明星打招呼，然后它们会讲起很多奇妙的故事哄我入睡……

再没有比这更妙的事了！

第二天清晨，当第一缕阳光射入我的眼睛，我看见的是雪白的房顶。眺望窗外，是成群的楼房。我这才明白，那是个奇妙的梦境，但梦境怎会如真实般美丽？

不管那是不是梦境，都再没有比这更妙的事了！

——我的妙境奇游！

2009 年 10 月

谢天谢地，你来了

——中国电视真人秀节目初探

围绕真人秀节目《谢天谢地，你来了》展开研究，探究其国外版权所属，引进时间，国内外文化映射和社会影响。

一、真人秀节目《谢天谢地，你来了》播出现状

《谢天谢地，你来了》是央视一套周六晚间节目，是中央电视台首次引进版权的戏剧真人秀节目，带给了观众全新的节目形式。中央台将其定位为一档全新智慧型文化栏目，突出"智慧"和"文化"，而非纯娱乐性节目。其目的在于开创娱乐节目的新形式。

节目形式：每期节目邀请四位嘉宾，根据设定好的场景即兴表演，评委在适当时候按铃叫停并进行点评。主持人可在嘉宾表演时对场景或人物进行现场调换或"捣乱"，

猜火车

167

以突出其即兴的特点。

　　很显然，作为中央台而不是地方台，央视想通过这档节目树立娱乐文化的标杆，所以在节目制作过程中突出文化性，使其尽量贴近百姓生活，以脱离地方台的"低俗"档次。具体来说，节目设置的各个场景故事都是基于现实生活和社会热点，将主流文化与当下流行文化相结合，使其既符合中央台的身份，又能赢得收视率，起到文化导向作用。

二、节目版权引进的背景

　　《谢天谢地，你来啦》是中央电视台首次引进版权的戏剧真人秀节目（与英国 Fremantle Media 公司签约购买）。原版节目名为《你是主的恩赐》　　（Thank GOD you are here)，其版权公司为澳大利亚工作犬影视制作公司。该节目自 2006 年 4 月起便在澳洲电视网（Network）频道 10 播出，迄今为止已播出 6 季，是该公司的王牌节目。

　　引进版权并不仅仅是花钱购买版权然后自己钻研琢磨。版权提供方有一套完善的节目介绍资料，业内称之为"宝典"：会提供详细的产品说明书，包括策划方案、录制过程、走红原因等内容。同时，版权方还会派出专人进行现场指导，参与节目的制作、执行、营销等各个环节。

三、该节目及相关节目的文化映射

　　在《谢天谢地，你来啦》这个节目引进之前，地方台曾经或引进或抄袭或原创过很多国外娱乐节目。如，《超级女生》、《快乐男声》、《快乐女声》（版权源自《美国偶像》）《中国达人秀》（版权源自《英国达人秀》）、《激情唱响》、《我们约会吧》等。有些节目我们只学到了形式而没学到实质（如，节目制作流程，机位设置，何时特写，设计思路等）。所以，在意识到抄袭学不到真东西后，各位便开始引进版权。在引进版权的过程中其实引进了国外文化和意识形态。

电视是现代社会传播消息、传播文化、传递意识形态的最直接最普遍的方式。所以，这些电视娱乐节目实际起到了传递文化和意识形态的作用。之所以要引进国外的版权、开辟新的电视娱乐模式，有两方面原因。一，西方经济在中国大行其道，经济发展所带来的网络、电影、音乐在一定程度上传播了国外文化，由政府把持的电视所宣传的意识形态已经不能让人民认同，于是迫使着电视节目进行转变。二，社会的发展进步所带来的人与人之间的矛盾越来越多，于是所需要的娱乐研究越来越多，形式的要求就越来越繁多。原来也许只有春节晚会是唯一的娱乐节目，但人与人之间的矛盾无法化解，就需要除了春晚外的更多娱乐节目。

这里我想顺便谈谈我对电视娱乐的看法。尼尔·波兹曼曾著《娱乐至死》阐述其对电视文化大行其道的批判，认为电视使人停止思考。政治、宗教、教育和任何其他公共事务领域的内容，都不可避免地被电视的表达方式重新定义。他认为这标志着人类最初文化的衰落。但我不同意

猜火车

他的观点。我认为，娱乐不应该算作文化的范畴。它们的目的不同。文化是人类智慧的结晶，是人类演变发展过程中所留下来的痕迹，它标志着人类认知和思考的水平。而娱乐则完全不是用来标志认知和思考水平的。娱乐是出于人类的需要而诞生的。早在古希腊，圆型大剧场就已经标志着娱乐和文化的并行。大剧场内既可以演出纯粹为了博人一笑的戏剧，也可以上演发人深思的戏剧。这就是娱乐与文化的分异。到了罗马帝国，竞技场内所上演的就纯属娱乐了。角斗士之间的厮杀不会使人思考，只会让人忘记剧场外的烦恼。比较希腊与罗马就可以看出娱乐的价值所在——社会越发展，矛盾就会越多，人的不满情绪就会越多，社会就会不稳定，娱乐能够暂时消除这些不满情绪，可以起到麻痹的作用。国家出于稳定统治的需求会在发展生产力的同时，加大人民的娱乐力度。雅典只是小城邦，而且实行民主制，社会矛盾较少，只需要一个圆形剧场就够了。但罗马帝国疆域广阔，等级分化严重，所以需要用血腥暴力的新鲜娱乐来稳定社会。电视娱乐作为一种拒绝让人思考的东西，只是娱乐而不是文化。娱乐节目只是对人民躁动的回应。但是要注意，不是电视传媒都是电视娱乐，像科教节目，新闻节目还是属于文化范畴。

如此看来，电视娱乐在中国的发展既标志着外国文化引进，也体现出社会的发展和社会矛盾的增加。

回到《谢天谢地，你来啦》这档节目。我们发现这是中央台在各卫视引进版权成功的基础上引进的节目。可以看出主流媒体对于社会变化的反应是正向的——也就是顺应的态度。这档节目标志着旧有意识形态的松动，央视逐渐从文化宣传过渡到娱乐。但就这档节目而言，这种过度并不彻底，因为《谢天谢地，你来啦》的定位是一档全新智慧型文化栏目，突出"智慧"和"文化"，而非纯娱乐性节目。央视在这里重新定义了"文化"，将文化中加进了娱乐元素。很显然，这是央视企图在文化和娱乐之间找平衡点，使这种娱乐能为社会各阶层所接受。尽管转变不彻底，但是这种意识形态的松动还是有里程碑意义的。

四、社会影响

《谢天谢地，你来啦》是央视引进国外娱乐节目版权的成功案例，为以后的节目形式的转变提供了经验，表明了对娱乐节目的支持态度，并树立了该类型节目的标杆。标志着主流文化的转变。同时，节目收视率极高，满足了人们的娱乐需求，促进了电视娱乐节目的发展。

2013 年 2 月

城南旧事

　　北京的巷子多，胡同深，能藏故事，所以林海音能写出一本《城南旧事》。可是被灰墙夹在中间的小小的空间在一个小孩子看来是那么奇怪，身边的大人的思维也奇怪，他们从来不懂她在想些什么。

　　对于小小的林海音来说，北京是她长大的地方。所谓长大，是思想摆脱稚气，想法脱离淳朴；是心灵受过伤害留的疤，是小孩子脱离自己的小世界开始领略社会的恐惧与陌生。长大的残酷，在林海音的一个个故事中被展现。大人和孩子仿佛两种完全不同的生物，他们永远不能互相理解。

　　惠安馆的秀贞，就坐在大门口的石墩上，穿着蓝色的裙子和上衣，额前刘海儿被风吹动，黑色的辫子从后面垂到身前，她的手很软很暖和，脸蛋长得也白。小海音会背着妈妈偷偷跑到惠安馆找秀贞，秀贞就对她讲她的小桂子和思康三叔。她有时会把海音当成小桂子，给她讲思康三叔喜欢她想事时咬辫梢的样子。可是宋妈说，秀贞是疯子，吓坏了不少小孩。但为什么海音会那么喜欢秀贞？

海音的另一个伙伴是妞儿，人们都说她是个薄命的孩子。可能真是这样，黄黄的小辫没精打采地耷拉在脑后，大眼睛总是水亮地想哭似的。

可是妞儿跟秀贞跑去找思康三叔了，他们说要做火车去天津，可他们究竟是到了天津，还是死在铁轨上了呢？海音的伙伴没了，原来的家也没了。爸爸妈妈搬到了新帘子胡同，海音要上学了。宋妈端出一小锅黄色的鸡汤——那是妞儿养了好长时间的小油鸡，搬到新家就要忘了过去的事，新家可大了，还装了电灯。可是谁又懂得一个孩子需要的不是大房子不是电灯，而是那只小油鸡那条黄黄的小辫子呢？

那个草地里的男人被当成坏人带走了，也许他真的做了什么坏事。妈妈叫海音写文章专门骂像他这样的坏人，可她却像想起那首诗：我们看海去。

英子从来不懂大人们说的坏和好究竟有什么区别，直到爸爸不在了，英子长大了。英子受了委屈要找谁哭诉呢？每年花开的时候，花朵里是否会有爸爸的影子？

长大往往是一瞬间的事。也许真的如此。失去小伙伴，离开童年都只是前奏，真的长大时爸爸不在了，哭泣再也无济于事了，英子不得不挑起担子。

英子说，经常有人要我做大人。

宋妈临回老家的时候说："英子，你大了，可不能跟弟

弟再吵嘴！他还小。"

兰姨娘跟着那个四眼狗上马车的时候说："英子，你大了，可不能招你妈妈生气了！"

蹲在草地里的那个人说："等到你小学毕业，长大了，我们去看海。"

虽然这些人都随着长大没了踪影，但童年也跟着失去了么？

英子在北京度过二十五年，终于操笔写下这个让她长大的北京。她究竟是在埋怨，还是在感谢，抑或只是为我们娓娓道来一个小女孩的故事呢？也许在她看来，北京就是这么一个个的小故事，以幼稚开场以成熟结尾。

2012 年 10 月

父　亲

一

客厅里传来的谈话声像秋天最后一场凄风带走最后一片残叶那样吹走了我的睡意，带来一阵酸楚……

二

因为早上父亲和母亲的对话，所以我对父亲给予了多倍的关注。

吃过早饭，父亲去阳台收下洗过的衣服，我也跟了去，就站在父亲旁边。温热的阳光淌在父亲的脸上，我看到了他脸上一个个小坑，像是被腐蚀过的。尽管他总是染头发，但零星的白发还是冒了出来，在一片油黑中显得格外扎眼。

猜火车

父亲的脸比较胖，但却找不出一点赘肉，眼睛在这张脸上就略微偏小。借着阳光，我吃惊地发现，父亲的眼睑已经有点下垂，眼白透出暗黄色，眼角的皱纹在阳光下深得像危房上的裂缝，只有他那褐色的瞳孔和高高的鼻梁依然如故。

"这里阳光真不错"父亲把眼睛眯成一条缝，挺起他那个在整个身体中最突出的肚子。

然后他把头转向我，一丝苍老和安详与我的目光交错。我们的目光只对视了一秒钟，我就赶忙把目光转向别处，带着一种愧疚和深爱将下巴抵在父亲的肩膀上。我立刻感到了它的宽阔和坚实，就像大地一样给了我一种久违的宽容、依靠和松弛，勾起了一段段回忆……

三

不知道为什么，我对父亲的记忆总是比关心我更多的母亲多。

在我的印象中，父亲总是一个坚强、宽容的男人。

记得那时我家还没买汽车，父亲总是骑着一辆老旧的自行车带着幼小的我东游西玩。

我清晰地记得，那时父亲骑车带着我走在一条倾斜向下的马路上。我坐在后座上，因为父亲不同意买一辆玩具坦克而大发脾气，在座位上猛地摇动身体，脚在空中乱踢。父亲则努力保持平衡，一言不发。后来，也不知怎的，我的一只脚伸进了后车轮，飞转的车轮被猛地卡住，人和车

这个奔跑的 **夏天**

176

腾空而起，在空中翻了一个圈，然后，我听见了父亲重重摔落在地上的声音和一个孩子的哭声。

父亲没说什么，慢慢从地上爬起来，把我的脚从车轮里拔出来，在确认我没事后，把自行车扶了起来，把我抱上去，继续走。而我却在后面一直哭个不停……

我记得父亲是受伤了，伤在哪了我已不记得，只是记得他那几天走路总是一瘸一拐……

四

"怎么了？怎么了！"

父亲叫喊着向从滑梯上摔下来的我跑去。父亲一边抱起正在哭喊的我一边给三舅打电话。

过了一会儿，三舅开车来了。父亲和我上了车，急忙赶去医院。在车上，我感到我的左眼有点胀的难受，而且胀得睁不开，于是就闭上了眼睛。

所以，后面发生了什么就没看见。只是感到父亲再次抱起了我，紧紧地抓着。接着是一阵零乱的脚步声和颠簸，然后听见了父亲大声地询问，我清楚地记得大概是这样。

"大夫，眼科在哪儿？"

"是给他看吗？"

"是啊！大夫，眼科在哪儿？"父亲再次问道。"

"给他看的话，我们这里不行，他太小了，得去儿童医院。"

"您想想办法！大夫！我们来这里已经用了好长时

间……"

"对不起，真的不行。"

"哦……那谢谢了啊……"

紧接着，又是一阵脚步声和颠簸，但又多了些许喘息声。我躺在父亲的怀里，很安静，像是睡过去了。我记得我的头靠在父亲宽阔的肩膀上，一点也不着急，反而觉得很安全。

我就这样靠着父亲的肩膀。渐渐地，颠簸没了，传来的也不再是零乱的脚步声，而是一声鸟鸣。

我睁开眼睛，把头从父亲的肩膀上移开，看到了阳光下那张带着些许衰老和无限慈爱的面孔。

"阳光真不错。"父亲一边收下衣服一边念道。

……

（五）

我睁开了双眼。

"你说怪不怪，我眼睛前面总是一片白色，像蒙着一层雾。"我辨认出那是父亲的声音。

"这很正常。到岁数啦！"

"哦，是吗。"父亲含糊地应了一句。

然后，是勺子碰到杯壁和咀嚼的声音……

这个奔跑的夏天

美即表现

不要反驳我，因为那没有用，"美即表现——beauty is expression"是威尔·杜兰特说的，我只是把它借用过来，表达我的部分观点，因为我也不是完全同意这句话。

首先我想讨论的是，美是丑恶的对立面吗？

我想不是的。恰恰相反，有时候丑恶就是美（其实这也不是我的意思。我是说，美不一定是光明的、正向的、高高在上的，相反，它可以是阴暗的、丑陋的、痛苦的、底层的）。比如，《恶之花》、《沉默的羔羊》、凶杀、吸毒、拳击、吵架、车祸现场等等。

请跟着我想象，一把刀突然架到一个男人的脖子上，动作之迅速让他来不及反应。这时时间突然变慢，镜头拉近，给原本完整的脖颈一个特写。现在，你的画面里只能看到一个人的脖颈和一把雪亮而锋利的刀。刀刃正在皮肤上缓缓划过，雪白的刀刃上还能看见那层烤蓝闪闪发亮，

猜火车

在刀刃划过的地方，饱满的血珠从刀口消失的地方出现，滚圆的血珠离开了皮肤飞到空中，折射着正午的淡黄色的阳光。

也许读了这段描写你会感受到一种艺术的美。也许你从来没发现，杀人也这么美。不，你早就发现了——当你看那些抗日电视剧的时候，当你看那些战争史诗的时候，你已经发现了。

战士在敌人的机枪扫射下一个个倒下，可是没有人犹豫，握紧炸药包向敌人冲去——这是《金陵十三钗》中的一个画面，那个长镜头用慢放的方式，让观众看清每一枪射进战士身体里飞溅出的血花，让你真真切切看着他们中弹时脸上的痛苦，但是一个倒下了，后面又冲上来一个，直到最后一个人挣扎着将炸药包扔向日本人。这个画面有没有一种不屈的美呢？但是这种美是基于杀人之上的，而且是屠杀。

只剩下蒙田将军一个人，他的手下已经全部战死。对面是黑压压的军队。他没有投降，而是持刀厮杀。敌人士兵的身体已经在他脚下堆成了小丘，他也身中数箭。最后他死的时候，用矛支撑住身体，死也没有倒下——这是《神话》中的一个场景，同样是壮烈成仁的美，同样的杀人。

为什么我们会在杀人中发现美呢？为什么丑恶变成了美呢？

因为他们都被表现了。

杀人，在电影中，通过特效、慢镜头、特写、配乐、音效来表现，通过改变这些要素，导演就可以弱化血腥的效果，或者用另外一种想表达的东西掩盖住血腥和丑陋的成分。就像我们在为就义的烈士流泪的时候，看到的是脸部的特写，并没有注意他身上开出的大洞。

这样，丑陋的东西通过表现就被变成了美。

自然也是如此。

当你看到水平如镜的湖泊，突然嗅到淡淡的茉莉香，然后又有麻雀的喳喳声流到耳畔，你就会感叹，这是多美的场景。但其实道理和拍电影是一样的，自然场景通过视觉、听觉、嗅觉表现它的美。或者，有的时候纯粹通过听觉来表达，比如音乐；纯粹视觉，比如绘画、摄影。

总而言之，这些美都是被表现出来的。

其实这很好理解。如果没有人来感知，哪里来的美？世间的万物都只是它的本体，所谓表现，就好像在山洞里点起火堆（人被绑在山洞里只能看到石壁），山洞里的事物的影子就被投射在洞壁上，这个点起火堆投射的过程就是表现，而壁上的影子就是所谓的美。如果没有了火堆，也就没有了影子，也就没有了美。

所以，美即表现。

当然，我想威尔·杜兰特可能不是这个意思。

2011 年 10 月

猜火车

181

假如我们义无反顾

——观《我的团长我的团》有感

作为一个中国军人，

我们理当义无反顾，

这一直是我们心中的梦想。

可当我们第一次尝试时，

我们看到的是无数的兄弟的尸体，

我们对自己说：别怕，只是一次失败！

可是当子弹带着魔鬼的笑声进入身体后；

当炮弹的碎片带着死亡的气息射入胸膛后，

我们会发现我们错了，

因为有无数流泪的亡灵在头顶环绕。

从此，我们懦弱地认识到了生命的宝贵。

因为，如果我们义无反顾就会有更多士兵的尸体，

可是我们却瞎了眼，

竟看不到人民的尸横遍野！

当血液凝成小溪时，
我们开始惧怕"义无反顾"这个词。
因此，我们便当了逃兵，
"反抗"早已在我们的脑子里消逝，
随着升天的灵魂一起被带走了。

终于有一天，
我们亲眼目睹了百姓被残杀的悲剧，
我们想起了失去的土地，
我们想起了敌人疯狂的杀戮。
所有的恐惧都化成了悲痛与愤怒，
似野马脱缰般从心底奔涌而出。

假如我们义无反顾，
就定要失去我们的生命。
可生命对我们已经不再重要，
我们甘心用这条造孽的命去洗刷我们的罪恶。

也就是在这天，
我"死"了，我们都"死"了！
当敌人的刺刀扎入我们的胸膛，
我们也要把匕首插进他们的头颅！
死亡的利剑杀不死我，临终的挣扎不能让我们退缩！

当伤口布满全身，鲜血浸泡衣裳，
我们大笑，我们咆哮。
我们要用不死的躯体与意念把它们全部销毁！
尽管身体被扎成千疮百孔，
即使不断有兄弟的身躯倒下，
但这只能让我们愈加疯狂！

终于，不再有厮杀声，
一片寂静，宣布着死亡。
一大片一大片的血红装点着土地，
残臂断腿多得像秋天的落叶，
混浊的血染红了清澈的小溪，
被撕碎的土地冒着缕缕黑烟。
敌人的铁蹄还在一步步向前，
我们就用灵魂与它们殊死搏斗！

假如我们义无反顾……
不，作为中国军人，
我们只能义无反顾！

2009 年 3 月

寻觅山水间

　　但是雨一来睡意便去。乘船奔驰在日月潭湖面上，凉风送爽。湿润的风中饱含水汽，就像脑袋里包含着惬意。

台湾印象

外出旅行时总是喜欢听 Michael Jackson 的 GIVE IN TO ME，仿佛这是天衣无缝的组合。耳机里传来的略带荒诞的音乐时刻提醒着我以游客的身份审视一切。

这是来到台湾的第二天。我从桃园饭店拖出行李，便被湿润的空气包裹。其实台湾的潮湿在昨天就领略到了，机场大厅里弥漫着一股潮气，俨然多年未开的储藏室。

上了大巴，直奔台中。窗外雨仍在下着。车一跑动起来，窗上的雨珠便像无数只白色的小螃蟹快速爬动。

我以前到过欧洲，天气一样潮湿多降水。那里给我留下的印象是古典石头房子，白色十字架上爬满绿色青苔，狭窄利落的街道，和河水中夹带的一点蓝色的忧郁。台湾则不同。虽然同样是狭窄的街道，但这里更加随意。招牌伸出楼宇悬挂在街道半空，街道两旁总会不合时宜地出现生了锈的小铁皮房子，街边小店没有任何装饰招揽顾客只

寻觅山水间

是傻头傻脑地矗立在那里，像是毫无经验的新手推销员那样不知所措，房屋总是灰头土脸，墙皮脱落，那可怜的楼房俨然被四月的雨水淋湿的三条腿的狗，仿佛一阵大风就可将其卷走。总之无论如何，这里都是一副老城区模样，是农村与城市的结合体。当然我指的只是桃园县而已。然而与欧洲相比，台湾倒是显得亲切。欧亚文化之间的巨大差异即刻显露出来。亚洲，总有一丝散漫与慵懒，其中透着平和与怡然自得。欧洲那古典而威严的宫殿则尽显奢华，甚至神圣。其中的可靠感可以使人安心地将一切交付与它，自己则已变成虔诚的信徒。在这场比较中，我自然倾向于亚洲的闲适慵懒。毕竟一方水土养一方人，生在此地，文化熏陶所致。

置身于这狭窄繁杂的街道中，无序、稠密、老旧、杂乱向我袭来。然而我并没有感觉到压抑，行走在阿姆斯特丹街上时的压抑，令人窒息的压抑。但也许就是因为台湾的老旧杂乱使其失去了优雅，而娇脆的优雅总是带来伤感——因易逝而伤感。这就是为什么优雅的欧洲街道带来窒息的压抑。但台湾……是桃园甚至集集（gi gi），则令人迷惘。狭窄的街道间霓虹灯大肆铺展，但这斑驳陆离的街上却空无一人——这红灯绿酒到底为谁闪亮。人们不是睡去了？是消失了。我想。

但迷惘只局限于晚间，像是一只怕见阳光的恶兽，只在夜间作恶。

白天的大部分时间里，天空是蓝的，云彩是棉花糖，雨珠还是小螃蟹，我还在和学伴投机交谈。与他们在一起，尽是感动。

　　走进明道，我立刻就爱上了高大的热带芭蕉叶树，跑道中间围绕着的草地球场，铺着白色瓷砖的半旧教学楼。还有那个在门口弹奏吉他的长发女孩儿，自弹自唱的男生脸上自信的笑，富态可爱的妈妈们，最重要的，是那个交换的礼物。我的学伴是个瘦瘦高高的女孩儿。交换礼物时，正当我奇怪寻不见她的身影时，不知从哪里冒出来——她双手递给我蓝色的袋子，里面是一条手链和晴天娃娃的布艺。我一下子被那布艺的可爱表情所吸引，同时也深受感动。感动，为的是热情，为的是真挚。真，真的很美好。

　　一天之内，内心完全地转变。独立孤独与积极享受。两种都是自己真挚的体验，虽被触动的形式不同，但都是真。

　　台湾之旅的以后几天会是什么样子？

　　不得而知。

　　但重点，在于体验。

2012 年 2 月

寻觅山水间

日月潭遐思

又是小雨。昏昏沉沉的神经暂时得以清醒。上午在台湾水资源馆的时候就已经禁不住睡了过去。大脑时不时地一片空白，看来昏睡过去只是时间问题。这当然是昨夜睡得晚起得又早的缘故，本来已经习惯了每天十个小时大睡特睡的我，自然不能一下适应。在此，本人提出严正抗议！

但是雨一来睡意便去。乘船奔驰在日月潭湖面上，凉风送爽。湿润的风中饱含水汽，就像脑袋里包含着惬意。

日月潭水清澈且颜色变幻。水静止不动时呈单纯的翠绿，让我想起《金陵十三钗》里的玉墨。船行，白色浪花间，淡蓝色的湖水激荡起来，有时还会有浪从远处推进过来拍打船身，力度不轻不重，仿佛哥哥带着不胜怜爱拍打犯了错的妹妹的头。行到湖中，浪大起来，加上愈来愈蓝的水啊携着白色的浪花，令人感觉置身大海。

有时我觉得水是神圣的。而当我注视这水时，也确实

这个奔跑的 夏天

感觉到一股洞穿心灵的力量，像是心中有液体在旋转，只是那么静静地转但却给人平实的力量。我始终坚信，水的特征代表其独特的灵魂。浑浊的水勇猛雄壮，清澈的水缠绵指尖小鸟依人，黝黑的水深沉神秘，碧绿的水华美子立，软水只可抚摸不能解渴，硬水则宜冲淋洗浴除尘除垢。就像给将要结冰的水听音乐就会产生美丽的图案，骂它白痴图案则会纠结难看一样。水有其灵魂，懂得感知。

日月潭的水清澈、稍硬，呈蓝绿色，然而潭水给人的感觉并不等于将三者所对应的灵魂特征的加和。正如我之前所说，水是有灵魂的，秉性脾气自然不会少。日月潭就俨然一袭青衫的英俊男子，目光久久注视着远方。他是在眺望对岸的那位姑娘，在那片更加辽阔的土地上，有他向往的一切。风掠过他的衣襟也掠过我的头发，翻飞的衣带与飘舞的发丝似乎预示着同一件事，我感知得到，水感知得到。那一定是既美好而又难过的事，我们都知道。

还有什么是我们共同拥有的呢？

看着大街上的人来人往，我想我知道。

2012 年 2 月

水木也清华

看来不论是游学还是纯娱乐性的旅游都有其通病——疲劳。借用王同学的话说就是"上车睡觉，下车撒尿，到了景点拍照，回去以后什么也不知道。"当然这是夸张，但一天确实困意不断，似乎是得上了强迫睡眠症之类的怪病。

明显症状主要是：看着看着风景就突然睡着；听着听着音乐就不知不觉入眠；游览变成漫步；睁开眼睛成为每天早上最艰难的事。我想起村上春树的一段比喻与这状态出奇地相似：一只拎着铁棒的巨大的猿猴猛冲进房间，在我脑后狠狠地锤下去，睡意铺天盖地地袭来。

说到睡觉，有时候实在太困，就会在导游讲解的时候在座位上睡过去。其实我是着实为自己而愧怍的。林导游一上车就会问我们各种东西都带好没有，想必他是极其了解我们早上的这种狼狈的，所以才一一列举各种物品，让人着实感觉亲切。车一行起来，他就开始讲解，路上的各种事物都有涉及，一路滔滔不绝。我是了解导游的辛苦的。我的姨就干导游一行，她管带旅游团叫作上团。导游上团最少也要半个月的，接团前准备，正式带队，最后清算一样比一样繁杂。姨每次上团就把家人剩在了家里，家里人心里的惦念也从未停止。我有时心疼他的嗓子，不知他有没有含片随身携带，不知他家里人是不是每晚给他去电话。接受的太多而给予得太少，不平衡所带来的内疚随之而生。所以，也许是为了补偿什么，我尽量在他讲解的时候认真听，他冲我微笑时我也笑，似乎这就能将心里的坎坎填补平整，效果却微乎其微。

如若讨论起这补偿的原因，还是内疚占得多，而不是尊重。于是，更多的内疚向我袭来。我也只好暂时将良心放在一边了。

良心走了之后，便可谈今日的行程了。今天行程琐碎。上午去了北回归线、七股盐山和孔庙，下午是清华大学。我时至今日才知道，原来清华有两个，但教学水平怎样就不知道了。国民党撤往台湾时，大部分文人学者都跟随其来到台湾，其中就有那位清华校长，于是台湾有了清华大学。与北京的清华相比，台湾的清华大学小了许多，但同样知名，是台湾的名校之一，皆秉承"自强不息，厚德载物"之校训，可谓一脉相承。

2012 年 2 月

寻觅山水间

故宫博物院

　　在没去台湾之前，我就对这个故宫博物院抱有幻想。我想那一定是另一座气势恢宏的宫殿或是一片壮观森严的建筑群。但现在，就如同大梦初醒，其外观与我想象的巨大差异使我一时不知所措。

　　游览过后，走出故宫博物院的高大建筑，突然觉得这"故宫博物院"有点名不副实（当然我指的是外形与游览方式，毫不涉及其展品）。它倒像是北京的首都博物馆。也许是因为一直处于北京，所以我对事物的认识以及评判标准都是片面且一成不变的。那么对于我来说，"故宫博物院"除了红墙金瓦、雄伟的太和殿、静默的藏经阁和大块方砖地面外，再也不能用任何东西代替。玻璃钢筋水泥都不行，大脑中的价值观怎么也不能使我对这种搭配产生好感。台北的故宫博物院是现代化的建筑，其运营模式同样是西方现代化的产物。讲解是以团为单位的，基本没有散客。而且馆内有工作人员严格控制每个展厅的游客量，若是要去的展

这个奔跑的夏天

厅人太多，我们就会被一条红带子拦住去路，直到游人渐渐稀少。另外，台湾故宫博物院似乎更注重游客的实际收益。我们每个人都配有讲解耳机，所有人都能将导游的讲解一字不落地囊入耳中，知识着实学到了不少，不像在北京参观故宫时只图看个新鲜饱饱眼福，照几张照片就将展品永远忘掉。以上这些，算是对北京故宫的一点批评指正吧。

当然，想了解文物背后故事的人自然会主动要求讲解。而对于那些本就无意用心的人，讲得再绘声绘色也只是对牛弹琴。所以，每人佩戴讲解耳机与否并不十分重要，只是台湾故宫有为顾客着想的目的是值得我们学习的。

我们的游览顺序是三层玉器和二层石器后时代。不论是玉器、石器还是铜器都是样样精品。这点就连我这个外行人都看得出，当然这是与北京故宫相比。北京故宫的展品大多是金银首饰珠宝珐琅，一眼看去就可知都是些文物文化价值较低的艳俗玩意儿，相比之下，名人字画印章玉玦则更值钱，只因其背后多了文化历史。品味与文物价值的差异甚大，但这也不能怪谁，毕竟北京故宫中大部分文物都"流失"到了台湾。

当我看到铜器上的纹饰时，心也搅成了同样的纹路。沉重而不失美感的鼎俨然挥剑的帝王。

我深感一个半小时的时间所能领略的东西只是凤毛麟角，那些文物背后的故事因牵连着无数人的命运而沉重。

历史，在此间博物院内复活，所有的兵戎相见传奇佳话皆化作冷峻的审视和叹息回荡。

寻觅山水间

195

2012 年 2 月

同心·痕迹

　　不经意的一瞥，我看见了被压在许多书下面的绿色小册子，它的颜色和大小都是那么熟悉。我仍记得行前捧着它，看台湾岛的形状像一片叶子，试图记下台湾的人口和面积，熟悉要游览的地方，一遍遍看着行前注意事项。但它叫什么名字来着？大脑没有回应。于是我把它从厚厚的书堆里抽出，终于想起了它的名字，"两岸青年文化同心旅活动手册"。我不禁觉得这名字起得真好。同心旅，准确无误。这次出行确实在我心里埋下了感情的种子，而我也把一些东西留在了台湾岛上。同心，我想到了阿里山上的"永结同心"。那是一棵不知怎的长成了心形的树。树用其悠久的树龄和不朽的枝干告诉人们同心就是跨越千年而不腐烂的存在。对我而言，同心就是把我的热爱与向往埋在它的土里，并带着沾满泥土的手回到大陆。我们双方都为彼此留下了什么，我想那应该叫作痕迹。

我翻开那本绿色的小册子，一张机票和乐谱从里面掉出来。机票上分明地印着 FROM BEIJING TO TAIPEI。痕迹。乐谱是《杵歌》，我还从未来得及练习过它。我想起之前在学校里全班同学齐唱《大风歌》的情形，那时我还并不觉得它有多么好听。现在我仍能唱出它，而觉得那句"安得猛士兮走四方"唱得极好。我们为明道的同学唱了这首歌。明道的同学们围成一个圈，我们站在圈里唱着，看着明道的校长和同学们认真的神情，不知心里有多想把这支歌唱得完美无缺。之后我们在车上等待离开，同学们就在车下为我们跳起舞来。十几个人一起舞着，脸上的笑容煞是完美。我隔着一层玻璃看着他们卖力地舞蹈，不知有多想冲下车去加入他们，似乎一切都没有车外的他们重要。心里的土地不禁被翻开，一颗种子掉落进去。此所谓同心。这就是痕迹。就是我与他们结的情。

痕迹经常伪装在潜意识里，不经刺激就不会被发现。

我看着台湾的照片，那些天的故事一下子鲜明起来。我还记得第一天晚上到台湾所看到的狭窄街道，还记得一下飞机就扑面而来的水汽；我记得集集小镇小巧精致的民宿，民宿里盘旋而上的楼梯，美味的早餐和吃撑的肚子，集集火车站里向远方无限延伸的铁轨和徐徐开走的小火车；我也记得阿里山上横亘的神木，晚上呈深黑色的爱河；还有胡适故居的白色小房子，钱穆故居的那座建在高处俯瞰四野的素书楼，想在里面待上一整天而只看书不吃饭的诚品书店；再有就是令人心醉的鹿港，看夕阳入海落日彤红，听浪花拍岸涛声依旧。我从未对一次出行有过如此多的记忆。我想，也许是我和那个地方前世结的梁子，让我不肯把它从心里抹去。对于那些天里的睡眠不足我也十分记得。在车上死死地睡过去，又随着司机粗鲁的拐弯而被惊醒。还有最不能忘的林导游，我至今不知该说他的行为是尽职还是善良。

林导游以前是当兵的，对台湾的历史和人文地理了如指掌。他在车上的时候总是给我们讲途经的各个地方的故事，有时会牵扯出台湾政要的丑事，有时会带出一段厚重的历史。我总是觉得，满腹历史的人就是"笑天下可笑之人，容天下难容之事"的弥勒佛。对这点，林导游倒是很像。他真的是包容我们很多。谁的衣服、钱包、电脑丢了，都是他帮我们找回来。早上出发的时候，又是他一个一个问是谁的房间钥匙没有还给柜台。对他的包容，我感到愧疚。还会愧疚于在他为我们讲沿途景观时我却昏昏睡去。林导游对我们总是笑脸。不管是谁迟到而耽误了行程还是有人丢了证件害得大家四处寻找，他从没有生气或是厌烦，轻声细语也始终不变。我不知道这是作为导游的职责还是他的善良，总之他在我心中悄悄占了一个位置。我会为了林导游而不再迟到，不再在他说话的时候睡觉，不再剩饭，不再忘拿行李。但林导游却把握得很好，我是说他真的像是弥勒一样，就因为我从他的身上不曾知晓他为的是职责还是善良。临别的那天，在机场的安检口，我们一个个从他身边走过，一个个对他说再见，有的人送了他礼物。林导游站在安检口，笑着说再见，说谢谢。他穿一件灰色的大衣，目送着我们一个个从他身边走过，而笑容没有变。

我举起相机，对焦，按快门，定格他的身影。而相机后面的我却难以自持，视线已经模糊。他把握得极好，就是把握离开所带来的感情，他并不因为分离而落泪，尽管他也不舍；他不因结束而悲伤，尽管他也知道曾经的美好。所以他像弥勒。我看着照下的那张照片，顿时没了悲伤——照片上的同学正匆匆向前走，同学的身影因为快速移动而模糊，照片上唯一清晰的是静静站在那里的林导游，他仍保持着笑容，灰色的大衣怎么看都不算新潮。他是唯一没有离开的人，我想。他有着对我们的热爱，他的家就在这里，我们的家却在千里之外。我看到了祝福。所谓同心，不过如此——在心上留下彼此的形象，送给对方最真挚的祝福。

现在，台湾之行已经结束两周多了。身边的痕迹却一点不少。电脑桌面仍旧是台湾的风景照，书里夹的书签是从台湾买回的《快雪时晴帖》，几枚台币钢蹦儿被扔在窗台上，我还是能不时想起集集小镇，想起美丽的鹿港和"永结同心"。

同心，不知是谁发明的这个词，总之说得真好。

2012 年 2 月

京　都

北京，一个现代化的大都市。高楼大厦铺天盖地，每晚都是红灯绿酒，一股时尚之风扑面而来。

而在这万花丛中，还有一块古老的石头，它记载了千百年来的王朝更替，日转星移。它让北京这样一束万紫千红的花更有了几分厚重。

周末随爸爸妈妈来到护城河畔，往镜面一样的湖水的对岸望去，是一座高大威严的城堡。灰色的砖墙深深扎进地下深处，生出无数条须根，牢牢抓住泥土。这铁臂一样的城墙好像一条火舌向天际爬去。火舌把城市紧紧包围在里面，固若金汤。才想起这地锁般城堡的名字——故宫。

沿护城河漫步向前到达南门是一段灰色的城墙，浑黄的阳光贴在墙上泛着苍老的光影。凝重的城墙上清晰地残留着风雪侵蚀后饱经沧桑的深壑，爬满整个墙面的沟壑中隐约可以听到沉重的脚步声——历史的回声。

我站在城墙浑暗的阴影里，用眼睛仔细钻探这砖墙后面的秘密。我看到的是密密麻麻、凌凌乱乱的孔洞，我看到了，也听到了充满历史尘烬的谰语。从墙根向上望，一条大道直通过去，它牵着我的心向前走去，越是往前越是荒草萋萋，不时有几条枯萎的树枝夹在石缝中，指示着远处阴暗的天空中凝结着的厚重的历史。

　　我抚摸着粗糙的墙壁，一种复古、悠长、沉重、坚实、平静的电流顷刻间流过我的身体，激活我生命中探索的欲望，我的心邃也随着粗糙的城墙伸向远古。

　　再往前探寻便是午门了。巍峨的城楼前几门大炮令人望而生畏，走近观摩才发现它们身上已满是斑驳，无论是青铜炮，还是铁炮，上面都长着厚厚的一层锈，浓郁的青铜色以及锈色全都沉淀在了炮管壁上，凝固了。那颜色死一般的沉寂，就像炮火过后的悲凉。我把脸凑到炮口边上，好像还感觉到炮弹飞出后的余热。向无底的炮口望去，看到的是万炮轰鸣的雄壮。

　　又走出几座城楼，就到了长安街。呈现在眼前的是一座现代化的大都市，我就好像一个不受时空控制的人，一脚迈出，便跨越了历史。城门里面是千年的古王朝，城门外面则是新中国欣欣向荣和现代文明的景象。我站在天安门前的金水桥上思索着：京都——历史，这里是古老与现代交融的产物，在这个现代之中又有多少深刻的内涵与文化的底蕴等待着我们去探寻和感知呢？

2010 年 3 月

烟袋斜街

　　北京城古老，且胡同多，多得不计其数，各自的特点也大不相同；最宽的，最窄的，名字最奇特的，等等。给我记忆最深刻的还数"烟袋斜街"了，单单是名字就足以勾起你的好奇心。

　　顾名思义，这条胡同之所以叫"烟袋斜街"就是因为它的形状酷似一条烟袋。烟袋嘴很窄，越往前道路越宽，到整条胡同的四分之三处，路突然左转，拐弯处很窄，然后又是渐渐放宽。第一次来的人真可能被那急呼呼的左转弯给唬住，以为无路可走了。真有点"山重水复疑无路，柳暗花明又一村"的味道。这样新颖的构造不禁令我颇为好奇。

　　虽说是胡同，但道路又宽的像大街，所以后人才叫它"烟袋斜街"的吧！

　　我从烟袋嘴进入这条胡同。真是车水马龙，许多外国

这个奔跑的夏天

人也被吸引来了。不过最吸引我眼球的还是那里的建筑。一开始都是老北京时期的瓦房，可以看得出有很久的历史了，而且从未被修过，被风雨侵蚀过的灰中带点浅白色的砖透着浓浓的京味儿，复古的灰色好像让时间轮回，把我带到了古时的老北京。

我没有沉浸在其中，因为有一座更耀眼的房子引起了我的注意。这是一座木质结构的小房子，高不过两三米，颇具特色。我伸出手摸了摸那没有上漆的门框，滑滑的，很明显是上过蜡的。为了防虫蛀，古时候的房子一般都要上蜡。屋檐下有精美的雕刻：浮云上探出一株草，草里夹杂着一朵小花，整个云又被一朵大花托着。一座如此朴素的小房子上竟然有这样一件美轮美奂的工艺品，真是意想不到，如此建筑不禁令我好奇，引着我去寻找下一座更能令我印象深刻的房子。

漫步向前，终于来到了令人期待的烟袋斜街的拐角处。刚一转弯，一个格外显眼的咖啡屋便映入眼帘，它坐落在一位百岁老人的怀里，那是一座拥有浓郁的古代气息的老式木楼，支撑楼阁的柱子已经开裂，房门、窗户框、楼梯扶手都已经呈深褐色。我从楼梯走进这家咖啡屋，脚踩在木制的梯子上，发出"吱吱"的响声，明显地感觉到它比前面两座房子的历史更久远，看起来起码有几百年了。虽然没有精美的装饰，但四层楼的高度，且是纯木结构，足以让人望而生畏。我的这种感觉颇为深刻。

不知不觉，我走出了"烟袋斜街"，竟有种意犹未尽的感觉，于是又掉头回去。从烟袋嘴出来，便来到了繁华热

寻觅山水间

203

闹的什刹海。

　　我不禁感到这是一次历史的游历，时间的轮回。我从繁华的现代，从这条时空隧道回到了几百年前的北京，又从几百年前走了回来。它给我带来乐趣，让我记住了它——烟袋斜街。

　　这次感受历史变迁的旅程真的很奇妙。我虽然出生在北京，却不知有这样的妙处，它将引领我继续发现北京，发现生活！

2009 年 12 月

发表于《北京晨报》2012 年 12 月 28 日

南锣鼓巷

一

冷风挡不住我前行的脚步，

窄窄的巷子，人来人往，

每个角落都有藏不住的惊喜，

当你在最细微之处观察时，

你会发现

——生活就在指缝间。

二

走在南锣鼓巷，人顿时多了起来，人群中还穿插着许多老外的面孔。在这文化气息浓郁，灰墙大瓦，艺人穿行的地方，人们西装革履，艳衣靓服，挤满了整条巷子。各种咖啡厅，精品店，小吃摊儿，装饰铺坐落两旁——乍看之下，显得极不协调，而当我真正置身其中时才体会到其中的魅力。

三

天气很冷，我两手插在上衣兜里，走进一家店——"一朵一果"。

进去了才知道是装饰店。与所有店面一样，它的面积不大，但内容丰富——墙上挂满了多种饰品。过道两侧的桌子上有用枯萎了的稻草编成的小篮，里面是各种各样的小东西——小贴板，小夹子，小陶罐，茶杯垫。饰品的颜色与整间店铺的颜色都是木棕色，东西都非常小巧，码放得随意而有序。各种各样的饰品琳琅满目，过道狭窄得有些拥挤，空气中弥漫着木头的香味和飘散在空气中的音乐让拥挤变成了充实，让充实变成了温馨。

店里的每个木架上都有数不清的饰品，其中总有一两件是要让我驻足的，让我惊叹它的创意，迷恋它的美丽。

在这样一个地方，你经常会发现各种富有创意的名字，充满意境的门庭，温暖人心的小咖啡吧。你会发现，生活永远在最细微之处。

四

我随着人流缓缓移动，前进或者停止，自己是做不得主的。向前望去，好像人们都围着什么看，并且那个由人群围成的圈子正在朝着我的方向移动，终于，我知道了人们惊呼的原因。

一只大白鹅正在街上溜达，项前戴着一朵红花，主人跟在后面，两侧是围观的人群。

这只鹅很肥，走起路来一摇一摆的，不紧也不慢，胸脯挺得高高的，长脖子高擎着，有着绅士的风度。

同时它的嗓门也很大，不时地叫上一两声，就足以把围观的女士们吓得往后退，实在有点不近人情。

五

熟悉的乐声从人堆里传出，我挤进去看，竟是张晓松老师和他的乐队在演出——就在这样的小巷里，在冰冷的空气中纵情地欢奏——这的确是又一大惊喜。

六

窄窄的巷子里充满了大大的惊喜，也算是对生活的一种奖励吧。

2009 年 12 月

寻觅山水间

湘音湘情

　　湖南人跟这个地方真是很不配。听人说湖南人都性格刚硬，直爽豪迈，于是在脑际里便浮现出结实大汉的形象。

　　可是一下火车，这潮湿清新的空气、湿漉漉的地面和雾蒙蒙的天就分明指出，这是个出文人骚客的地方。接着听到湖南导游奇特的口音便心生诧异——一个大男人怎么说话像个上海市井的小女人，要我想象曾国藩操着这样的口音操练湘军，谭嗣同用这样的口音说"有心杀贼，无力回天。死得其所，快哉快哉！"分明不能把他们同伟岸联系起来，反而有点搞笑。

　　这就是我的感觉，大汉操娘们儿口音，实在有些说不过去。

　　湖南属蛮夷之地，是中原文化之外的范畴，所以不被儒家礼教束缚得太紧，这样就产生了自己独立豪爽的人民性格。于是近代出现了一大批人物。应该说，这些人骨子

这个奔跑的夏天

里就有变革的基因——本身就不是对传统儒家文化非常恪守。于是，在国家危难民族危亡之际，他们的变革拯救了民族，唤醒了民众。最终蛮夷推翻了正统文化使中华民族得以延续。

他们的这股倔强是支持他们坚持这条路的原因。话说回来，一个倔强的湖南人操着湖南口音，应该还是挺能显示出据理力争的气势的。

在石鼓书院看见江上飘着一芥小舟，这确实是那种乌篷船（其实篷不是黑的），只是船尾安上了马达。渔夫正站在船上撒网。捕鱼时他是不会发动马达的（因为会吓跑鱼），而是撑着篙一点一点挪到河道中央，然后将网漫不经心地一撒，仿佛不在乎究竟能不能捕到鱼。我不知道这里为什么保留着这样原始的捕鱼方式，也许是河水太浅开不了大船，也许这就是他们的生活方式，这就是他们的处事态度——三年不飞，一飞冲天；三年不鸣，一鸣惊人——说不定哪天就能捕到大鱼，而且是世界上最大的鱼。

雾气弥漫的江上，总是能浮现缓缓移动的小舟，这种在大都市里做梦也梦不到的画面，配上清新的空气，白日梦吧！

2012 年 12 月

寻觅山水间

209

革命者的真性情

　　圣贤先烈都以天下为己任，古代读书人的最终目的是出人头地考取功名。这两者也许不相同，但是他们都将所学转变为政治抱负，或者说他们在学习中明确了学为天下的目的。如今为我们歌颂的都是这种以天下为己任死而后已的人物，但是当我们对他们的塑像顶礼膜拜的同时，内心却有些不自在——这不自在源于不认同。

　　这得赖于社会的发展，得赖于商品经济，得赖于改革开放。改革开放导致的后现代化使人们的自我实现逐渐分异，于是读书的目的不再是考取功名，而可以是为了提高自身修养，可以是为了满足求知欲等等。这样，知识分子以天下为己任的抱负也就受到了冲击。

　　就我自己来说，家国天下的概念在我心里不是那么强烈，更多的是狭隘的民族主义。我丝毫不认为读书是为了报效国家，也不是为了以天下为己任，而是为了我个人更好地活着，而且我也不以此为耻。可以说，传统观念在下一代的社会里已经被冲击得不成样子。

但是我的重点不在"传统观念有多么萎靡不振"，我是想打破"家国天下"这个冷冰冰的词，打破抱有这种理想的人的生硬的形象。

最典型的黄花岗七十二烈士。他们在民族危难的时候觉醒，企图以一己之力拯救中国。但是如果没有《与妻书》，他们的形象就永远是"把生死和小我抛在脑后，以无比的热情发动了起义，然后在枪林弹雨中以战士的姿态倒下，临死前还抱着自己坚定的理想"。要是没有《与妻书》，他们的形象就永远是这种冰冷的姿态。作为一个正常的有感情的人，我们不禁要问——难道他们没有在小我和大我、家庭和国家之间有过犹豫的抉择？他们怎么就能这样绝情地抛下亲人？他们在死前难道不怕么？林觉民在《与妻书》中告诉我们，他们抉择过，犹豫过，痛苦过，害怕过。于是，这些为了国家而牺牲生命的年轻人不再是冰冷的没有情感的宣传对象，而是有血有肉、有感情、有家人、有顾虑的普通人。这样的普通人的例子不再让我们对烈士敬而远之，而是感到——作为同样平凡人的自己也可以做出同样的壮举。只有这样，我们才能同"家国天下"的概念亲近，只有放弃宣传还原历史，才能让每个人真正以天下为己任。

还有孔子。我们更多了解的孔子，是坚定崇尚周礼，虽遇挫折但从不动摇。可是又有谁知道孔子的孤独和反省？

所以在现在的传统文化衰落的情况下，决不能光靠宣传，而是要让人们回归到人性，让英雄伟人变成与我们同样的普通人，只有这样我们才会离"家国天下"更近。

2012 年 12 月

红旗渠水往哪儿流

征服自然。

这是我在红旗渠所见的标语中令我印象最深的一句。这四个字刻在第一分流上的一座桥上，红底黄字，十分显眼。就像所有 20 世纪五六十年代的标语一样，它让我想起什么"足踏寰宇，脚踩世界"和"征服世界"之类的红色标语。红旗渠不仅只有这四个字，还有印在墙上的黄色大字标语。但这也不能怪它们，反而要谢谢它们，因为正是新中国成立初期那个特殊时代造就了这样一条红旗渠。这是一条血汗渠，它是几十年前 130 万人的命。人们为了找水，为了活命，违背中央的指示开挖红旗渠。老乡说，我宁肯跟石头干几年，也比耗一辈子强。于是，人们鼓足干劲，撬开一块块磐石，挖走一铲铲土，最终挖出了现在这条渠。

那个时候这条渠救了很多人的命，就在前几年村民还争着抢着往红旗渠里送钱，要求把水送到自己的地里。但是这两年，再也没人来要水灌溉了。随着城市化的迅速发展，小型工厂越来越多，需要的劳动力也越来越多。而且一亩地除去买种、浇水、施肥等成本一年最终的收成不过200元，但是在工厂，即使是女工一天的收入也有50块。于是人们纷纷前去工厂打工，放弃了自己的土地，灌溉的水自然也不再需要了。从此红旗渠就只能用来给小型水库发电并且为工厂提供工业用水。但是，随着人口的不断增长，用水量越来越大，从山西引来的红旗渠日益枯竭，终于再也不能发电用了，只剩下了提供工业用水的功用。

现在的红旗渠早已失去了往日的光辉。征服自然，我们真的做到了么？还是征服了它，却毁灭了自己？也许这就是所谓的可持续发展的重要性，当然几十年前的人们并不知道这个道理，红旗渠只是他们为了活命而修建的工程。但我想说的是，红旗渠作为救命的工具已经完成它的使命，但是就现实来说，我们应该尽快发现它新的功用。也许它会成为旅游景点，但是当水流越来越小直至枯竭时，还会有人来看它么？也许，再过几年，红旗渠这个名字就会从人们的视线中消失，到那个时候，不论它曾经多么辉煌，不论它曾救过多少人的命，它都不再是适时之物，定会退出社会。

也许解决这个问题要中央政府先解决好农民进城务工问题，这是个大问题，并非一朝一夕，这甚至需要经济结构的转变和政策的转变。所以，红旗渠是否会继续存在真的不好说。但我宁愿相信它会存在下去，因为问题总会解决，拥有一种信念才会做成一件事。

2012 年 12 月

少林寺和尚念起了生意经

今天一整天都在嵩山上逛，最值得一提的还是少林寺。

我十分感叹它的威严，直觉告诉我里面的僧人一定都是严格遵守清规戒律吃斋念佛，挑水劈柴打扫庭院，有天国的纯洁与干净。

但是令我惊讶的是，我看见的僧人不是坐在门口检票，就是在礼品店里售卖礼品。我本以为会看见武僧在寺院里练武，脚底下踩出半尺深坑的。但是，寺院里的游客熙熙攘攘，让僧人没了立足之地。我还很奇怪，为什么见到的僧人都有头发？这个不得而知。

听欧总说，僧人们有自己的修炼之地，是不对外开放的。我这才放了心，因为真正的寺院清净还没有被打破，僧人们还有自己座下的一方净土。什么大雄宝殿、几世祖祠都只是形式，只有神秀才会命令僧众日日打扫那些大殿，而像六祖慧能那样重视心灵感知的人，是不会在意是否将一个大雄宝殿划为游览景点的。

　　正在我得到慰藉之时，欧总接着一番话如同冷水泼来。其实现在已经没有什么真正属于佛家的寺院了。很多寺院都把庭院承包给公司，让公司进行商业运作使之成为游览景点，然后他们利用和尚的身份帮助公司一起赚钱。要说真正研究佛学的，现在也就只有北京的永济寺了。我听了这段话，顿感失望，觉得利用商业手段将少林寺变成了满身铜臭味的旅游胜地，让喧闹的人群在佛祖面前放肆的行为极为可耻，简直就是在玷污佛祖和佛家文化。但是反过来想一想，如果没有任何经济行为，少林寺可能早就曲终人散了——国家没有拨款，僧人们的衣食住行都靠施舍，可是哪里来的那么多施舍？如果不想办法弄到钱，僧人们都会挨饿，最后纷纷离开少林，少林寺就垮了。大多数寺院都面临着相同的问题，生存毕竟是第一要义。至少要让少林寺生存下去，而且现在将少林推广到世界各地，成了中国人的名片。但是，这样将宗教商业化到底对不对呢？也许并不能用对或不对来衡量，佛家也要找出路吗？

2012 年 7 月

古朴的中原

今天老师让写"古朴的中原"的含义。我想，古朴的中原就是说它从不炫耀自己的文化，因为中原上只有废墟甚至连废墟都没有留下，不像北京有故宫，江南有水乡，河南是实在找不出可以炫耀的历史遗迹或是风景。但是它以文化的发源地这一优越的地位来向所有人讲述它的文化，讲述中原的历史。还有中原的古朴不仅局限于古代，现在也依然古朴。这表现在河南人身上。当我穿过大街四处询问哪里有邮筒时，交警礼貌地给我解答，而且在一旁的路人听见我和交警的对话，主动插话，告诉我这附近没有邮筒。然后交警和路人——两个素不相识的人——亲切地聊起了天，直到绿灯亮起，路人离去走过马路。我想这就是传统的"古朴"在当今中原的体现。要是在北京这个商业化大都市，路人是不会主动跟其他路人交谈的，也不会主动帮助问路的人，除非他主动问路。北京的人与人的隔阂在河南根本见不到。另外，这里的街道种的是白杨树，与北京的槐树比起来同样有一种朴实无华的感觉。

这就是我想到的。至于什么中原文化的广博、厚重、永恒与延续倒不是我认为的"古朴"二字的要义。我之所以不这么认为，是因为我从心底的不认同。我并不是否认中原文化广博厚重，只是我并没有真正体察到它的广博厚重，我想其中的大多数人都是没有体察到的，并不是站在这片土地上就感到激动，并不是到了殷墟就感到文字演变的伟大，也并不是所有人站在苏轼墓、韩愈墓、二程墓前，就都会为他们的逝世感到惋惜，为他们的成就而血脉贲张。也就是说，我还并未感悟到中原文化的精髓，我和它不熟。我想，真正与古人相通是不可能的，我们只是自认为自己相通了于是就坚定地相通了，实际上自己的认知对不对也并不知晓。再说，我们与孔子相差几千年，怎么可能轻易地就相通了呢，实际上我们不可能完全体会孔子的觉解，只是不断体会不断揣测罢了。所以每当我听到有老师说要与古人相通就极其反感。也许我理解的"相通"与老师的"相通"并不是一回事，但我对我的"相通"的反感并不影响他对他的"相通"的崇敬。既然我们很难与古人相通，那么我们也就很难真正体会中原文化的精髓了。

在前几天的讲座上，通过学生和老师的发言不难看出，很多人还是对儒学持怀疑态度的，而且我敢说，有些信儒学的人并没有那些持怀疑态度的人坦诚，因为怀疑的人至少还意识到自己还不够了解儒学，而似懂非懂之人却还未察觉。

既然幼稚的我们还未体会到中原的广博与厚重，还未真正对韩愈、三苏、二程生出敬畏之心，那么我们为什么要拜呢？站在二程墓前的时候，我努力让自己对他们生出崇敬之心——我努力回想他们的学说理念，努力想让自己认同——但是没有用，我和他还是不熟，我还是不能认同他们的观点。既然我连他们的观点都不认同，连一点崇敬之心都没有，如果我祭拜行礼，是不是对他们的亵渎，是不是对不起自己的内心，是不是就与家声先生的"求真"背道而驰了呢？也许家声先生会说，崇敬韩愈、二程才是"真"呐，但是那只是一个人的真，并不是客观上的其他人的真。所以，在三苏墓前，我只行一礼，既对得起内心，又体现了对先人的尊重（苏轼的性格还是与我相投的）。

　　以上我所说到的不认同，实际很大程度上是我和前人志趣不同造成的。这本来是很正常的事，怎么可能人人都信儒学？但是，某老师却在进行思想灌输——费尽口舌目的就是让你对儒学说好，一旦与他观点不同就遭到了批判。但是，这不就是儒者的特点么？

　　儒者是传道之人，可以理解成西方的传教士。传教士是怎样的呢？当然是极力维护自己的教派，而排斥其他教派，因此经常会爆发宗教战争。儒者是一个道理，他们坚信自己是正确的，即使"吾日三省吾身"也是在维持自身理论的基础上对理论稍作修改，而绝对不会将自身的理论全盘推翻，或者产生怀疑。

　　我是说，一个人一旦成为了信徒，就已经失去了判断力，就不能求真证伪了。蒋勋在《孤独六讲》中的"暴力

寻觅山水间

孤独"一章中讲到了"精神暴力"。就是说，一个人妨碍别人对事物进行独立思考并在别人身上强加自己的思想，这就是精神暴力。而在游学的过程中，我们很容易感受到这种精神暴力的意味，比如要求所有人祭拜，在讲座上发表相反观点时遭到限制。受暴力者是我们，而被灌输的是儒家思想。我想说的是，并不是所有人都认同儒家思想，但是也不至于使老师感到危机，觉得学生竟然不信儒家而无药可救，或者无比失望吧。我觉得应该尊重每个人的思考与发言的权利。就像伏尔泰所说，我不同意你的观点，但我誓死捍卫你说话的权利。我想，在以后的人文游学中，是否可以赋予我们一些说话的权利？而不是一味地听并且接受。就如家声先生所说，要"求真证伪"，我们只有通过自己的思考，对事物加以自己的判断才能够求真证伪。

我们不能沉浸在自己的主观意识中，而应该时刻跳出来看一看，审视自己，就像鲁迅那样对自己来个解剖。要知道，一旦信了什么就要非常小心，因为你很可能就此陷入自己的主观意识，即使你觉得自己的想法主张再对，也只是你自己的"对"罢了。在做事的时候一定要考虑到大众的感受，因为世上没有绝对的对错——不能说谁的理解不对，只能说它与你的看法不同——你坚持的却损害了大多数人，如果这样就需要反思了。

我们应该做一个思想者——这是老师一直在说的——应该学会辩证地看问题。孔子曰："未知生，焉知死？"还有"子不语怪力乱神"，其实这些都是缺乏辩证思想的体现。也就是说，孔子拒绝谈论死后的世界，不谈怪异、勇

这个奔跑的 夏天

力、叛乱、鬼神之事。为什么不说呢？就说孔子为什么不谈论死，无非三种可能，孔子发现自己的学说在现世中可以畅通无阻，但在触及死亡的时候却失去了意义，所以，孔子为了不使自己的学说垮塌，才避免谈死。但是，孔子应该不是会逃避问题的人，所以这种假设不太合理。另外一种可能，就是孔子对死进行过深入的思考，已经参透了死的要义，发现还是要活在当下做好现在的事，所以不谈论死亡。但这种假设也站不住脚，孔子既然参透了死亡为什么不著书立说向学生解释清楚"活在当下"才是根本呢？第三种就是，孔子压根就没动过思考死亡的念头，他已经沉浸在自己的现世学说当中，认为思考死亡都是歪门邪道毫无用处的东西，所以不谈论。我认为这种假设是比较合理的，但是却体现出了孔子在辩证思考上的缺陷。所以我们可知，儒家学说是缺乏辩证思考的，也就是缺乏怀疑自身的能力，就是不容易客观地看问题，而是用自己的思维方式去理解别人的所作所为。真正的思考者应该是从正反两方面来进行思考，这就是黑格尔所说的"正反合"。以上观点在蒋勋的《孤独六讲》中都有所体现。人文课时，社科院的老师来讲中国哲学，讲的就是儒学，他在最后也承认，中国的儒学存在缺陷，就是缺乏辩证观，他也承认，中国儒学其实算不上真正的哲学。我们知道，哲学最大的特点就是思维，从正反两面思考，最后得出结论，而儒学很明显缺乏这种思维的弹性，反而具有些宗教意味，所以我觉得称之为儒教更好一些。

最后回到"古朴的中原"上，难道古朴的中原上只有

寻觅山水间

儒家一种思想么？当然不是。但是为什么我们在游学中只讲了有关儒学的内容呢？难道兼容并包不应该是人文的体现么？

最后我想说，我并不是在这里否认儒学，而仅仅是表达我的观点，请老师和同学允许我说一句话。

2012 年 8 月

兴奋疲乏困顿都是充实的一部分

　　这七天我过得很充实，这是我最想说的。兴奋、疲乏、困顿都是充实的一部分，在这段时间里，我思考了很多东西，但我并不打算将它讲出来，在这里，我仅回忆旅途中最令我难忘的部分。

　　第四天我们爬嵩山。经过前三天的行程，我身上已经疲乏至极，胳膊和腿都没了力气，一定是三天没有锻炼的缘故。于是，我打算好好爬一次嵩山。那条石梯路好像是通往三皇寨的，我们就一直顺着向下走。下山还是不费什么力气的，只是每一次脚底触地的震荡都会削弱腿的力量。这样向下走了十几分钟，腿就已经软绵绵了。下山路走了很长时间都不见山脚，而返回的时间已经迫近。我惊叹李老师体力竟如此之好，矫健的步伐与他的年纪实不相符。走着走着，我们的队伍就分成了三段，最前面一段直到返回的时候都没被叫回来，我所处的中间一段与后面一段会

寻觅山水间

合之后才上山返回。上山的时候，我冲在前面，我逐渐跑起来，确实速度越快，上山就越累。但是这很好，我就是要把自己累得筋疲力尽，腿直抽筋，以消除这一身的疲乏。在身体的痛苦中，我总能找到一种快感——就是当腿再也迈不上一级台阶，但自己却拼了命把腿迈上去时的一种快感，我说的不是超越自我的那种精神上的快感，我是说，痛苦本身就是快感，两条腿越酸痛，我迈步的欲望就越强烈。就这样，我从山下跑到山顶，没停下一次。我能看到汗水随着脚步的震动滴落。当那滴咸咸的液体与尘土融为一体时，我感到自己的能量在减少。速度在一点点变慢，但我仍旧没有停下。当痛苦达到极点的时候，我踏上了最后一级台阶。现在我想象着那个场景——镜头固定在最后一级台阶上，一只沾满泥土的鞋子从台阶下面出现，慢慢地整个鞋子都清晰可见了。在它到达最高点之后，就像失去了动力的火箭一样重重地砸向地面，瞬时激起尘土。你能观察到鞋的皮革在拉长，这预示着下一次发力……

　　当我终于在平台上坐下，看看表，15 分钟，我只用了 15 分钟从下面爬上来，比下去时还要快。现在我觉得自己充满了力量，于是起身走到炼魔台（就是有慧可法师雕像的那个平台）上，站在围栏上极目远眺，此时的感受真的无法用语言表达。我想如果概括的话，应该是宁静，心如止水般地宁静。群山被笼罩在雾气之中，鼻子能清楚地嗅出空气中的水汽。太阳也被雾所笼罩，形状还是圆的，只是界线已经模糊，说此时的夕阳是一个实体，不如说是一种印象。我现在终于能体会凡高和塞尚的画作之美了。

闭营式的时候，袁老师给自己的学生颁发证书，脸上总是挂着完美的笑。我觉得完美并不过分，因为我看出了她心里的幸福已经满溢。那个时刻，我发现她那么可爱。之后，她与儿子拥抱。就像我所看见的，她也许已经尝到了作为女人和老师的最大快乐，这种满足从她开始散溢，波及我和在场的每一个人。

本来还想说些批判性的东西，但是这会毁了全文的气氛，就此作罢。

2012 年 7 月

江西支教前的遐想

　　对江西，最期待的是支教。无尽的远方，有无数的人们都与我有关。也许我应该感到愧疚，中国也应该向他们道歉。因为改革开放只是让一部分人先富起来，而这一部分人的富裕却是用他们的贫穷为代价。我不知道该不该唤醒他们，让他们知道外面的世界有多精彩。因为那很可能害了他们。

　　我时常想，出来了又怎样？离开山野农村，上大学，也许能搬到城里去住，改善生活条件。那又怎样？在城里，他们要面对的压力可能比村子里的贫穷还要恶劣，而且更多的人即使上了高中也考不上大学。既然有一部分人是注定不能离开的，那么何必给他们希望，然后又残忍地让它破灭呢？

　　也许一辈子在农村也挺好。可是村子里的人一定不这么想。

我不知道我应该做什么，我也不知道到底怎么做是对的。

2013 年 6 月

寻
觅
山
水
间

这里的雨是飘下来的

一

　　在雨中醒来,是多少年都没有过的。不是北京的大暴雨,也没有骇人的闪电。这里的雨是飘下来的。飘到左边,再飘到右边,犹豫好一阵才终于落在我的脸上,像是脸色绯红的女孩儿的轻轻一个吻。

　　这是清晨六点半,下床走向阳台,看到老乡已经开始插秧了。蓝色的雨衣在绿色的水田里格外明显却十分和谐。中午从大溪小学回来,还是那件蓝色的雨衣俯仰于水田之中,只是水田的绿色又大了一倍。

　　吃饭时我问:"田里的是水稻吗?"

　　"对,水稻的。"奶奶用极不标准的普通话说。

　　"是自己吃,还是……"

"自己吃的，自己吃的……"奶奶没等我问完，"我们这里都是自己吃的，那边有很高的大棚，是卖的。"

吃完饭，站在门前，发现蓝色雨衣已经不见，却留下一片完整的绿。

二

奶奶已经八十二了，却很硬朗。深而细密的皱纹有致地堆叠在脸上，对别人来说将是衰老僵硬，在她，却和谐而慈祥。从奶奶的脸上总是能看出一丝大智若愚。也许在村子里活了一辈子，该看的美的丑的已经看过了，该听的好的骂的已经听过了，该受的苦该享的福已经够了。活的已经够长了，没有什么还需领会，没有什么还需思考，对于别人的问题，她只是以皱纹回答。

吃饭时，巩问："奶奶下午还下雨么？"

"下的，下的。"

"哇，"巩吃了一惊，"奶奶怎么看出来的？是看云么？"

"下的，下的。"奶奶只是重复了一遍。

巩跑到门口，抬头望云："是因为云气还没散开吧！"

"唉，"奶奶好像没听懂似的，只是微微点下头，又说"下的。"

奶奶怎么知道会下雨呢？也许奶奶也答不出来，只是知道要下。奶奶已经活得够长了，对于事情不再需要推理，对于现象不再需要分析，只是单单地知道结果，只是因为她活得已经够长了。

三

姜导说要和他的车友飙车，我一愣，看着他胯下的那
辆破三轮，再看看愈下愈大的雨，终于还是决心坐了上去。
刚走一会儿，遇上果子姐，她便积极地蹦上了车。旅程就
此开始。

姜导说："我上次骑三轮儿还是 20 年前，加上这次是
第二次。"

说完又加速骑起来。骑了一会儿，终于看见了姜导的
车友——那个黄衣服的，得病了之后有点像傻子的人。他
也骑着一辆破三轮。

姜导大呼一声，两人便开始飙了。我和果子做在车斗
里，对姜导大喊："你慢点，这可三条人命呐！"姜导无惧：
"要不是有你们，我早超他了！"

突然迎来一段上坡，我和果子便对姜导大喊："你也太
慢啦！"

姜导又喊："这一车三百多斤，让我怎么快呀。"

又是下坡，车速一下快起来。大概是因为比较重，滚
得快，所以渐渐赶上了那辆三轮。可傻子不地道，要别我
们，姜导一躲，破三轮就使劲一晃，像是狗甩掉身上的虱
子。到了后程，姜导终于成功超车。我和果子，还有姜导，
还有傻子，一路喊着笑着，就回了村。

正走在水田间的小路上，姜导说："咱们第一个到的

啊！"接着，就看见黄春老师坐着摩托车"唰"地一下超了过去。我们惊呼"不地道"！

下车时，身上已经湿透了，衣服紧紧贴在身上很难受。其实我早就知道，下雨天跑着比走着淋雨多，但我就是想下着雨坐着三轮和傻子飙车，感觉也不错！

2013 年 6 月

眼泪流下来， 看得却更清晰了

　　眼泪流下来，看得却更清晰了。甚至能看见孩子们的每一个表情。可看得清楚了，心里却更难受，眼泪便不住地流。

　　我在短短的一天半里与这里的陌生人发生感情，真是不可思议。站在椅子上，看着黄春老师的不断失控，我的眼泪也流下来。孩子们仍然在前面玩笑打闹，而我却流着泪看着他们，现在他们还什么都不懂，不懂什么叫"我们很幸福，因为我们被需要"，不懂什么是"我们还会回来"，也不知道身边的人为什么流下眼泪。

　　我看着他们，虽是一个个笑脸，却看不到出路。他们中的大多数都没有未来，他们长大还会在这个村子里生活一辈子，或是外出打工，勉强糊口。这么多可爱的孩子，这么懵懂，还这么年轻，却没有出路。而他们还不知道。

　　校长带着孩子们走出校门，跟在我们身后，我看见四个小女孩儿手挽着手，哭成一片。我的心一下子像掉进了泥淖，拔不出来。眼泪便又流出来。其实流泪更多的是因为不舍。我抱着一个孩子在空中转圈，其他孩子看见便涌过来都要玩，我便一个一个地抱他们。一个男孩儿看见我手里拿着一架飞机，其他孩子便都冲上来抢飞机。我便拉着他们到处找飞机。

我看到了他们的聪明、善良、自私、任性，这些都是他们，他们让我看到一个个新鲜生命的自然状态。我总觉得我本可以给予他们更多，但是我也知道，我不能强行闯入他们的生命，他们的人生属于他们自己，决不能依靠别人。

回到村子，黄春老师的小女儿抱着爸爸的腿，哭着，眼睛红红的，"爸爸，求你带我走吧！求你了！"我记得自己小的时候也这样求我的爸爸不要走，我突然意识到孩子是多么无助。孩子永远是易碎品。

也许我永远也见不到他们，再也见不到这些可爱的生命。

2013 年 6 月

黄瓜悔过与鸡蛋弥补

　　暑假去了贵阳游玩，路经一个小村子，是一个少数民族的聚居地，似乎是叫石头寨，房子、道路全是用石头搭建铺设。由于石头路坑坑洼洼走不了车，我们一行人便下车步行，顺便稍作游览。

　　一进去便知这里并非富饶之地。这里竟还保留着只有在小说或电视剧上才能看到的古老宅院、阁楼。一条小河横穿这个小村，把小村分成两半，左右有小桥联系，石桥下面是一群赤裸着身子在河里游泳洗澡的孩子，在水里叫喊着。一路上除了石头还是石头，再无别的什么漂亮或能引人注目的东西。

　　漫步向前，在街的拐角处有一片空地，空地上有三个小女孩在地上，她们前面是一个用草和枯竹片编成的小台子，台子上是嫩绿的几根小黄瓜，顶花带刺。然后传来了她们的喊声："叔叔、阿姨，买一个吧！叔叔、阿姨，买一个吧……"她们用稚嫩的声音不停地喊着，每喊一个字，都要把小胸脯向前挺，才能喊出那么大的声音。小脑袋随着每一个字上下点头，扎在后面的两束枯黄的马尾辫儿在空中甩来甩去，已经被阳光烤得彤红，但几根小黄瓜依然静静地躺在那儿，上面落了一层薄尘。

我们从她们面前走过，于是三个小女孩喊得更起劲儿了，为的只是几根嫩绿的小黄瓜。但我们此时刚吃过午饭，又加上难耐的阳光，已经没有食欲。当我走过她们面前时，我注意到那几根小黄瓜在阳光的烘烤下已经有些干瘪了。我心里突然有些不好受，但烈日使我的心"干瘪"了，我终于没有回过头去问价钱，径直走出了拐口。

在阴凉里缓了些后，才稍有后悔，但由于行程紧，还是没能回去，我把她们和它们抛弃在了阳光里。

在后面的行程里，我几乎忘了这三个小女孩和她们的黄瓜。

几天后的一个景区里，我又见到了几个小孩在卖一大兜熟鸡蛋。我毫不犹豫地包下了所有鸡蛋，大概有二十多个，我稍有些安心了。可是，不一会儿，又有两个小孩——男一女追了上来，一直跟在我和妈妈的后面。其中的那个男孩手里捧着一个破塑料袋，上面放着一个小鸡蛋。他们一边跑一边喊："阿姨买鸡蛋吧！阿姨买鸡蛋吧……"妈妈停下来说不买，并摇了摇手里的一大袋鸡蛋。但他们好像没听懂似的，继续追，继续喊。我不禁回头看他们，两个小孩弱小的身体在快步中一摇一摆，但那单纯的目光却那样坚定，我停下来说："妈，买一个吧！"两个孩子也停下来。男孩双手高捧着鸡蛋，我注意到鸡蛋的蛋壳上有一块黑斑，有许多微小的坑，那男孩的嘴角处有一块黑斑、还有许多麻子坑。两个孩子跑走后，我剥开鸡蛋壳，咬了一口蛋清，里面露出了饱满的"心"。

黄瓜、鸡蛋。一个悔过，一个弥补。五个孩子和我身上的两件小事，我心灵札记上的一件大事。

2010 年 11 月

敲开那扇门

没有了时间与空间，它也依旧存在。它甚至取代了上帝，因为它积蓄了比上帝更大的能量，它本身就成了一种信仰！

太阳与教堂

我喜欢太阳，却只偏爱三四月份的太阳。

那时天气还未完全转暖，空气里总含着一半水汽。太阳便浮在这水汽里，透过白色的水汽发出白亮白亮的光。水汽吸收了太阳光的大部分热量，洒在身上恰到好处。这时我总会抬头仰望那白亮白亮的太阳——它的边缘像是被水泡过而溢散了颜料般模糊，在白色的圆盘周围形成一片黄晕，鹅黄色的晕越来越淡，最终与空气融为一体。午间时刻，太阳才最奇幻。那时的太阳发出耀眼的白色光，天上那个白色的圆形极似是一束强光在天空中射出的大洞，在那洞的深处，能看见柔和的淡黄色，那感觉活像天堂的入口，这一神圣的印象更赋予了我对它的神往。

我还喜欢校园里的那座教堂。

那个身披灰色外衣的教堂默默地在那里伫立已有百年，它似乎已经把根扎到了大地深处，承载起大地般的厚重与

敲开那扇门

坚定，被风雨侵蚀而圆润了的石头棱角似乎暗示着它早已与空气融合，成为天空的一部分。没错，它是大地的使者，是天空的图腾。是它用它所独具的神圣将天与地紧紧相连。闭上眼，抚触它的墙壁，你能摸到时间带给它的伤痕并在心中清晰勾勒出它沧桑的样子，但正是这伤痕与侵蚀使它看起来更加强大，屹立不倒。看着这教堂砖石上的刻痕与凹凸时，风暴的怒吼与黑色闪电的鸣叫在空中响起，从这些石头上大大小小的孔洞望进去时，恶毒的雷雨来袭的夜晚，教堂唱诗班神圣和平的吟唱传来，安抚你惊恐的心。

在宁静的校园里注视着这座教堂，我感到它在这宁静间正在积蓄能量。它从阳光、空气和泥土中获取能量，然后把它积聚在自己身上，年复一年，不断积聚，它把这巨大的能量积聚到某一点，终于铸造了它的深沉、坚定与神圣。自从它建成并矗立在这里开始，自从它开始积蓄能量起，它的意义就开始加重，变得更深刻，甚至超越老教堂本身的意义，超越了建筑的意义，它不再被什么所掌控——时间和空间成了教堂的载体，没有了时间与空间，它也依旧存在。它甚至取代了上帝，因为它积蓄了比上帝更大的能量，它本身就成了一种信仰！

是的，这就是每次注视这座教堂所带给我的。

2011 年 6 月

大家都有病

　　《大家都有病》。虽然这只是一本漫画，但其中的深刻认识和反省确实值得思考。就如封面上所写，"一本漫画读懂一个时代！"所以我决定来写一写这本书。

　　这已经不是一本传统意义上的漫画了。朱德庸不仅让人发笑，同时也让你佩服他对生活的理解之精辟。我想这本书的关键词就是"你有病，我有病，他有病，大家都有病。"到底是什么病呢？爱钱病、花钱病、功名病、精神病、烦恼病、没成就感病、没人爱的病、精神亢奋病、喜欢跳楼病、不结婚病、一切都可病、离开都没病、一点都没病的病……这些在朱德庸嘴里都算是病啦。一开始听到这些"病"，只觉得这是正常的社会现象，但继续往后看才发现，原来大家真的都有病。

　　朱德庸说："我们这个时代的人，情绪变得很多，感觉变得很少；心思变得很复杂，行为变得很单一；脑容量变

241

得越来越大，使用区域变得越来越小。更严重的是，我们这个世界所有的城市面貌变得越来越相似，所有人的生活方式也变得越来越雷同了。就像不同的植物为了适应同一种气候，强迫自己长成同一种样子那么荒谬；我们为了适应同一时代氛围，强迫自己失去了自己。"

这种被强迫，在生活中表现为各种各样的问题。比如，焦虑、不安、烦躁、空虚、亢奋等等。

——如果一个人缺乏人生哲学，他会变得易怒、愚蠢、固执。

——如果一个人拥有人生哲学，他可能还是易怒、愚蠢、固执，但会为自己找到一套说法。

有时候我们会发现自己善变，无论是男人还是女人。

——人的原则就像袜子，需要天天换洗来保持。

有时候我们会觉得"难得糊涂"，这大抵没有错。

——当人停止思考时，他可能是累了。

——当人开始思考时，他可能是疯了。

我们总是思索价值和意义，其实这是被骗的结果。

——认识无价的，可惜其他所有的东西都有价。

这个奔跑的夏天

242

有时社会不是直线式无限发展的，而是圆圈式无限循环的。

——我们的人生每天都在赌，赌明天是否还能继续赌。

——命运就像赌桌上的轮盘，盯得太紧会头晕。

迷惘是每个人的。

——每个人的一生都是一座迷宫，有的人在找出口，有的人在找入口。

其实我们从来都不缺少动力，只是……

——人们不停地往前冲追求理想，可惜绝大多数人最后就只剩下向前冲的这部分。

幸福是谁给的？

——现代人不快乐是因为大家都希望幸福，但幸福不够分。

朱德庸说"这是个一半的人以正确的方法做错误的事情，一半的人以错误的方法做正确的事情的时代。"简而言之，就是这是个充满错误的时代呗。好像真的是这样，许多事情做了半天，最后发现是错误的，但是却能用一套逻辑把它想成正确的，于是便觉得自己做的事非常有意义。

读完这本漫画，我不禁想，究竟是人被时代冲走，还是人造就了这个时代呢？别跟我说什么人造就时代而时代反作用于人，我不信这套。大家都有的病，就是时代的病。不同时代有不同的病，而不同的病需要不同的人来克服。好吧，又绕回来了，究竟谁才是主导因素呢？

敲开那扇门

243

虽然有这些问题，但至少朱德庸教会了我们一件事。就是不要总认为别人都有病而自己是最正常的，不要认为别人都是错的，而只有自己是对的——就像傻子的特征就是，认为除了自己别人都是傻子。其实大家都有病。

2013 年 4 月

我是哈姆雷特

To be or not to be, this is a question.

此时此刻我想到这句话，便觉得自己与哈姆雷特如此相像。是存在还是毁灭？拥护真理还是卑鄙苟活？爆发还是放弃？这句话有无数种含义——这是一千个哈姆雷特在同时诉说着他们不同的选择。但相同的是，所有的问题都在于——坚持还是放弃。

就像 Adele 在《chasing pavements》里唱道：Should I just keep chasing pavements？这是一种抉择，更是一种抗争。因为我所追求的在别人看来是毫无意义的垃圾，我的思维总是与众不同，我的观点总是脱离主流。因为我天生如此不羁，因为我天生渴望突破。因为我生在死气沉沉的人群中，却坚信活在自己的世界里。我喜欢易卜生的《玩偶之家》中出走的娜拉，而不是推石头上山的西西弗；我乐于读《恶之花》，因为它告诉我真实的人性与世界；相比

《论语》我更欣赏《庄子》，虽不懂，但那正是吸引我的地方。

我向来相信，规则是可以打破的，况且我向来不喜欢按规则玩游戏，因为在我看来是万万不必要的。就像为什么只有通过考试才能证明能力？为什么总有人告诉我"此题答案唯一"？为什么学生就一定要服从老师，难道老师就一定比学生更需要受到尊重？为什么子女对待父母就一定要言听计从，难道一男一女生出一个孩子，他们在人格上就可以高于那个孩子？或者他们就与这个孩子有什么必然联系？为什么一定要踏实稳重，浮躁好动就不值得提倡呢？在我看来，世界上一切联系都是不存在的，那只是人们主观上创造出来的。就像为什么杀了人就是有罪，而救了人就值得赞扬？是的，我认为世界上所有的人，一切事物都是孤立的。我赞成黑格尔的"存在即合理"，而人们常告诉我"事物有其发展的必然规律"。

To be or not to be?

我不理解大多数人所谓的"正确"到底正确在哪儿？也许他们的意思是"顺从了吧！否则你将受尽误解与冷眼。"我也确实因此孤独、害怕。是坚持还是放弃？

我时常为人类每个个体的孤独而伤感。灵魂只能独行，周国平如是说。每个人心灵的孤独所带来的痛苦是巨大的，就像我们每个人的心都被关在静音玻璃房内，即使你和别人只隔着薄薄一层玻璃，却任凭怎么叫喊别人也听不见。

当我们试图寻求心灵的相通时，肉体的阻隔、语言的误解、手势的错漏，甚至眼神的失真，都像十万大山横亘在你我之间。你就在山的那一边，可遇而不可求。就像即使我说了这么多，你仍然不明白我说的孤独是什么，那种被玻璃罩隔开，想要接吻却只能亲吻冰冷的玻璃是怎样的痛苦。只有真正经历过的人才会懂——这就是所谓的孤独。

人生的孤独让我渐渐把肉体与灵魂区别开。在我看来，所谓"我"只是灵魂那一部分，肉体则是阻碍人与人交流的屏障。所以我看待我的肉体是以"他"的第三人称来对待。

因为孤独这种人类属性的存在，我永远不可能被理解，就像每个人一样。既然不可能被理解，是坚持还是放弃？

乔布斯在斯坦福大学的毕业典礼上说："要知道，人的一生是有限的，不要把它用来复制别人的思想。"

他是在鼓励我坚持下去吗？可是他也让我看清了现实——大多数人都在穷其一生学一种别人的思想，而从未追求过自己的独立思考。或者他们追求过，但那根"思想的芦苇"被不停扼杀。我感到"我"也要被杀死了。就在我问自己"to be or not to be"的时候，那些使我被同化的思想就已经得逞。

在我接受教育的时候——接受应试教育的时候，我就已经被灌输了某种所谓的"正确"，即使我并不接受，它们也像癌症一样，一旦沾染就不断扩散。大前提：一切让我看不上的答案都是错的。小前提：你的答案让我看不懂。结论：所以你是错的。可是当爱因斯坦提出相对论的时候，又有几个人看懂了呢？

大多数人都选择了放弃，他们选择了屈服于生活，他

敲开那扇门

们选择了在体制内活着。人们常说："如果你改变不了世界，就试着改变你自己。"孔子曰："道不行，乘桴浮于海。"可见圣人与庸人一样，都面临着选择坚持还是放弃的问题。

陶渊明选择了"世与我而相违，复驾言兮焉求"，哈姆雷特选择为父报仇，到底是放弃高尚，还是坚持可贵呢？

也许可以像摇滚那样，一万张嘴唱着同一首歌，却又唱着一万种孤独——放弃寻求彼此相通，享受你的孤独，走你自己的路——可人活着，不就是为了某一个眼神，某一个嘴角，让你突然感到欣慰与感动么？

我现在终于明白——to be or not to be? this is a question. 这不是疑问，而是陈述。哈姆雷特不是在叩问，而是在讲述一个道理。

2013 年 5 月

这个奔跑的 夏天

科学与信仰

　　科学与信仰究竟是什么关系？我想这是一个人类对外在世界与内在世界认知的问题。人类的认知能力与水平随着时间的前进而发生改变，前进、停止、倒退的可能都是有的，有时并非单向的、向前的。

　　如果从科学发展的历程来回答这个问题，科学与信仰永远都是难解难分的统一体，也是天性与人性合一的一种体现。比如，《易经》中讲的太极、阴阳、天人合一，宇宙本身就是一个阴阳体，人作为宇宙中的一分子，同样也是一个阴阳合一的整体，天地万物都是如此。随着环境的变化其外在表现是，时而为阳，时而为阴，就像白天与黑夜，太阳与月亮。

　　上帝是否符合科学，这是对人类智慧的考量，而非借助知识的证明。从人类的科学发展史和科学与宗教之间的斗争可以看出，科学与信仰始终是人类智慧生长的生长剂，缺失了任何一种元素人类都将消亡；科学与信仰就像一个硬币的两面，缺少任何一面都将不再是硬币。之所以产生上帝是否符合科学，或者要科学还是要信仰的问题，主要是我们有时过多地看到了硬币的一面而忽略了另一面，或者肯定一面否定另一面，这是人类自身局限性和片面性所造成的，人类掉入了自我设计的陷阱。

世界是唯心的还是唯物的？这是一个哲学上的问题，从哲学的前沿观点来看，世界是唯心的，我的观点是，首先是唯心的，其次是唯物的。从科学发展历史来看这种思想更为合理，很多事件也证实了这一论点。

信和疑是人类阴阳两面统一体的又一体现。

信，也就是信仰，有时表现为宗教甚至迷信，但这并不会妨碍人类的进步，相反，它恰恰是人类无限想象宇宙、探索宇宙的原动力，它是人类前行道路上的灯塔和目标。信仰，是人类生命存在和发展的前提。

疑，可以解释为科学，也是人类本性之一。质疑，是人类的一种自然活动本能，欲望使然。人类总是想知道更多，获得越多。知道越多，质疑也就越多，因而便不断探索，并在探索的过程中找到人生的兴趣和乐趣，人类因此不断进步。

《圣经》中的亚当夏娃因蛇诱惑而偷食禁果便是人类由混沌到启蒙进而走向科学与信仰的具体佐证。我们每个人的心中都有一条"蛇"，这"蛇"在诱发我们一定要相信一个"什么"，比如"苹果一定好吃"，"河的对岸有一座宝藏"等等，于是我们便有了"信仰"，在"欲望之蛇"

的驱使下开始"探索"。于是便会想出种种办法吃到"苹果"或者制造船只渡河获得"宝藏"。这种过程循环往复永无止境，自作为人父人母的亚当夏娃第一次偷吃禁果之后，我们人类始终都在重复着这种活动。

从科学发展历史来看，信仰具有相对保守和稳定的属性，科学的特点是自由活跃和无序，正是如此，信仰才能够使科学具有方向和发展，而科学发现使得人类将信仰的航标一次次改变或者放置的更高更远。

纵观历史，人类无论如何无法用科学否认或者替代信仰，而信仰是考量人类智慧和人类科学发展的必要条件。我们每个人的心中在有一个"上帝"的同时也拥有一条"蛇"，单纯的科学或者信仰都无法保证人类的生存与发展，只有在科学与信仰的"阴阳"互动作用下不断产生的人类智慧才是人类存在和发展的根本。

2011 年 4 月

生命之轻

到现在，《不能承受的生命之轻》我已看了三分之一，至此我才对这个书名有所领悟，之前完全不懂米兰·昆德拉所写与书名有什么关系，对于什么是那个"生命之轻"也并不理解。现在终于有些了然，但还是一知半解。书中的人物各个都承受了重压，等到他们终于被压得喘不过气而抛弃了重担，却感到了不能承受之轻——看似被解放了，实际上又陷入另一种困境。这是不习惯么？还是生命的常态？换句话说，这种不能承受之轻会不会随时间的流逝而消减呢？

不过，我现在对这个"轻"有了点切身体会。因为期中考试结束了，重压便像魔术一样突然消失，我便轻飘飘地被吹离了地面，突如其来的飘忽不定让我心里没有了着落。

因为身体很轻，于是想找根绳子把自己像风筝一样系

这个奔跑的夏天

在木桩上。我找的"绳子"是电影。一考完试，我便疯狂地看电影——两天看了六部。说实话，这么大量让我有点消化不良——还来不及把上一部的启发融入价值观就开始了下一部。但电影终归是好东西——我很赞成把它列为第八门艺术的说法。它比艺术更直观，比文学更细腻，比建筑更宏伟，比雕塑更鲜活，比舞蹈更自由，比绘画更具连贯性。但是拍出一部好电影是极其困难的，要找到合适的观众也极其不易。

虽然看了这么多部电影，身体仍然不能落地。前一个时刻，我还盯着窗子上的雨滴思考它的意义。这让我想起了初二的时候，自己曾经整个晚上盯着同一扇窗思考自己的存在，像中了魔一样嘴里不停地大声念叨着——前一秒还为自己想明白了什么而大声叫喊，"对，就是这样！就是这样！"后一秒就开始怀疑，"也未必如此。"这样翻来覆去想多了就开始觉得，"意义"这个东西纯属人们自己造出来为难自己的，没有人类，谁去会思考意义？如果意义不被思考，又有谁会知道它真的存在？我的这种观点，被政治课本称为"唯心主义"和"不可知论"，也许还陷入了"相关主义的泥沼"，反正属于"误区"范畴。通过读书，我也认识到：历史上的哲学家在离开这个世界时大多是绝望和迷茫的，他们否认了自己穷其一生对世界的探索。威廉·詹姆斯写道："没有任何结论，在应该做出结论的事物中，我们做出过结论吗？命运不可测，没有忠告可给。永别了。"他就死在他的书桌上，手下压着这张纸条。就连爱因斯坦都说，这宇宙中一定有个永恒的上帝让我们不能探

敲开那扇门

清他的意图。

可是我知道，在这个社会里，没有价值观，或者说持相对主义和不可知论是生存不下去的。社会逼着你必须坚守一个原则或恪守一种主义，偏执地走下去，只有走到高处，你才有资格放下，重新找回自己的哲学，宣扬自己的主义。

上了高中，我已经很少思考意义，很少思考哲学了。现在我觉得事物的意义就在于存在，存在本身就是意义。所谓"大德曰生"就是这个意思——让万物生生不息就是自然最大的德。刘基的《活水源记》说的也是这个道理。"戏剧的意义就在于它的上演"，这是某部电影里的一句台词。

亲近大地，我们的生命就会亲切实在。

真不错。

2012 年 2 月

人与自然

南极，臭氧层空洞。1060 万平方英里。大于整个北美洲。紫外线强度足以杀死任何生物。

中国天津。30 年。海平面上升 196 毫米。淹没整个马尔代夫，只需 1.5 米。

全球每年气温上升 0.5 摄氏度。而毁灭地球只需 1 度。

一棵大树长成需要 100 年。而砍倒它只需 1 分钟。

全球森林面积。四十点九亿公顷。每年减少 1130 公顷，沙漠化影响全球五分之一的陆地。

全球矿产，孕育了几十亿年。而全部采空，只需 10 年。

未来全球 60 亿人口，近二分之一没有清洁水源。

地球，已经诞生 46 亿年，而最快毁灭地球，只需 7 年。

人类始于自然，始于地球，这是万物之本。而人类也将灭于自然，灭于地球吗？这取决于人类自己。

自打工业发展，人类就像一个不要命的疯子一样，不停地肢解着脚下的土地，而丝毫也没有意识到切断自己的生命线，自己也无法生存。

那么究竟是什么影响了自然呢？如果一定要找到与自然对立的东西的话，那就是发展。这就像一个天平，自然和发展本来是平衡的，但人们不断地把自然那边的砝码拿去，放到发展的这边，于是，这个世界就在失去平衡。但极为讽刺的是，发展正是人类存在的意义之一。

公元 2050 年，南极冰川已全部融化，赤道周围国家被全部淹没。受难的人们苦苦乞求被他国接受，可大国迟迟不肯回答。绝望的人们把手从死去的亲人的尸体上松开，不是放弃，而是更加坚定地拿起了武器，准备强行闯入他国领土，以继续生存。战争，不可避免地夺去了无数生命，留下的是人们残缺的躯壳与一片焦土。中国沿海、陆地已经完全沉入大海，10 亿人无家可归，无粮可吃，国家经济彻底崩溃，没有钱安置近 10 亿的众多难民。于是，尸横遍野，全球火山爆发，地震酿成的人间惨剧每天都在上演。火山笼罩了天空，没有一丝阳光，灰烬落在死去的人的身上，将他们慢慢埋葬。活下来的人中，大部分人因为吸入火山灰而窒息，还有一部分人因为瘟疫而死去。高达几十米的海啸将残存下来的人类文明无情地拍个粉碎。哭号、尖叫、呻吟、痛苦、折磨、绝望、死亡、破坏、毁灭……

天作孽犹可恕，自作孽不可活。这就是我们自己做下的，终究要我们自己承担。人们不是不明白为什么要敬畏

这个奔跑的夏天

自然，而是不知道如果真的末日到来，我们将承受什么。那现在我可以告诉大家：如果再这样下去，在 100 年中，有那么一天，我们将在绝望中死去。但待到那时再悔恨，必将晚矣！是时候想想了，如果世界真的有末日，那么那天就是我们人类自己的忌日！善良的人们啊，从现在起，我们能做些什么呢？

2010 年 4 月

幸福的否定式

　　我就这么半躺半卧地倚在石阶上。时值春日，阳光还是淡淡的鹅黄色，温度正合适，不至于洒在脸上烫人。眼前是什刹海的水面，水面上浮着几只新出生的小鸭，游起泳来还稍显笨拙。我一边嗅着迎春花的甜味，一边用手抚摸趴在我旁边的大猫。它好像被我弄得很舒服，不时"喵"地低吟一声，眼睛眯成一条缝。

　　若是水上再有一个渔夫撑着木舟划过就好了；若是再来一杯解渴的冰饮岂不美哉；若是能刮几缕微风吹走身上的汗液便完美了！

　　可是木舟没有来，也没有一丝凉风，更没有谁和颜悦色地向我送上一杯冰镇可乐。于是心里不禁有些抱怨。心里一烦，手上一使劲，捏疼了那只大猫，它反过来"唰"地挠我一下，我疼得大叫。你若此时问我幸福吗？当然不，我的心情很糟。

倘若换一种思路呢？

只要太阳此时不落下就好；只要湖上不突然刮起风浪就好；只要猫儿不醒来，就这样睡下去就妙不可言。于是，太阳没动，湖面平静，猫儿依旧懒洋洋地睡。你若此时问我幸福吗？是的，我比任何时候都幸福。

在生活中，我们追求的太多。目标太多。达到了目标却又开始向下一个目的地迈进。是的，这种通过自我实现而获得的幸福感十分强烈。可是幸福随即就会被你重生的野心和欲望淹没。况且，在现实中，更多的人并不是社会上层，即使他们有远大的抱负却没有条件实现——即便有再大的幸福在向他们招手却始终遥不可及。作为大多数的"普通人"，通过自我实现获得幸福委实艰难，而且大多想法都无法实现——就像在我想看木舟的时候没有木舟，想喝冰饮的时候没有冰饮。

那为何不试试否定式的幸福呢？只要第二天睁眼醒来，亲人都没有离我而去，房子没有变成废墟，窗子里照进来的还是温暖的阳光——这样的幸福得来岂不容易？

其实幸福的否定式是想告诉你：在你仰头企盼流星时，脚下已经绽放无数花朵。

2012 年 10 月

发表于《北京日报》2013 年 8 月 23 日

敲开那扇门

围　城

　　婚姻就像围城，里面的人想出来，外面的人想进去。

　　这是钱钟书在《围城》中的话。这话仿佛女巫的咒语，被诅咒的是多少被围困在婚姻中的男男女女。

　　虽然婚姻是这本书的主题，但我先不忙于谈婚姻。就如宴席上的主菜一吃完，别的凉菜甜点上不上桌也就显得并不重要了。

　　法国巡警调戏女人时的色相，富太太间互相阿谀，本来自愧没学问的肥胖诗人在众人装腔作势的赞赏下开始不断自夸，学校里几个人为了教授或者主任这么个芝麻小职位明争暗斗使计谋。无论是有爱情的或没有爱情的，穷得或富得流油的，抑或是没钱还摆阔的，在人面前装狗都是拿手好戏。几个人聚在一起，几句话之后就都披上了狗皮，不但穿狗皮还放狗屁。要是放得让人家不爱听了还要咬起来的。其实这样说有点过，《围城》并不是《契诃夫短篇小说集》，但其中人物的圆滑和虚伪都是显而易见的。杨绛在后记中谈到《围城》中的人物大多是当时的真实写照，所以抗战前期和初期的社会颜色就可见一斑了。

在围城的世界里，人人都带着伪善的面具。也许书中的一切都是假的，但除了爱情。

那个方鸿渐在家乡的包办婚事随着女方的死去而夭折。鸿渐可怜她，可也随之松了一口气，暗暗感谢她的死带给自己爱情的自由。鸿渐此时正站在爱情的门外，从门缝里窥见了里面的明媚阳光。

方鸿渐在船上倾慕鲍小姐，可是与鲍小姐的这段轻浮的爱情纯粹是为了消遣。爱情在这时还被欲望束缚着，你能听见爱情在挣扎，在萌发。

鸿渐命中注定是个艳福不浅的男人。月光反射在苏小姐晶莹的唇上，那双唇正渴望着鸿渐的吻。这吻的分量很轻，范围很小，是一种敬而远之的亲近。鸿渐知道自己并不爱苏小姐，他爱的是唐晓芙，就像大多数初恋的人一样，他的第一份爱情是一见钟情。这爱情既甜美又脆弱。鸿渐爱唐小姐，唐晓芙也爱他。但是爱情就像捧在手中的雪花，即刻融化。鸿渐还伫立在大雨中，就站在唐晓芙的窗外。雨势太大，浇灭了鸿渐心里唯一剩下的一点爱情。他心灰意冷，抖抖雨衣，终于肯转身离开。也许他流了泪，泪水就混迹在瓢泼的雨里，可是钱钟书没有看见，唐小姐也没有看见。爱情在此时变成了阴差阳错……如果鸿渐能在雨里多站上一会儿，如果唐小姐早一点拉开窗帘看见鸿渐，也许鸿渐就会被挽留住，一段爱情也不会这样破碎。破碎的爱情被雨水冲走，也许流入了海洋也许搁浅在海滩上，只有两个人心里那个空落落的位置才证明着这段曾经美好的爱情。

　　就像爱情一样，婚姻也是戏谑的对象。也许婚姻的维持并不需要爱情，它只是简简单单的社会关系、男女关系。我想起《非诚勿扰》中的一句台词：试婚就是试两个人在没有了爱情的火花之后能不能依然终身相伴。在鸿渐的爱情化作苦水之后，显然他是没有力气再爱一个人了。于是，他和孙柔嘉结婚了。也许是方鸿渐头脑发热，也许是被流言搞得弄假成真，总之他们结婚了，爱情却少得可怜。他们每天都吵架，为了各种事吵架。孙柔嘉为了鸿渐父母送的家具而跟他吵，为了鸿渐父亲的封建，为了他不按时回家，为了他的没出息；鸿渐也看她不顺眼。吵架常常是不按套路出牌的。本来是为了鸿渐跟朋友出去喝酒回家太晚而吵架，后来就由此及彼，把各种日子里的不顺心都扯出来推到对方身上。吵架就是这样，永远是单方面的责骂而永远听不到对方在说什么。好在柔嘉意识到鸿渐真的愤怒时就会停嘴，她不想真的跟他闹翻。但是，翻脸的一天还是来了。象牙梳子正砸在鸿渐的脸上，柔嘉并不是故意要砸他的脸的。鸿渐惊骇她会下这种毒手，拗头看着她，随即转身而去。鸿渐走出门，神经麻木，不感觉冷，意识里只有左颊在发烫。泪还是流了，肚子很饿，一摸口袋却忘记带钱。不知道在外面走了多久，鸿渐回到家，妻子已经回娘家了，可是房间里还留下她的怒容、她的哭声、她的说话。"好，你倒自由得很，撇下我就走！替我滚，你们全

这个奔跑的夏天

替我滚!"简短一怒耗尽了他的所有气力。他倒在床上，睡眠渐渐袭来。深沉无梦的夜。

方鸿渐虽然出国留学却靠钱买了假文凭，回到国内无事可做，只有靠着好友吃饭。在同样是留学回来的人中他算是最没用的。事业不成，爱情也跑了。带着深深的伤痛他辗转迁移到内地教书，认识了孙柔嘉与她结了婚。后来，日子过得一天比一天不顺，直到积郁的不满终于爆发，婚姻一下令人费解了，人生突然黯淡了。为什么一切都急转直下？也许这是鸿渐要问的。

这围城无意中包含了对人生的讽刺和感伤，深于一切言语、一切啼笑。

2012 年 4 月

人生没有不可能

——读《哈佛家训》有感

　　人生是短暂的，也是危险的，稍不留神就会误入歧途。面对这只有一次的人生，我选择了它做我的向导，为我指引道路，这就是《哈佛家训》——一本我挚爱的书。

　　《哈佛家训》是一位哈佛博士的教子课本，它概括了人的一生应该具有的品行和道德。人生路漫漫，有无数坎坷，它也教会你怎样度过那些挫折。同时，这本书还激发了我对人生的思考，点燃起我内心深处的智慧火花，使我见微知著，从一滴水看见大海，由一缕阳光洞察整个宇宙。人的性格是多面的，它让我发现了人生的笑脸，让阳光遮住黑暗。

　　在《哈佛家训》中的无数个小故事和道理中，给我启迪最深的就是《黄金的距离》这个故事。它讲述了一个淘金人发现了一条巨大的金脉，但是不管怎么挖都找不到金子，最终他放弃了淘金，把淘金的整套设备都卖给了一个收购废品的人。而那个人却只是继续向地下挖了三英寸就找到了金脉，继而成了巨富。

世上有很多"不可能，"都是一种考验人的表现。当那个淘金人放弃寻找金脉时，他的心中只有失败的悲惨和坚定的"不可能"；而当那个收购废品的商人只是抱着"碰碰运气"的心理开始淘金时，他就注定会成功，因为他不在乎前者的失败，他的心里没有"不可能"！

书中这样写道：正当他们的希望在不断膨胀的时候，奇怪的事发生了——金矿的矿脉突然消失！尽管他们拼命地钻探，试图重新找到矿石，但一切终归徒劳。好像上帝有意要和淘金人开个巨大的玩笑。是的，当美梦一下化为泡影时，谁都会被失败所笼罩。但是，失败过后，我们是否会重新振作起来？心中的"希望"是否还会存在？原本暗藏着一次完全相同的机遇，不同的是，面对失败和"不可能"，一个轻易放弃了，而另一个却敢于去尝试。

世上没有不可能！面对失败，我们应当有的是坚持和敢于面对敢于尝试的心态，而不是消极的心理。

世上没有不可能！人们口中的"不可能"，就像一堵墙，若要拆掉它定要花不少时间，但只要心中没有"不可能"，就一定能将它推倒。

"黄金"的距离由你决定。面对一切的"不可能"，我们都要豪迈地说"我能行"！

在漫长的人生里，我可以做许多有意义的事，我可以尽我所能地提高我的道行。我会在它的启迪下走向我辉煌的未来！

敲开那扇门

265

2009 年 11 月

论梦想的存在

在 20 世纪六七十年代，人们的梦想趋同，甚至可以说是统一的，就是为祖国的建设做贡献。可以说无论是科学家还是军中的小兵都以为建设祖国添砖加瓦为梦想。这就是为什么中国在短短几年时间里搞出原子弹、氢弹，也是中国迅速崛起的秘密。

但在市场经济体制下的今天，这种集体式的梦想在破灭，人们的梦想开始多元化。但随之而来的，梦想的意义已由建设发展转变为了其他，而这个其他又这么抽象模糊。梦想正在失去，梦想之于国家的意义正在消退。

市场经济的物质化是梦想失去的首要原因。如今社会上有不少阔佬相亲事件，是要说明自己有多少亿资产，再阐明自己单身，就会引来全国各地无数美女前来。有前来相亲的姑娘说："我宁愿在宝马车里哭，也不愿在自行车上笑。"也许对于她们来说，梦想就是嫁一个有钱人，下半辈子变本加厉地把前二十年没享的福都享了。这也难怪有那么多男人都想当陈冠希第二。

前一段时间的经济危机，有人说欧洲就是靠中国人大肆购买其奢侈品爱马仕皮包才被救活的，面对中国的财神爷各家奢侈品商店里专门安排会说中文的接待员。我们不禁要问：难道人们的生活目标仅仅是肉欲和物质？要知道肉体和物质的追求绝不是梦想。可现实是，如果你问问幼儿园的孩子的梦想是什么，他会说，"买大汽车、大房子"。难道梦想真的失去了吗？

另外，社会的后现代化正在导致不同个体的梦想分异，梦想对于国家和社会发展的作用正在被削弱。后现代化使社会失去统一行动的目标。在20世纪六七十年代的中国，整个社会的目标都是发展。而现在，发展对个体来说似乎显得不那么重要了。有的人梦想环球旅行，有的人梦想登上珠穆朗玛峰。社会发展的总目标分散成了若干个不同的个人小目标，而这些小目标对社会总的前进方向来说没有太大关系。

这种后现代化在文学和艺术领域最为明显。先锋艺术在中国兴起于20世纪八九十年代。先锋话剧导演林兆华说："这么大一个国家，这么多人口，搞戏剧的这么多人，怎么只有一个主义（现实主义）？看一个戏就可以了解全国的戏剧状态？"于是孟京辉、林兆华、牟森等一帮人开始了为他们的话剧梦想朝体制外的话剧尝试。于是，《绝对信号》、《恋爱的犀牛》、《两只狗的生活意见》、《爱比死更冷酷》等作品逐渐被搬上舞台。实验电影、先锋电影也逐渐兴起。这些为纯艺术而梦想的人正追逐梦想的风筝走出体制、走出禁锢。

在后现代化的浪潮中，越来越多的艺术作品不再表达鲜明的意识形态，而这些艺术作品并不能提供国家发展所需的思想宣传，有的甚至与国家的主张相悖。这样，后现代化导致的梦想分异促进了思想文化的分异，这也就削弱了梦想对于国家进步的促进作用。六七十年代集体式梦想促成的飞速发展一去不复返。

总而言之，物质化使梦想失去，后现代化使梦想不再是国家发展的动力。这就从个人和国家两方面否认了梦想存在的意义。

可是，我们真的不需要梦想吗？

我们当然需要！没有了梦想，人很容易沉沦，会像美国一样出现"垮掉的一代"，社会也会止步。

我认为，就现今而言，梦想应该是一种美好的向往，它可能具有乌托邦式的不切实际，但它会成为指引我们行动的光！

对我们这已经开始失去梦想的一代来说，我们需要梦想的指引！

2013 年 1 月

论张扬与低调

最近一段时间，我总是能听到"沉默是金"，"低调做人"这类的话。这也许是偶然，但我必然不会放过这样一个思考的机会。

我有点认为它不值得思考，因为我就是这样一个人，固然，我坚持我的想法，但直到我看到一本书时才产生了思想的纠纷："这是21世纪，是全新的时代，是个蛇吞象的时代，你若不让别人了解自己，即使你是一头大象，也会被别人打败，吞吃掉。"

我回想了我的生活，的确有不被别人了解的地方："我画画很好，也曾多次获奖，可我从来没有表现过，更从来没有画过板报，只是默默地吸收着别人的优点和长处；我还看到了许多我认为班委们想不周到的地方，但也从来没说过……"想到这里，我不禁觉得我与古代的士人相似了。

我也觉得我会被张扬出来的东西拖累，会被迫做许多

敲开那扇门

琐碎的事。但我才知道：那不是清高！我对"低调"这个词的理解也有偏差。

做人低调并不是与世隔绝，只把知识留在心里无聊地把玩，而是在适当的时候以最简洁最朴素的形式表达人们迫切想要知道的东西，这往往比张扬更能表现自己，更能让人记住你。我便是低调与张扬的结合。

当然，不要装低调以得到别人的赞誉，因为你的心是丑恶的。总之，它们两个是共生的，但也不是有其中任意一个都会得到另一个的。

要说最典型的就是雷锋了。他做过的好事不计其数，可又有哪次留下过姓名？最后还是因为他的默默无闻而被传扬。

比起那些学富五车而深藏不露的人，那些人活的才叫没价值，难道要在死后把知识讲给阎王爷听吗？

所以，只有低调而不过低地做人，才能让人了解你而并非张扬，从而为社会做出贡献，使自己变得有价值。

沉默是存在于心里的，而非外表，紧跟着它的就是隐性的"张扬"。

2009 年 10 月

谈 聪 明

聪明总是被用来形容某个人拥有超凡的解决难题的能力。但是这能力又是如何来的呢？耳听为聪，眼见为明。两者都是感官的感受，被大脑所领悟，被心灵所感应。于是，一切就变得明朗起来——聪明是开阔的思路与灵感的结合体。

牛顿就是个聪明人。坐在树下，被一个又大又红的苹果轻轻一砸，就发现了万有引力。这个神秘科学世界的敲门人也由于苹果而缔造了辉煌。可是仔细思考便可发现其中的问题——被苹果砸一下怎么就能想到万有引力呢？二者似乎并没有必然的联系。但牛顿的聪明之处就恰恰在于他的思维跨度——他能将"风马牛不相及"的事放在一起并找出它们的联系。这种过人的感受力和思维跨度就叫作灵感。灵感迸发时，人就会拥有无穷的创造力，就像神赐之力，化腐朽为神奇，变可能为必然。

可是"灵感"这个词听起来过于缥缈，像森林中调皮的精灵，神出鬼没，若隐若现。"灵感"本身就充满偶然，怎么能用偶然来解释一个人一生拥有聪明的必然呢？

但是，如果再深究下去，灵感又是由何而来呢？只有开阔的思路才是获得灵感的基础和拥有聪明的必要条件。只有拥有了开阔的思路才能给灵感迸发的空间。日本小说家村上春树可谓是一个聪明人，他的思路开阔在运用比喻上可谓淋漓尽致。"我像孵化一个有裂缝的鸵鸟蛋似的怀抱电话机。"一句话便展现了"我"的小心与耐心，但他把鸵鸟蛋与电话机联系起来确实令人诧异，而感情却表达得恰到好处。这样的比喻在他的小说中比比皆是，这样的聪明便来源于他开阔的思路了。他在写作的时候一定是把鸵鸟蛋和电话机都装在了脑子里，不用时便一直放置着，并时刻保持警惕，在需要的时候立马跳出来形成灵感。若不是拥有开阔的思路，他怎能有如此功夫？

虽然开阔的思路与灵感是因果关系，但却同样重要。所以我们不妨将之相提并论作为聪明的含义。

但聪明也不一样，有大小之分。我这里所说的聪明应该是利人利己的"大聪明"，是博闻强识，敏于思考，成于得法。如果凡事不求甚解，缺乏创新，甚至怀有私心杂念，那就只能耍耍害人害己的小聪明了。

2011 年 10 月

制度并不能决定一切

——读《总统是靠不住的》

　　美国可以说是一个自由散漫的国家。建国以来的将近一百年中，美国各州的自治权可谓相当大，直到罗斯福新政前，各州的经济联邦政府都从不插手。这就不难理解为什么独立战争胜利后，北美十三州还处于松松垮垮的状态，也可以说明为什么在费城制宪会议上的 55 名代表中只有 39 人同意在《1789 年宪法》上签字——就是因为这个"自由散漫"。

　　自由独立向来是美国人所追求的。这点从那些好莱坞大片中就能看出来，《蜘蛛侠》《钢铁侠》《蝙蝠侠》《绿灯侠》诸如此类——全都是个人英雄主义的代表。相比之下，我们的《冰雪 11 天》这样的电影则是集体主义的代表。当然这不是绝对的，像《焦裕禄》《邓稼先》这样的电影还是有些许个人主义的，虽然他们代表的还是广大科研人员和劳动者。言归正传，自由独立民主这样的美国精神就可以看得清清楚楚了。

在第二次世界大战之后，美国联邦政府的权力开始加强，各州相簇拥所构成的国家也更加紧密。要注意的是，这里的联邦政府指的是政府机构中的行政分支。就是在政府行政分支，也就是白宫，权力越来越大的情况下，终于危机爆发了——水门事件。

这本来是件很小的事情，可是却因为尼克松的故意掩盖而变成了一件政府滥用权力的重大案件，变成了美国有史以来最严重的一次宪法危机。

"水门"其实是一座大楼的名字。在共和党和民主党的竞选前期，共和党候选人尼克松可谓是压力巨大，因为他已经在上一次的总统竞选中失败，而这一次可谓是他的最后一次机会了。由于这种压力，尼克松就不自觉地向他的白宫班子施压，班子里的人也就想尽各种办法想打听到民主党的动向。可是没有想到这种迫切发展过了头，最终班子里的人决定秘密潜入民主党所在的办公大楼——水门大楼。其实，在水门事件之前，尼克松就派手下一个叫作"管子工"的组织干过这类违法事件，而管子工更是一个不为人知的违法组织。也许这种总统组织手下人违法的事情很令人吃惊，但是这次潜入水门大楼的行动尼克松并不知道，而是事后事情败露手下人才向他报告的。这些行动鲁莽、做事拙劣的人的行动不幸被大厦保安发现，于是警察前来直接逮捕了两个被白宫雇来的古巴人，而两名白宫成员逃之夭夭，却留下了一大堆专业窃听装备供法院把他们揪出来。最终，尽管尼克松极力掩盖手下人的错误并且掩

这个奔跑的 夏天

盖自己的行为，但是还是在最后时刻放弃了抵抗，辞去总统职务。

在水门事件中，负责调查的一直是行政分支下的司法部，也就是说总统是司法部长的顶头上司。按理说，总统只要命令司法部停止调查，事情就不会败露。而事实并非如此，尽管司法部隶属于政府的行政分支，但是司法部长并不会因为总统的命令而有悖于司法公正。这是因为他知道如果自己妨碍司法，一旦事情败露自己将和当事人一起入狱。可是更重要的是他的法律意识和自由观念。其实在总统对于行政分支下隶属的各个部并没有多少权力，而这并不是因为有制度的约束——就算有国会的监督和审查，只要行政分支抱成一团一致对抗国会，国会并不能有什么行之有效的办法——而是责任意识与自由精神。如果总统命令手下违法，命令往往得不到执行。如果这么做，就有悖于他们思想观念中根深蒂固的法律意识。

就水门事件中的尼克松而言，虽然他屡次触犯法律，但是他观念中的自由精神还在。因为当国会传他出庭的时候，他完全有能力命令军队包围国会，强行解散国会。但是他没有，他乖乖地向国会坦白了自己一切的罪行，令国会议员们听得目瞪口呆。因为尼克松明白，他与自由为敌，就是与美国人民为敌。

所以，美国的制度体系是建立在民众普遍的自由精神之上的，真正监督总统的不是国会，而是全体美国人民。

2012 年 8 月

心灵的乞丐

记得那是一个寒冷的夜晚，那股寒气我至今还记忆犹新。

那个晚上，我从剧院演出回家的路上，在地下通道里看见了一个乞丐。他衣衫褴褛，已经发黑了的棉花从衣服里露了出来，他在地上缩成一团儿，我能看见他饱经风霜的脸。他大概是我见过的最可怜的乞丐了。出于怜悯之心，我毫不犹豫地给了他十元钱，我瞅了瞅他铁盒子里的施舍费，大概五十元钱。这令我大为吃惊，"他每天得到这么多钱，干吗要当乞丐呢？"我想了一会儿，得出了答案："也许他今天运气好！"于是，不去理他，继续向前走。

在通道的拐角处，又有一个乞丐在乞讨，我给了他五元钱，我又瞅他的钱盒子：两张二十的！我又被惊住了，可还是不相信他甘愿做个乞丐。

又走过了两条通道，又有一个乞丐，我没有急着给他钱，而是先看了看他的钱盒子：里面有几个硬币，许多一块的，还有几张十块的。我突然感到刺骨的寒风，我抱紧身体，径直向前走。

"他真的只愿当一个乞丐！"我悲伤地想，我为他们而悲伤。他每天的收入足可维持他的生计，为何做一个不劳而获的人呢？只要他够勤奋，他足可以做一名清洁工；只要他够努力，他足可以做一名饭店服务员；只要他够坚强，他足可以……

一个人不是因为他受到了怎样的打击、遭到怎样的不幸才沦为乞丐，而是在他受到打击之后一蹶不振，不能坚强地再站起来，忘记了做人的尊严。只要他再有一点点目标和志向，他就可以！

是的，我们应该尊重并帮助他们，可是一个没有尊严只愿当乞丐的人，值得我们去"帮助"吗？

从那以后，我再也没见到过那几个乞丐，但愿他们已经做了一名清洁工，或是成为靠自己吃饭的人。我只想对他们说。也对所有人说："失败了要爬起来，凡事都要自尊自立呀！"

2011 年 4 月

敲开那扇门

所谓语文

　　我还依稀记得，初中第一节语文课，张蓉芳老师告诉我们"语文是'真善美'"。然后我只记得她一大串排比句，口若悬河地说了一节课。下课时，我还沉浸在张老师所描述的美妙的语文中。我的心上突然百花绽放——语文是何等美好！老师的文采和措辞也令我着实佩服，感到自己遇对了人。所谓语文是真善美，我牢记。

　　那节课，我记住的与其说是"语文是真善美"，倒不如说"张老师是真善美"。因为我的确被芳的课打动了。她圆圆的脸庞，披肩的乌黑长发，略显孱弱的身子，修长的双腿都印刻在我的脑壁上。往后的日子里，我更迷恋于她转身时头发飘飞曼妙的样子，沉湎于她抱臂时所化身成的颦儿，喜爱她骏马驰骋般的字迹，更欢欣于她解读课文时质朴而深情的话语。于是，语文与芳画上了等号。不是芳的语文课哪儿称得上是语文？

但倘若我仅仅是喜欢芳个人而芳却不能带给我启示，那么我喜欢这位老师的理由未免太低俗，我把语文和芳画等号也显得愚不可及了。

事实上，芳是我遇到的最知心的人，她也给我带来了许多启示和教导，到现在我仍不胜感激。

芳一看便知是思考过许多的人。她喜欢独自坐在办公室里，端一杯热咖啡或热茶，看窗外的叶子一点点变黄，然后说一句"叶子都黄了"，便淡淡一笑，继续工作。她总是坐在办公室角落里的那张办公桌后工作直到傍晚，她的手机总是会在这时响起，然后是芳平静地回答，"你们先吃吧！我晚一点回去。"当被问是谁打来的，她会幸福而羞涩地回答，是她的爱人。芳是去年刚结婚的，然而对于一个新婚的女人来说，她并非像其他人一样对婚姻充满向往与激动，而是只想踏踏实实过日子。我问她为什么不蜜月旅行。她说没必要，她只想下班回家后能看见爱人在饭桌前等她，回来晚了能打个电话，天天如此。她还说，她本想只领结婚证，不办婚礼的，因为她不想铺张，也不看重形式。我们还谈到过她上大学时的故事，那时的芳竟然是个愤青，为了保住一棵树不被因修路而砍掉，而向校方激愤进言。转眼一看，才过几年，芳已是一个平静中略带消极的人了，我不知道，她在那几年中经历了什么，但那一定是翻天覆地的思想大变革，一定是经过了痛苦的斗争的。我想这与语文老师这个身份有莫大关系。语文中柔美悲情与感慨总是先其他元素渗透到人的内心，身为语文老师的芳日日受其感染，便开始对一切都看得开，对一切赋予宽恕。于是，锋芒被磨钝，杂质被剔除，便有了现在的芳。似乎人生趋于平缓是所有与语文有密切联系的人都难以避免的命运。所谓语文，难道是"镇心石"？

但芳可万不曾怀有半点虚无主义。我曾听过芳与学生谈话，她是对所有人都给予真诚，甚至爱的。"你太让我伤心了。"芳偶尔会用到这个句子，语气平淡，与抑扬顿挫或竭力想显示出"失望"的语气相比要真实得多，也更能令人羞愧。一次，忘记了因为什么，芳被她的学生气哭了。我先是有点惊讶，然后是感动。我突然意识到她在这一天天平淡的生活中注入了多少感情，她与爱人通话的平静的言语里有多少浓厚深沉的感情。原来，最深的感情总是归于平淡。原来，所谓语文，是让你爱得深沉。

谨以此文回忆陪伴了三年的张蓉芳老师。她常告诉我，"你虽然在人文班，但大气不能失。"是的，这个班级于原来的初三（7）班相比，的确不够大气，我此时深感张老师的教导如此正确。她是我此生最要尊敬的老师之一。

2011 年 11 月

爱 旧

　　爱旧在大部分情况下是可以和不喜欢改变画等号的。这样一解读便有了歧义。爱旧本来可以是一种雅致的喜好——收集年代久远的字画，收藏生满铜锈的古钱币，珍藏新中国成立后发行的第一套邮票和人民币，也可以是喜爱儿时的一把弹弓并不时把玩作后羿射日状的情趣。但若说它是不喜欢改变则可理解为晚清皇帝以强盛自称的愚蠢。

　　我所想到的爱旧第一可谓爱家。需要解释的是，这里的家指的是那套房子和其中的各种事物，毫不涉及伦理关系。之所以称其为旧，是因为我已居其中十年的缘故，几乎是我已走人生之路的三分之二。我是如何知道自己爱旧的呢？这可以从家里换电视机说起，自从换了电视机，改变便劈头而来。原来的电视机虽然体型肥胖但也还能用，丝毫不影响观看，我实在想不出恰当的理由扔掉它。可反过来说，不扔掉它的理由我也同样想不出。它年岁已老，

敲开那扇门

画质恶劣，有时还会在夜里发出骇人的怪响。然而看着这新的液晶电视机却心里别扭，无论是它宽大的屏幕还是超薄的机身，再或是清晰的图像和立体声道都令我不适，就像是宴会时不合时宜地举起酒杯。后来，不知爹娘哪来的闲钱，突然提出再买一套房，我便极力反对。后来当然是没有买，即便是买了，我也不会踏入那房门半步。

我的爱旧爱得是极苛刻的。书桌、柜子、书架的位置都不能变，书架上的书的位置也不能变，书桌上的书本散乱的狼藉状不能变，被子不能变，床单不能换（除非清洗），枕上的图案不能改。若是有一样不同，我就会全身不自在，有如房间里多了一个陌生人。

旧给人的是一个归宿，所以我在家中总是心绪平静，感到异常满足。归宿是人人都要有的。珍藏一把弹弓三十余年的人会在中年人情绪的颠簸中回忆起儿时打鸟的经历而心胸顿时敞亮。在周遭的一切都在快速改变而自己也不会珍藏什么的人势必要在人生途中茫然痛苦，是他自己斩断了自己的根。

诚然，旧不一定是旧事物，也可以是一种旧模式，思维模式，生活模式。早上一定要先刷牙再洗脸的模式或者晚上一定要只洗脸而不刷牙的模式。总之，一切可以被寄托的东西都可称为旧，而爱旧便是自我确认和葆有自我。

爱旧也是安分守己的表现。一个男人娶了老婆，有了女儿，做到了处长或是月薪达到一万以上，就满足了，就爱这生活了。再让他升官发财或找个小三，他是不愿冒那个险的。此所谓守己。也有人社会地位低下，家庭刚刚温饱，每日遭人白眼，还要努力赚钱养家，这时候若是让他上成人学校再考个文凭来改善生活，他也未必愿意。此谓安好。俄国有个寓言，说一日有小鱼反抗大鱼的歼灭同类，就对大鱼反抗，说："你为什么吃我？"大鱼说："那么，请你试试看。我让你吃，你吃得下去么？"大鱼的观点就是中国人的哲学，叫作安分守己。小鱼退避大鱼谓之"守己"，退避不及游入大鱼腹中谓之"安分"。这样一来，爱旧就成了中国人性格中的一部分，同时也具有了些许"灰色"。

令人无奈的总是事物之两面性。对个人修养而言，爱旧给人以归宿，葆有其精神，不易因浮躁而动。然而对于社会发展以及事业而言，爱旧无疑暗示着缺乏野心及欲望，若人人皆爱旧，经济必萧条，社会也必将退步。

2012 年 2 月

大先生阮籍

　　夫大人者，乃与造物同体，天地并生，逍遥浮世，与道俱成，变化散居，不常其形。

　　大人先生指的本不是阮籍，而是出自他的诗作《大人先生传》，我在这里将这名号安到阮籍的头上，算是对他的赞誉。

　　然阮籍并非生而大人。他从小饱读儒家经典，对礼教是大加拥护的。所以，作为半个儒家（他还未身体力行），他年少时便有了济世之志。然时代造就英雄，生不逢时的阮籍也同魏晋时其他读书人一样，只能黯然无奈。他所盼望为之尽忠的曹氏皇族最终被司马氏所取代，而中国历史上最黑暗最腐朽的时代也随之开始了。

　　所谓改朝换代，易主不易江山。这句话中总是透着酸楚，颇有些"物是人非"的意味。政权更替，阮籍的志向也随之幻灭。虽然懂儒术，但在我看来却并非通晓其精髓，所谓"任重道远，仁以为己任，死而后已"，他并未做到。于是，这半个儒者蜕变成了一个老庄，就有了"阮籍猖狂，穷途之哭。"

然老庄亦养其道。阮籍胸中的孤傲并未被消磨。闭门读书，游山玩水，大醉而酣睡，缄口不言成为他的常态。司马昭曾多次派人打探阮籍对时政的看法，他或转移话题或一饮而醉，不与以正面回答。司马昭还曾想与阮籍联姻，而阮籍竟大醉六十天不省人事，最终拖了过去。毕竟时不与人，涅而不缁的品质早已荡然无存。阮籍这种不问是非，明哲保身之道在魏晋时代也许正是一种美好的选择。若为大人先生，此理须明。

"逍遥浮世，与道俱成"，阮籍一向践行得很好。阮籍丧母未哭而吐血与醉卧妇人旁的故事乃是最好的佐证。若是能持道行天下，则礼数可尽弃而天下皆阮籍。不准确地说，与妇人卧而不生邪念者，大人也。

有道者若水，此话真也。大人亦若水，此话善也。就像"变化散聚，不常其形"，阮籍从未被什么规矩教条所束缚；不受他人语言所伤害，能化解敌人拳脚，不被琐事烦扰；行无规矩可循，喜怒亦无常；悲则号啕大哭，喜则仰天长啸。然所有无形之变化皆有其不变者，此乃真性情。大人先生者，必遵循此理哉。

想来大人先生阮籍已去千年。后世的猿啼里有他的啸，后世的酒壶里有他的仰狂。谁说屠龙者不会沾那污血，又有谁知"举世皆浊我独清，众人皆醉我独醒"之觉醒。

大先生从此去矣，天下莫知其所终极。

凝　聚

　　我的书桌上有一尊孔子像。自从我上一年级起，它就默默矗立在那里，看着我九年里每晚伏案学习。它虽然只是一尊铜像，其中却承载着某种特殊的意义，凝聚着一种智慧与力量。

　　这尊铜像是上学前爸爸特意带我到山东曲阜朝拜孔子时买的。那时，我行走在孔庙里，身高只到爸爸的腰部，我跟在爸爸的身旁，小手被攥在爸爸的大手里。爸爸一边走一边给我讲孔子。孔子是谁？他的思想，他的经历。当然，那些我大抵是不记得了。但我却记住一句话："满招损，谦受益。"

　　爸爸是在一个大木桶前对我说这句话的。大木桶里有水，上面吊着一个小木桶。爸爸一边认真地一字一句地念着这六个字，一边用一支木勺将大木桶里的水盛进小木桶里。我好奇地看着，觉得好玩。但看到爸爸严肃的样子，好奇又爬回了眼里。我看着爸爸的眼睛，心里突然感到一种力量，填满了我的心。他的眼睛里闪烁着一种迫切，然而那时幼稚的我全然不能理解。

接着，爸爸把木勺交给了我。他把着我的手举起木勺。我同时感受着木勺的分量和爸爸坚实的握力，这两种沉重的力量合成一股沿着手臂笼罩了全身。

"满招损，谦受益"。爸爸重复着，同时将一满勺水盛入小木桶。木桶里的水满了。于是木桶开始倾斜，一下子便倒翻过来，水又都流回了大木桶里。

"满招损，谦受益"。爸爸又一次念道。那时的我虽幼小，却冥冥之中感到了这句话的意义，虽不明晰，但却实实在在体会到了它的重量。爸爸的声音就像一句暗语在我的脑海里回荡。它好像在暗示什么，在提醒我什么。然而一切意向都那么模糊，那时的我并不能懂。

如今，我已不再懵懂。但每当我看见这尊孔子像，我都会感到心中多了一分力量。因为这像上凝聚了爸爸对我的教诲，凝聚了"满招损，谦受益"的道理，以及我从这句话中领悟到的人生哲理。

凝聚是一种智慧与力量。

2011 年 5 月

敲开那扇门

善因善果

　　一个刚给地震灾区捐款的人把手机落在了出租车上，一个捡到手机却无意归还的人恰巧看到了手机上的捐款信息，于是被那人的善心深深触动，并把手机归还失主。

　　此谓，善因结得善果。

　　佛家强调善果，即重视一个事物对另一个事物的影响，并最终塑造了这个事物的形态。佛家认为"万物皆无自性"，就像没有火源，布不能自燃；没有外力，肢不能自折。因此佛家就有了"一切由因生，一切由因起"的观点。且不说"万物皆无自性"的观点正确与否，单是"一切由因生，由因起"的观点也是有其重要意义的。如果机主没有给地震灾区捐款，手机上也就不会有捐款的信息，捡手机的年轻人也就看不到这笔捐款，自然也不会被打动，手机也就不会物归原主。但手机还不回来并不严重，可怕的是年轻人的恶念没有被感化掉。一次没有感化还好，两次也无大碍，可是如果迟迟碰不到善意的感化，他心中的恶念就越长越大，如此将手机纳为己有的小恶就可能发展成杀人放火的大恶。若是这样，便一发不可收拾了。

所以，"因果报应"并不是佛家消极退世的借口，而是确实有它的实际价值的。

但是世上的因果交织纵横，纵使有一个善因，也可能由一千零一个恶因而结不出善果——如果消极地看，世上一切果皆不可知，更不可控。行善不一定得善，善始未必善终，所以大可不必行善。但是反过来想，如果人人皆不行善，那果必定是恶的。更浪漫地，如果人人皆行善，那也必定结善果了。

冷静下来，毕竟"大同社会"是难以实现的，而人们应该做的是怀有一种积极的人生态度——尽管"大同"不可得，但起码可以"小同"，即局部的"人人皆善"。就从自己行善开始，用善影响好人感化坏人，尽可能多地创造善因，形成善果的趋势。

其实这种"善因必得善果"的信念是最重要的。——有了信念，人才会行善，有了"给予"才能有回报"——也许这本身就是一种因果吧。

佛说，你就是佛。其实谁的胸中没有藏着一颗慈悲的佛陀之心呢？

2013 年 7 月

敲开那扇门

说 "微"

周易道："其大无外，其小无内。"

微——可以小到没有里面，却也可以大到没有外面。视角的变换，主客观的转换和思维方式的不同会塑造出形态各异的"微"。微，有可能是形态上的，有可能是意义价值上的，但事物的两面性赋予了"微"不同寻常的一面。

要说微，可以从恐龙时代谈起。当陨石撞击地球时，巨大的恐龙纷纷死去，而那些微小的藏匿石缝间的生物却活了下来。因为他们食量小，不会像恐龙一样找不到食物而饿死。可见，"微"是一种生存之道——越是微不足道，越是平淡无奇，越是能生存，比那些雄伟恢宏的东西更容易存在。

就像历史上那些繁华市井和雄伟宫殿，现已多数不在；庞大的王朝必会盛极而衰。这其中的道理是显而易见的——事物体系越庞大，体系中的关系越繁杂，只要众多

这个奔跑的夏天

关系中的一条断裂，整个体系就会崩塌。而微却相反，没有繁杂关系的束缚，它更能存在。

所以，在做人处事上，学会"微"是极其重要的。所谓"亢龙有悔"、"乐极生悲"就是这个道理。弱小、平庸、卑微、柔软、温和、不起眼都是微。所谓"木以其无用以终天年"便是如此。相传老子一日走在林中，看见一伐木人手提斧子望着一棵大树，便问他"为何不砍呢？伐木人答道："无可用者。"老子豁然一笑道："此木以其无用以终天年。"此树长得歪歪扭扭、木材劣质，在使用价值上甚微，可它却恰因无用得以长成参天大树，这不就是"微"的好处吗？

回过头来看现代社会也是如此。地位高、权力大、被万众瞩目的人恰恰是站在风口浪尖上的人，只要稍有不慎就会断送一生仕途或受万人唾骂。所以，做一个"微"的人，是能更好地存在于社会的基础。

如此说来，"微"的力量着实很大。

滴水穿石，绳锯木断，铁杵磨成针的典故是人们再熟悉不过的了，它们都寓意着"微"的力量。

每当我走在街上，看到那些上访者身着破衣烂衫蜷缩在街角都会给我以刺痛，让我警醒；看到收废品的一家人坐在破烂的小推车上同样令我觉醒；到了农村，看到那里一下雨就会变成小溪的土路和颤颤巍巍的土房，我对自己优越的条件感到憎恶。恰是这些最底层却最普通的微小之人警醒着上层的人们。他们的微体现在卑微、弱小、默不作声、一生平庸。对他们自己而言，"微"让他们平稳地生

敲开那扇门

活下去；对其他人而言，"微"让人们对微小之人有清醒地认识从而改造不合理之处。

说微，就是"其大无外，其小无内"。它可以延伸到宇宙的各个方面，正是因为事事都有微，事物才得以存在。

小之又小的"微"，却能制造出存在的无限性，由微小激发庞大，这也许就是"微"的神奇之处吧。

2012 年 12 月

一场安静的灵魂独行

——读《白夜》有感

灵魂永远只能独行。

当一个集体按照一个口令起步走的时候，灵魂不在场。当若干人朝着一个具体的目的地结伴而行时，灵魂也不在场。不过，在这些时候，那缺席的灵魂很可能就在不远处的某处，你会在众声喧哗之时突然听见它们的清晰的足音。

……

在爱斯基摩人的雪屋里，在这独行的爱斯基摩人，这渺渺的鲸鱼灯，这白熊皮和这一缕悲伤愁苦的挂念旁边，灵魂在场。外面是块块千古不化的巨冰，幽暗深邃的海水和快要结冰的空气，里面是一个人，一盏灯和一张熊皮，这本应是一个不见五指的黑夜，但这肃杀的世界和这天地间的一个孤独之人却让光明变得比幽暗更令人心碎。

他——一个独行者，此时像是在冥想，像是在向上帝乞讨最高洁的真理，又像是在尘世中苦苦追寻，受尽痛苦

敲开那扇门

与折磨。

此时，他的灵魂在独行，他不属于任何什么事物，不与任何东西缠绕不清，不论是冰盏，是冰山，此时都与他无关。他只是在一个冰块叠砌成的狭小空间，他的灵魂在独行，他在寻找自己的上帝，因为每一个人只有自己寻找才能找到自己的那一个——他的人生。

这是一个孤独的爱斯基摩人，这是一个充实而满足的爱斯基摩人。

文章中安静得出奇，事实上也不需要什么声音——独行怎容喧哗？唯一的声响，就是一垛垛衣服抛在这个正在思考的爱斯基摩人身上时，它破除了一场空想，一切高尚，带来了稍带讽刺的现实——他只有他的妻子，自己，微微晃动的北冰洋和一盏鲸鱼灯。

2009 年 10 月

我和我追逐的梦

　　幸好题目是"我和我追逐的梦"而不是"我和我追逐的理想"，要不然真的没得写了。

　　上初中的时候曾经想当过战地记者。后来觉得实在不靠谱，要是一颗炮弹落在头顶上，就挂在异国他乡了，以后的人生就挥霍不了了。所以直接否掉。

　　至于上幼儿园的时候应该是曾经夸下海口要当科学家宇航员的，可是我现在不记得自己说过这话，只是凭经验推断——小孩子都会想当那些大人们不想当的人。

　　现在呢，我的理想还没有，要说梦想倒是有，就是过舒适的生活。哎，好空啊。我可以把它详细一下：首先，不为钱发愁。要够我买房，够我旅游，够我结婚，够我养下一代。这么算下来，没有 500 万下不来。所以我就得有个能赚钱的工作，金融当然是最赚钱的啦，但是活得不一定舒适，更有可能活得像条狗。所以，轻松的工作不赚钱，赚钱的工作不轻松。只能选其一了。目前我的选择是赚钱。其次，不为爱情发愁。这个就不赘述了。

好像有点矛盾，既要赚钱，还得舒适。其实这个是对立统一的。先赚够钱，再花钱买舒适。当然，前提是要有好的心态，还要有丰富的精神世界（对于一个有着丰富精神世界的文科生来说，能找到赚钱的工作是挺难的）。

以上所说好像非常矛盾哈，看起来拥有既赚钱又舒适还幸福的生活是不可能的。但既然是"我和我追寻的梦"，那么梦再大也没关系，再不切实际也无妨。但是如果要谈理想，我觉得理想这东西不是能被生生想出来的——我不信一晚上不睡觉一直想"我的理想是什么"就能想出来。要是有可能，那么结果一定是"我要睡过下半辈子"。这样就不好了，是吧。所以马克思说的好：实践是认识的基础。我们要在实际生活中发现自己适合的生活和适合的工作，而不是主观上把自己定位在一个位置上，然后去追求它。因为你想的和实际是有差别的，有时候甚至是天差地别，有时候自己实现了自己的理想却发现这种生活不是自己想要的。邓小平说的好："要摸着石头过河。"人生这条河如此之宽，而且前方完全未知，那么我们就唯有摸着石头渡河了——要在生活中慢慢发现自己擅长的，适合自己的。也许第一份工作不适合你，不要紧，可以尝试第二份，第二份也不好，那就做第三份。在频繁跳槽或者转行中，你就会逐渐发现自己擅长的东西，适合你的也就渐渐清晰了。

所谓适合自己的并不一定是你想要的。有时你的野心会让你成为你不能胜任的角色，这样就不好了，是吧。

这个奔跑的夏天

所以呢，觉得自己没有理想的同学不用着急，因为你想成为的不一定是适合你的，我们都会在以后的生活经历中让自己的理想更加"理性"。

2012 年 12 月

生于安逸

　　今天是寒假的倒数第三天，想来确是没什么可写，因为假期过得很安逸。的确，相当安逸。

　　没有外出。除了上课外班的几天，其余时间都待在家里。但我并没有患上幽居症之类的病，相反，我喜欢这种生活。

　　假期的前十天，我都坚持每天十点睡觉，但越是后来，上床睡觉的时间越是往后拖，也许是因为过于放松，反而睡不着。

　　早上醒来，天已大亮。有时躺在床上不想起，就会拿起枕边的书来看，直到有些看倦了，再爬下床来找事做。

　　当然，找来做的事儿无非是写作业。早上我的状态很好，能一直专注地写到中午。

　　然后便去吃饭。在去吃饭的途中我经常去闻一株摆在窗台上的"风信子"。它的样子像头蒜，但上端长着两片又

这个奔跑的夏天

厚又长的叶子，中间夹满了紫色的小花。它的香气浓郁醉人。但在远处是闻不到的，只有鼻尖快贴上饱满欲露的花肚子上时才能嗅到那香气。

我总是能在那香气里嗅出生活的味道，嗅出了一种只有缉毒犬那敏锐的嗅觉——倒不如说是直觉——才能识别出的一种具有特殊意义的存在，这种存在是我在其他地点和时间都难以体察的。

一开始我想不明白那种存在究竟是什么？是什么带来了它？这种存在又有何意义？

但正当我想象着即将到来的中考和考前那种令人窒息的紧张时，我突然明白了。因为就在这时，那种存在感消失了。

没错，那种存在是自我存在，是归属感，然而带来这种归属感的正是安逸。它让人的心灵回归本体，让心灵与肉体再次交合，回到真正意义上的人。

人在忙碌的时候总是过于专注，甚至只有精神才被感知存在。肉体在专注时通常是不被感知的。这就好比狙击手在猎杀敌人时不会感到一只蚂蚁钻进了自己的鼻孔。我通俗地试问一下，有几个人能对着镜子仔细观察自己的身体？大部分人应该都没有过。这就是说，大部分人都没有关注最基本最通俗的"自身"。那些关注自身的人首先应该关注的是肉体——精神的载体。然后才是心灵。那些既强壮自己体魄又充实自己精神的人，才有可能是心灵与肉体相融合的人（我也经常锻炼，喜欢看书）。由于学习，我经常感觉不到自己的存在——只专注于外物。然而安逸却是一个放松调整的机会。在安逸之中，人开始关注自身。于是就有了归属感，心里踏实下来，便有了那种存在。

是的，它让人的心灵回归本体，让心灵与肉体再次交合，回到真正意义上的人。

2011 年 5 月

喻其适志

庄周梦为蝴蝶，喻其适志，于是不分周公与蝴蝶。

我想庄子已把"志"说得很明白了，就是"合乎心意"。

所谓"适志"并不是为所欲为，放情纵欲。所谓"志"是要"做自己"，而"欲"恰是"做别人"了。

佛说："受想行识，亦复如是。"人一出生都有自己的本心，它未与外界接触，因此还保留着人最原初的样子。待到本心与外物接触了，便是"受"。"受"就必要有所思，此谓"想"。"想"了便要有所为，此谓"行"。"行"就必然对世界发生某种认识，此谓"识"。受想行识，仍是从自我为主体的，外物只是影响于我——就像子弹击中磐石——本心不会被剥夺，此乃"志"。若是失去了本心，被外物牵着走，就变成了"欲"，此时就与佛所说的相去甚远了。

"欲"人人皆有，只是引而不发罢了。圣人可以志化欲，至于凡人，一旦有东西勾引，欲就很容易喷薄而出。所以需要教化，此乃外话。

　　当今社会，"欲"乃是社会群体的价值取向，而在当今中国，就成了社会群体中大多数人的价值追求。人们所"欲"的，往往不是自己本心的指引，而是社会大众都想要，加上从众心理作祟，自己便昏了头——像是被人打晕脑袋不知所向——稀里糊涂地就跟着大家走了。待到他们真的有权有势，坐拥六套房，开四辆加长版劳斯莱斯，跨下杜卡迪，手中 LV，他们还浑然不知自己其实是实现了别人的价值，自己在被大众的心理消费。

　　放眼中国，这样的人不在少数——被社会浪潮裹挟着冲向远方，却没人给他们扔一个救生圈。

　　但是回过头来深思，为什么中国大众会有如此渴望金钱地位的心理呢？"成功学"为什么能大行其道呢？只能怪社会贫富分化太严重，改革开放出了偏差。

　　也许事物真的是循环往复，而不是直线式发展的——我们正是时候拾回"庄周梦蝶"的智慧，回到人类古老的心境了吧！

2013 年 5 月

雨夜杂思

　　最近，已有一段时间没那么感慨过了，随笔也写不出什么道道来。主要是因为总是有规定的题目，而且令我反感和轻蔑。我曾有许多极妙的题材可写，但却都被这一次次限定题目给扼杀了，现在时隔已久，想写也无从下笔了。这次我写的是上周的一场雨，但因为已经隔了一周了，可能有些力不从心，但……就权当追叙吧，来小小的释放一下……

　　天灰蒙蒙的，像块破布挂在窗外。

　　天一点点压下来，越来越让人窒息，远处时不时传来巨人的低吟。

　　我坐在椅子里，面对窗外，看见玻璃上出现了几道细长的水痕，凭着雨点砸在地上声音的大小，来判断雨是否下大了。

　　可出乎意料的是，天空就像泼了墨瞬间便伸手不见五指，天上也像泼水一样，雨水倾盆而下，冲刷掉了玻璃上的所有痕迹，在上面形成一片水幕，把远处霓虹灯的绿色红色染得模糊不清。窗外雨声，震耳欲聋。

我在漆黑中看着这座雨中的城市，昔日的喧嚣被雨声所覆盖，无声。

路上没有车，没有人，像一座空城，一股凉意穿透玻璃，直凉了我的心。

——好久没有这种沉郁和寂寥了。

我一个人坐在这座空城里，想象着昏暗的路灯照亮着街道，死寂一般的霓虹灯却还在闪烁着的闹市，空无一人但却还亮着耀眼灯光的楼宇，停在马路中央没有人驾驶的汽车；还在被风吹动的旋转木马……

我像卡夫卡一样"胡思乱想"，几年来的劳苦全都跑了出来，越狱成功一般的乱跑，而我却无法支配，任由它们摆布。它们像无数小鬼一齐叫喊着，抱怨着生活的痛苦与不公，让我的胸口愈发沉闷。

直到我再也承受不住胸口上这千斤重压时，雨停了，人声又起，时有狗吠。我深深地吸了口气，顿时感觉神清气爽。

——它们都跑了！我不禁想。

转过头去，我看见光亮从门缝中钻进来。我从黑暗中起身，打开门。

月亮科普

　　月亮是平面的盘，月球是立体的球。中秋这个节日大家习惯说月亮而不说月球，可能是因为月球太过学术。但月球确实是个谜。

　　关于月亮的形成，有一种说法比较靠谱。就是，在多少多少亿年前，地球还是一个只会公转而不会自转的球。突然，一个体积相当于地球一半的陨石狠狠地撞击了地球，地球被撞击的一侧随之四分五裂，地球也从此开始了自转（一开始很快，后来逐渐变慢）。而那些被撞击出来的地球碎片则被地球引力场俘获，于是绕着地球转。不知又过了多少亿年，这些碎片由于互相吸引（万有引力）而逐渐抱团，形成一个球，月亮从此诞生。这就可以解释，为什么月亮的组成成分与地球如此相似。

　　另外，月球在自转的同时，始终只有一个面朝向地球。而月球的背面是什么样一直困扰着人们。于是，这"黑暗

敲开那扇门

的背面"被编剧想象出了各种景象——像爬满巨型虫子、长满奇异生物。直到美国宇航局发射探测器到月球，这个疑问才被揭开。大家都知道啦，其实什么都没有，简直就是正面的雕版。

月亮会引起海水的涨落，还会影响人的心情，甚至使人产生生理反应。这就是为什么每到满月的那天，全球犯罪率急剧上升。人们心情会发生波动，即使再微小，也会由于蝴蝶效应而被无限扩大，人变得难以控制自己，以至于做出非理性行为。至于满月和人究竟有什么关系，没人知道。

月球上有生命么？也许除了小王子和他的玫瑰，你什么也看不见。但是，总会有些无中生有的事情。有人在美国宇航局发布的阿波罗登月时所拍的照片中发现了细微的彩色弧形光，显然照片在发布前是经过处理的。这很难不让人猜测 NASA 在隐瞒什么。于是人们怀疑，那条彩色光是太阳光照射在玻璃上的折射，也就是说，月亮上有玻璃，而且是人造玻璃。但是谁放了个大玻璃罩上去呢？人们猜到是外星高等生物。可玻璃罩又是干什么用的呢？很简单，抵抗陨石的撞击。要知道在真空中，玻璃的强度是钢铁的10 倍，可以抵抗小型星际物质的攻击。外星人也许就是在这玻璃罩里躲避陨石的。

那么，月亮将怎样毁灭呢？一种猜测是，消失于下一次宇宙大爆炸，成为奇点的一部分，要不就是毁灭于太阳的死亡期。另一种猜想，是由于人类的过度开采而自行解体。

月亮之所以千百年来引人遐想就是因为他的未知。未知引发求知，求知后却引发更多未知。其实这就是人类自我膨胀的过程。也许有一天，我们探清了宇宙的边界，时间的长短，世界的本源，毁灭也就离我们不远了。

这就是偷食禁果的下场。

2012 年 9 月

等　待

　　人们的生命总是在等待中逝去。等车的人将生命抛弃在尾气烟尘中；等候飞机的人将生命耗费在无聊的发愣中；深夜打车回家的人将生命遗留在凉冷的街道中。但是，我的等待一定为了感动。

一

　　那盆风信子仍耐心地立在窗台上，迟迟不肯开花。我每天给它浇水、松土，还把一个鸡蛋作为肥料打进土里，可它像个贪嘴的精灵，汲取多而回报少。

　　我想象着它开出小花的样子——花骨朵挤在一起缀成一大串，颜色醇厚欲滴，还散发着幽幽香气。可花朵该是什么颜色呢？红吗？太俗气，与它油油亮亮、宽大厚实的叶片不相配。白吗？又太耀眼，与它露在外面圆滚滚的球茎的小巧，基调不大相符。

于是，我在期盼中等候。生命在等待中流逝。日历一页页翻过，等待所散发出的诱人气味着实令人迫不及待、使人发狂。

早晨，阳光轻柔地撩开我的眸子，让窗台上的光景映进来。只见得朦胧间一团浓郁的紫色，小巧的花朵紧密地排列成一条线，紫色小花里还有黄白相间的花蕊点缀其中。我望着它骄人的样子，全身松弛下来，心中涌起莫名的感动——是为了风信子的美丽动人呢？抑或是为了自己？我分不清。

二

走廊里人声嘈杂，我走进病房，四周顿时安静下来。病床上躺着我的姥姥，她睡得正香。

我在她身旁坐下，望着她呼吸时胸脯的巨大起伏，望着她松弛的两腮，望着她瘦弱不堪的脸。房间里的空气好像凝固了，静得出奇，仔细听，倒是可以听见她短促的呼吸和手表的"咔嗒"声。我感到自己的生命在一点点流逝。

我就这么一动不动地坐着，回想起姥姥前几日还忙着给全家人做饭的身影，想起她为了姐姐结婚而高兴得睡不着的样子，想起她怀抱着当时幼小的我，给我讲嫦娥的故事……

泪不禁流下，我不去理会它，仍然望着睡梦中的姥姥，谛听她微弱的呼吸，我的心随着那呼吸跳动。

敲开那扇门

三

等待，用生命换取感动。

2011 年 6 月

这个奔跑 的 夏天

战胜恐惧

  每个人都有自己害怕的东西，它就像一条锁住你双脚的铁链，让你不能前行。我害怕的是骑自行车，而我却战胜了恐惧，战胜了自我……

  我并不是天生怕自行车的，是小时候骑车时不小心摔伤造成了心理的恐惧。自此以后，我只要见到有人骑自行车朝我过来，即使隔着几米远，我也会快速跑开。骑自行车就更不敢了。可现在我已经每天都骑车上下学了，其中的来龙去脉，请我一一道来。

  去年暑假，我已经升入中学了，由于父母工作的原因，不能接送我上学。于是爸爸偷偷给我买了一辆自行车。爸爸把我领到楼下给我看这辆新车。"不，我才不骑车上学！"不等爸爸说话，我就已经猜出了他的用意。爸爸一听这话立刻急了，说道："你今天骑也得骑，不骑也得骑！"于是爸爸硬把我拉上了车，以前他从未这么严厉，我一下子就服了软。

　　"好吧，那我试试。"于是我一脚踩脚蹬子，一脚蹬地。此时，我的心像一只惊慌失措的小鹿，乱蹦乱跳。由于太紧张，手有点不听使唤。"啪"的一声摔在地上。我痛得直叫。

　　我本以为这样爸爸就不让我再骑车了，可是随着一声坚定的"继续"，我的"美梦"破灭了。我又一次坐在车座上。"你能行的！"于是我双眼凝视前方，双手紧紧握住车把，身子往前倾，一只脚的脚尖点着地，一只脚牢牢地踏在脚蹬子上，像一个勇敢的战士，或者一个自信的猎手。我使劲一蹬，车子顿时跑了起来，而且不断加快，并且有了飞的感觉。刹那间我的全身被一种成功的喜悦包裹住了。

　　"我成功了，我成功了！"我大叫着。甩掉了身后的爸爸，骑出了小区。风从我的耳边拂过，好像在为我演奏胜利的凯歌。我就像一只试飞的小鸟惊奇地在天空中飞翔。

　　我这才明白，只要敢于尝试并相信自己能行就会成功。这时，金色的阳光洒满大地，阳光的波浪在我身上跳动，令我发出金色的光芒。我在心里书写下这时的感受："战胜恐惧，战胜自我！"

2009 年 7 月

这个奔跑的
夏天

十　年

　　我书桌前的窗台上总有两盆绿色盆栽，左边一棵是发
财树，右边一棵是小榕树。它们一高一矮站在那里，高的
不过十几公分，矮的也有六七厘米，一齐把枝叶往窗外伸。
我想它们站在这里也有些年头了，因为何时买来它们我已
不记得了，只是它们夜以继日、年年月月地站在这里着实
令我宽慰。

　　家里有人的时候它们站在这里，家里无人时它们照样
站在这里，一动不动，姿势也不换一个。好像它们十分憨
厚，或者它们根本就分辨不出我的存在。不管它们是不是
为了我才一直站在那里——而不是在我某一天放学回来后
不翼而飞——我都着实因为它们的一成不变的存在而得到
慰藉。

　　生活中需要些不变的东西作为港湾，让经历暴风骤雨
的小船暂时靠岸。经过一天的劳累，回家时能看到它们依
旧乖巧地站在窗台上，身心突然就放松下来。我于是对自

敲开那扇门

己说："还好，世界还没有完全改变。"接着小船开进港湾，检查哪块板漏水，哪片帆扯坏，修修补补，准备第二天再次出海。

其实给我慰藉的不只那两棵小树。

我在这间不足十平米的小屋里已经住了十一年，对它的感情可谓复杂。住的时间久了会厌倦，想从这个小空间里逃出去。有些感觉像是被装进棺材里埋入地下。氧气是有限的，但那并不可怕。在窒息而死之前，你会拼命挣扎，稍一动作便会碰到坚硬的盖板。随着不断挣扎不断失败，心情开始烦躁，然后是沮丧、绝望，最后只剩下最可怕的恐惧。这种恐惧来自与社会隔绝的疏离感。你似乎正被外面的世界所抛弃，但你真正害怕的是外面的世界已经消失，里面的空气将是你的一切。我的每一次呼吸每一次眨眼只存在于房间之内，在房间之外则毫无意义。

但是，更多地，它还是我的避风港。正是它的一成不变让我暂时脱离飞速运转的社会，暂时做一回自己。

不变的东西有很多，而我却变了。

还是小学生时，我曾经那么的自尊，因为直到夜里12点还写不完作业而大哭。现在则不同，即使没写的作业也绝不会补上。

也是小学，同学不小心打疼了我的鼻子，我便一拳挥上去，与他撕打起来，拳拳照头，根本不顾所以。现在即使有人冲过来对我破口大骂我也只是默默走开，心想："此人有病。"

初中时曾看见流浪猫便偏要带它回家。现在就算是碰上伸手的乞丐我也不会掏一个大子儿丢进他的破碗里。

　　我时常反思，这种改变是成熟吗？如果这就是成熟，那么这种改变究竟好还是不好呢？

　　选择不写作业看似是为了尽早休息为第二天上课养足精神，却也是对自己要求的放松。不再打架也许是稳重的表现，但也许会让我在危急时刻没有勇气去维护自己的尊严，甚至无法保护别人的生命。不滥施同情可能是因为对社会问题理解更加深入，却也让我愈发冷漠。

　　至今我仍无法断定这些改变究竟是好是坏。于是——茫然随之而来。我从脱离蒙昧至今不过十年。短短十年，我已经改变了如此许多，这让我不能想像十年后的自己将会怎样。

　　我时常感慨自己为什么不能像窗台上的小树一样一如既往——每天只是以同样的角度接受第一缕阳光，再以同样的眼神送走西下的夕阳。那样不是简单许多吗？由于不曾有什么变化，因此也不给人多深的印象，它们枯萎的时候也不给人多少悲伤。这样"挥一挥衣袖不带走一片云彩"不真是很美吗？

　　可是，世事多变，人生难料。有谁能始终如一，自生至死只做自己呢？

2013 年 9 月

敲开那扇门

克己复礼

——形式与内容关系的探讨

仪式在我们的生活中随处可见，可又时常被人忽视，其实它的作用是十分重要的。在这里我想探究仪式的意义，也可以说是仪式的功能以及功能和结构的关系。更深一步，我想将仪式的意义上升到形式与内容的关系，最终说明形式的重要性。

通过研究，我得出这样的结论：仪式具有凝聚、植入观念、合法化、赋予人们生命力、游戏化等功能。内容是形式具有意义的基础，形式反过来可以强化内容。

1. 仪式的概念

在谈仪式之前，"什么是仪式"是一定要搞清楚的。但是，对于不同的历史时期和不同的文化领域、学术领域，"仪式是什么"就被不同的人进行了不同的解读。首先我想来介绍一下仪式的各种含义。

仪式的概念是在不断膨胀的。

早期人类学家把仪式归为"宗教"范畴，如，穆勒、泰勒、斯宾塞、弗雷泽、奥托等人。但后来拓展到了"世俗社会"领域，再往后演变成几乎无所不及的领域，即"功能—结构"[1]研究方法。因此，基于这种"功能—结构"理论下的仪式概念，对仪式的解读就各有不同，它可能被描绘成"宗教的"、"哲学的"、"人类学的"、"历史的"、"伦理的"、"民族的"、"戏剧的"、"艺术的"、"考古的"等等，不同的角度都可以将某一种特定的过程定义为仪式。

在这篇文章中，我将在大多数情况下把仪式的概念限定在"世俗社会"领域，以下所提到的"仪式"，除标题4（仪式的案例）中，如果不加具体说明，所指均为仪式的世俗社会下的概念。除了重点讨论社会仪式，我还会在下文专门论述仪式的"功能—结构"关系（见3. 仪式中的形式与内容——即"功能—结构"的关系）。

对于仪式是什么这个问题，无论在什么社会历史阶段，有一点是共同的：

长期以来，仪式一直被人类学家当作观察人类情绪、情感以及经验意义的工具。比起日常生活中的"秘而不宣"，"未充分言明"以及缄默的意义而言，仪式就是较为集体性和公开性的"陈说"。[2]

2. 形式与内容的关系

首先我想来谈一谈"形式与内容的关系"，其实更准确地说，是"形式与本质的关系"。因为任何事物都有其外在与内在，有其形式与本质。比如，一本书以其纸张和油墨为表现形式，而以文字所表达出来的观点、感情和意识形

敲开那扇门

态为其本质（或"内容"）。再比如，师生关系，以学生向老师行礼鞠躬和老师的和蔼态度为形式，而以学生心中对老师的尊重和老师心中对学生的爱护作为本质。往大了说，"形式与内容的关系"可以归结为"物质与意识关系"的哲学命题。之前已经说了，任何事物都有其形式与内容（或"形式与本质"），仪式也不例外。仪式中所体现的"形式与内容"的关系我将在下一个标题中论述。

所以，形式和内容是不能割裂的，就如物质与意识不能孤立存在一样。那么谁在事物内部占了主导地位呢？是形式？还是内容？我认为这是不能断言谁就永远是主导而另一方就永远受支配的。还是举一本书的例子，出版商可能因为书的内容十分沉重而将书皮印成黑色，这就是"内容决定形式"；但也有一种可能，同样是一本内容沉重的书，出版商偶然地将书的纸张选为铜版纸同时配以宽大的书脊和硬实的封面，这种毫无特殊目的的形式反而意想不到地烘托了书中沉重的气氛，相比没有这种装帧的其他同样内容的书，更加催人泪下，这就是"形式决定内容"。看似从两个方面都说得通，但其实"谁决定谁"只是"有没有被预设"的差别。有些内容是被提前预设的，那么这个事物的形式必定会服从它的内容，即"内容决定形式"；可是如果内容没有被预设，而人们在事物的形式中归纳出一些没有被预设的内容，这样就成了"形式决定内容"。

仪式的内容（功能）也根据其目的有没有被预设而被划分为两种，这点会在下一个标题进行论述。

3. 仪式中的形式与内容——即"功能—结构"的关系

首先要说的是结构功能主义（Structural Functionalism）。它是现代西方社会学中的一个理论流派。它认为社会是具有一定结构或组织化手段的系统，社会的各组成部分以有序的方式相互关联，并对社会整体发挥着必要的功能。整体是以平衡的状态存在着，任何部分的变化都会趋于新的平衡。

其实功能结构主义的概念十分广泛并且不同的人类学家和社会学家对它的解读也是不一样的，这就导致了功能结构主义概念的模糊。我在这里为了避免纠结于其复杂的概念问题，只涉及功能结构主义中的一点以支持我的论述，即社会是具有一定结构或组织化手段的系统，社会的各组成部分以有序的方式相互关联，并对社会整体发挥着必要的功能。

对于仪式的研究属于社会学范畴，所以可以借助功能结构主义的分析方法来分析仪式。依据功能结构主义，某种特定的社会结构能够构成某种特定的社会功能。如果将其推而广之，那么，某种特定的仪式结构能够构成某种特定的仪式功能。

在仪式中，所谓"形式"就是"结构"，"内容"就是"功能"。仪式的功能通过其结构来表现，其结构又必不可少地、自觉或不自觉地拥有某种功能。

刚才说到结构会自觉或不自觉地拥有某种功能，这就涉及仪式功能被划分为的两种。所谓"自觉或不自觉"，就是在上一个标题中说到的"功能有没有被预设"的问题。所谓"自觉"，就是功能被事先预设好的，这种被预设的功

敲开那扇门

能叫作"显功能";所谓"不自觉",就是功能没有被事先预设，但是人们从仪式的结构中总结出来了事先不知道的功能，这种通过总结归纳发现的功能叫作"潜功能"。比如，大学的一个显功能是使年轻人接受教育，为将来承担专业化的工作打下基础。而大学的一个潜功能则是把一部分人口排除在劳动力市场之外，从而减缓经济生活中的压力。

4. 仪式的案例

基督教圣礼

这里要谈的是基督教的圣礼。圣礼对于不同的教派有不同的内容，这里只探讨新教所举行的两种圣礼：圣洗礼和圣餐礼。

圣洗礼

首先来说圣洗礼。它的目的是洗去原罪。对于东正教来说，圣洗礼的形式是把受洗者全身浸入圣水之中三次（圣水，即洁净的水，象征着耶稣的洁净），分别以圣父、圣子和圣灵的名义。而新教则只是在受洗者头上洒水即可。这两种受洗的形式都对应着同一种内容（功能）：用耶稣的洁净洗去受洗者的原罪。新教的圣洗礼相对于东正教来说，是仪式的弱化，这一点会在标题6.仪式的强化与弱化中阐述。

在圣洗礼中，最重要的就是圣水。或者说，最重要的是圣水所象征的耶稣的洁净。这就出现了仪式中器物的功能与日常生活中同一器物的功能不同的问题。日常生活中，水就是水而没有其他含义，但在圣洗礼中水象征着耶稣的洁净，而这一象征恰恰是整个仪式存在的基础。如果水不是耶稣洁净的象征，那么圣水就不能洗去受洗者的原罪，整个仪式也就没有了意义。这就是圣洗礼仪式中，形式与内容（或"功能与结构"）的体现——以"洁净的水象征耶稣的洁净"和"圣水洒在受洗者头上（或全身）"为形式（结构），表达了"洗去受洗者的原罪"这一内容（功能）。而且这种形式和内容的对应关系是完全符合逻辑的。这种形式和内容所发挥的作用，我会在下一个标题中进行讨论。

圣洗礼中所念诵的经文全部用第三人称，因为洗礼实际上是耶稣在精神上为受洗者施洗礼，而不是神职人员。"用第三人称"也是一种形式，它的作用就是使受洗者真切感受到耶稣的存在以及洗礼的神圣，使受洗者肃然起敬，从而对其产生深远的影响。这就涉及仪式的作用，将在下一个标题中予以讨论。

圣餐礼

下面来说圣餐礼。其实与圣洗礼类似，它也有类似的形式和内容，也发挥了一定的作用。圣餐礼的形式是神甫向领圣餐者分发面包和酒。面包和酒象征着耶稣的肉体和血液。内容是保证信徒所受的恩典，使他们得到耶稣的滋长。

5. 仪式的作用及意义

首先罗列出仪式的各种作用和意义：凝聚、植入观念、合法化、赋予人们生命力、游戏化（最后两点源自《人类学仪式的理论与实践》）需要强调的是，这里仪式的作用，不是指某些特定的仪式的作用，而是所有的仪式或者大多数仪式都有的共同作用。

321

敲开那扇门

下面来具体解释这几项作用。

凝聚

所谓凝聚，就是通过集体实践肯定群体的社会团结。

比如，歃血为盟，就是非常典型的仪式的凝聚作用。盟誓者用刀割破手掌，将血液滴入同一个容器中，然后喝掉（或者仅仅将血滴在同一片地上）。于是盟誓者就成为"兄弟"或"盟友"，在生死危难之时伸出援手。这种仪式在盟誓者之间缔结了牢固的关系纽带，从而达到了凝聚的作用。但是在仪式的整个过程中，是哪一部分发挥了关键作用呢？或者说，是什么因素构成了这种牢固的纽带呢？的确，"歃血"与"为盟"本身不存在任何关系，凭什么流了血就能成为盟友呢？其实，仪式本身不能使"歃血"与"为盟"发生关系，只是因为仪式的目的是被事先预设的，仪式在这里发挥的是它的显功能。歃血为盟这个仪式之所以能举行，是因为各方盟誓者都有成为盟友的诉求，而仪式仅仅是在不断强调这种诉求的重要性，并在不断的强调中植入"已成为盟友"的观念，从而使这种盟友关系合法化。这里涉及仪式的另外两个作用，植入观念与合法化，将在下面的小标题中进行阐述。

歃血为盟的目的本身就是"凝聚"，所以必然能够体现出仪式的凝聚作用。但是，无论什么仪式，其实都会有凝聚的作用。因为仪式的参与者共同参与了同一个仪式，被植入了同一种观念，于是就对彼此产生了认同感，从而达到凝聚社会群体的作用。其实，凝聚社会群体也是各个仪式的目的中比较隐晦的一部分。比如，婚礼、葬礼、升旗仪式、入会仪式。凡是需要仪式的地方，就一定是有某种关系需要建立或维系的地方，又因为仪式通常是一个群体才能进行的，所以建立或维系某个关系的同时，也在很多人之间建立了联系，也就起到了凝聚的作用。

植入观念

仪式通过各个环节的反复强调，从而植入观念，传递信息。

再举之前圣洗礼的那个例子。前面已经说过，在东正教里圣洗礼要把受洗者全身浸入圣水里三次。这就是仪式在反复强调的过程，每强调一次，观念就被植入得更深刻一点。

"强调"的形式可以有很多，比如，疼痛、快感、悲伤、欢愉、各种奇异的感觉。在"歃血盟誓"中，刀割所带来的疼痛就成为一种强调。在圣洗礼中，圣水冰凉的触感就成为一种强调。在基督教的各种仪式中，总会有人声称听到了基督的声音，或者能够感受到某种强大精神力量的存在，或者感觉有人在注视着自己，这些灵异的现象都是一种强调，它可能是人为的或者偶然的。

通过不断地强调，仪式也就实现了它植入观念的作用。

合法化

合法化就是通过仪式重申秩序的合理性和合法性。

合法化应该算是植入观念后的结果。在植入一种观念之前，也就是未参加仪式时，某种观念可能是不为人接受的，但是通过仪式的反复强调，这种观念渐渐被植入，最终变成可以接受的，合法的东西。

比如就最宽泛的仪式概念来说，即"功能—结构"概

敲开那扇门

323

念，长期处在暴力环境下的人，即使一开始他厌恶暴力，但最后也会变成暴力的人。因为"暴力环境"这一结构发挥了它的合法化作用，将暴力慢慢植入到人的大脑中，最终使暴力合法化。

赋予人们生命力

赋予人们生命力就是把某种神圣的象征作为群体的价值观代代相传。

最恰当不过的就是中国宗庙的例子。中国人最重宗庙，每年的祭祀是一年中的大事件。作为同一血脉下人们的价值观，这时宗庙就成了神圣的象征。由于人们从小就生活在这种宗庙文化里，所以这种重视祖先、效仿祖先的价值观也就流传下来。

还有就是基督教、天主教、伊斯兰教这些宗教偶像——耶稣基督和安拉。

游戏化

将个人的失落和不满的体验游戏化。

比如，有些仪式会将死亡游戏化。比如在仪式中你会被植入"死亡只不过是开启了另一扇门"的观念。于是死亡就变得没那么可怕。苦行僧式的教会团体举办的仪式更有游戏化的成分。

6. 仪式的强化与弱化

仪式的强化与弱化其实就是"形式"的强化与弱化。

前面已经说过，新教在圣洗礼中把"将全身浸入水中三次"改为"用圣水沾湿额头即可"，就是仪式的弱化，因为在圣洗礼仪式中，仪式的形式明显被简化了。这种形式的弱化会使仪式中强调的部分被削弱，这样，受洗者的观念植入得就不深刻，仪式也就被弱化了。

仪式的强化就正好相反。仪式的形式更加复杂、严密，仪式中所蕴含的象征更多，气氛更加正式甚至神秘，都会强化仪式的形式。

但是在某些情况下，形式的弱化并不能使仪式弱化。这是内容发挥了更强大作用的缘故。也就是说，仪式的参与者从心底里认同这个仪式，并且拥有非常坚定的观念。这样，即使仪式非常简单，仪式的意义也不会被弱化，反而可能增强。但是这种情况只限于虔诚的信徒，或者圣人一类。比如，虔诚的穆斯林，不管在哪里，只要一张毯子随时都可以面向麦加作礼拜，而并不影响真主安拉在他们心中的神圣地位。再比如孔子，即使朝觐不用周礼，他也绝不会有以下犯上的念头。

7. 现代社会中的仪式及其现状

现代社会中的仪式大多是仪式的第二种概念，即"世俗社会"中的仪式。如，升旗仪式、降旗仪式、入学仪式、毕业典礼、婚礼、葬礼、入团入党仪式、加入国籍的仪式等。下面我想谈一谈这些仪式在现代社会中的现状。

首先我想说升旗仪式。

先要强调升旗仪式的重要意义。对于国家而言，升旗仪式象征着国家的存在和神圣主权，是对外宣告这个国家继续存在并能够行使它的权利。对于个人而言，升旗仪式是对国民强调他们个人归属于什么国家，强调一种集体意识，加强对国家的热爱与敬仰。这个仪式是维系国家中人

敲开那扇门

民爱国热情的纽带，也是使人们共同生活，使国家中的人民能够共同前进或一致对外的动力。

然后来分析一下升旗仪式。仪式并不仅仅是升旗，而是包括将国旗搬运到旗杆下和升旗两部分。

运输国旗的时候，四人捏国旗的四角（有时是六人），戴白手套，踢正步。这个步骤很明显是强调国旗的神圣不可侵犯，同时也是彰显国家的尊严。在这个步骤中，戴白手套和踢正步都是强调的手段。越郑重的场合，运输国旗的距离就越长，正步也踢得越慢。在踢正步中，仪式通过踢正步者的有力的步伐和落地的声响等给参与仪式的人以震撼，从而植入了国家神圣的观念，并随着每一个稳健的脚步而得到强调。

升旗的时候，升旗手要在国歌响起的同时抛出国旗，国旗一下子展现在人们面前，造成一种视觉冲击，从而起到强调的作用。在一些有关升旗的照片中我们能够发现，展开的旗帜通常是与升旗手一同出现的，而且升旗手坚毅的神情显示出保卫者的姿态——其实这也是一种强调的手段，在仪式中主持仪式的人的言行举止深深决定着仪式的效果。国旗缓缓升起的时候通常要唱国歌。这是非常重要的一步，而之前的一切都是在为这一步做铺垫。因为之前只是在感染仪式的参与者，参与者只是在不断地接受仪式所传递的观念，而唱国歌则是参与者反馈的过程，是直接表达参与者对国家的热爱和崇敬的时候——可以说之前都是在积聚感情，而唱国歌则是在释放感情。这种感情的释放其实是自我肯定的过程，也是认同所植入观念的表现。如果说之前的工作都是被动植入，那么这时则是参与者的自我植入，这种观念的自我植入比被动植入要有效得多，所以唱国歌这一步至关重要。但是如果前期工作不到位，不能激发起参与者的感情，那么唱国歌的效果也就大打折扣了。

这种打折扣的现象几乎已经成为普遍现象。我建议，学校升国旗时可以缩短国旗下讲话的时间，将省出来的时间用于升旗仪式——可令四人持国旗走过全校每个班，让每个同学都能近距离看到国旗，还应该规范持旗者的正步，在课下做更多的训练方可上场。要用持旗者的态度感染参与的人。另外，从根本上，还应该强化学生对国旗的尊重和对升旗仪式的认识，这个可以通过爱国主义教育的形式开展，但是切忌假大空的套话和空洞的宣传，应该采取更加喜闻乐见的形式，如观看电影、举办论坛、辩论等形式。

之前已经说过，形式能够反映内容，那么升旗仪式弱化则反映出人民爱国热情的下降。这是因为我们是生活优越的一代，没有与国家共患难的经历，必然不会有深切的感情。这与中国的后现代化有密切的关系，在这里不作论述。

下面来说一说婚礼。

首先来看一组数字：

北京——离婚率39%

上海——离婚率38%

深圳——离婚率36.25%

广州——离婚率35%

厦门——离婚率34.9%

台北——离婚率34.8%

香港特别行政区——离婚率 33.8%

大连——离婚率 31%

杭州——离婚率 29%

哈尔滨——离婚率 28%

——数据来源：凤凰网

2002 年北京市的离婚总数为 38756 对，当年的结婚对数为 76136 对，由此计算离婚率高达 50.90%。也就是说，这一年平均每天有不到两对夫妻中就有一对要离婚，北京市的离婚率已经成为全国最高。(数据来自中国社科院)

这样的高离婚率除了情感不合，外遇出轨之外，还与婚礼仪式的弱化有关。自从有了"登记结婚"这样的法律之后，越来越多的人简化婚礼甚至不办婚礼，图的是省钱省麻烦。但是这种婚礼仪式的弱化就缺少了对结婚重要性的强调，夫妻双方只需盖章就算结婚，结婚变得极其容易，离婚自然也就变得极其容易——只需再盖一个"此证作废"即可。于是人们对于婚姻的态度就变得极其随便。

从数据中也能看出，经济越发达的城市离婚率越高。这也印证了我的看法——发达城市中的人思想更开放，更重视实用和节俭，受西方包豪斯主义(简约实用利落的风格)的影响也比较大，因而婚礼中比较不注意具有象征主义色彩的仪式；而落后地区的人思想较为保守，对于婚姻较为看重，婚礼中封建传统的仪式比较多，建立的婚姻也就更稳定。

下面我想用"形式与内容"的概念谈论现代社会中的仪式。

现代社会可以说是形式的衰落期，原因就在于经济的发展，商业贸易往来的频繁和私有制。

随着经济的发展，人们开始看到巨大的利益，并为了谋取巨大利益而不择手段。利益成为人们心中的最高准绳，于是任何以往的约束和道德都可以背弃。仪式作为一种形式，在商业往来中起不到什么重要作用——既然这样那样的形式不能谋取钱财，反而会使贸易变得缓慢而且范围缩小，那么为什么不废弃它呢？在商贸往来中，各种各样不必要的形式是要抛弃的，因为那会降低商品交换的效率乃至损失利润。因此，形式越来越不被看重，直到今天。

另外就是技术的进步使形式衰落。比如，古人出海捕鱼都要祭祀大海，希望给自己带来好运气。现在则较少了，因为技术进步，捕鱼不再靠运气而是专业的捕鱼船和声纳定位。这些高科技使人们不再看老天的脸色行事，祭祀的活动也就没有意义了。

私有制将人们以个人为单位分割成一个个单元，人与人之间很少相互了解，也就很难产生集体意识。而仪式恰恰是集体仪式，并且需要集体意识。所以人们很难再在集体仪式中找到认同感，仪式中观念的植入也就更难了。

但我并非是说，仪式的弱化是历史的必然。虽然仪式发挥其功能越来越难，但是我们应该利用现代技术，创造仪式中新的强调的形式，借助新技术使每一次强调更具震撼力，从而强化仪式的功能。

最后我想说的是，形式在我们的生活中真的很重要。严格的形式能够不断提醒我们所坚持的内容是什么，从而维持我们想维持的状态。在做一件事的时候，如果认为形式不重要，只要能达到目的就可以，那么你往往会失败，因为没有什么东西提醒你该走什么方向。在与人的关系中，不管对好朋友还是陌生人，都应该保持一定的形式——即使是再好的朋友也不能完全不讲礼节，因为礼节的缺失让你忘记这个朋友的重要性，于是很可能出口伤人。对待父母也是一样，由于与父母亲密，所以很多人常常与父母不讲礼节，却还认为只要自己知道父母的重要就可以，但实际上"不讲礼节"的同时也就弱化了父母的重要性。因此很多人在日常生活中都感觉不到父母的爱，反而觉得父母的关心很烦，这都是形式弱化的结果。所以古人说"君子之交淡如水，小人之交甘若醴"，也就是说，只有双方互施礼节，才能重视对方，才能自知交情之深。

生活中我们往往过于自信，认为形式是累赘，但实际上，一个坚实的内容必有其坚定的形式作为保障，形式的意义不容忽视。

参考文献

1. 维克多·特纳. 仪式过程：结构与反结构. 黄剑波，柳博赟，译.

2. 彭兆荣. 人类学仪式的理论与实践. 北京：民族出版社.

3. 凤凰网.

2013 年 2 月

赤羽如日

　　名字，往往是寄托了对某种事物的希望。我的随笔本《赤羽集》，就是注入了我对我的习作的期望！

　　"白羽如月，赤羽如日"，顾名思义，"赤羽"就是红色的羽毛。在古代，人们认为红色的羽毛象征着太阳，我之所以给它起这个名字，就是希望它能像太阳一样耀眼！更希望我的作文能越写越精彩！

　　但是，作文写得好与坏不是一个名字就能决定的，而是取决于写作水平的高低。要想提高写作水平，最好的办法就是多读名著，在其中积累好词好句，并且揣摩作者所表达的情感，学习其表达情感的方式、方法，而且还要尽量地模仿名家的作品。除了这些，还要想一想作者这样安排文章结构有什么好处，等等。

　　正如叶圣陶先生所说："阅读和写作都是人生的一种行为，凡是行为养成了习惯才行。"

敲开那扇门

所以，阅读和写作必须坚持才行。我每天都捧着我最喜欢的书看，手不释卷。每当我写作业累了，我就通过看书来休息一下。我经常看书看到深夜，我聚精会神地贪婪地看着，不时被书中可笑的故事情节逗得"呵呵"直乐！我飞速地读着，想快点知道下面的情节，但与此同时，我的大脑也在快速地运转着，在记忆那些优美的词句，书就像磁石一样吸引着我！

　　正所谓：读书破万卷，下笔如有神。

　　我在写作时大量地运用我从书中吸收到的优美词句，并且模仿书中写作结构与生动形象的描写，我手中的笔好像神来之笔！

　　只要爱读书，勤练笔，写作水平定会提高。我的习作一定会像"赤羽集"这个名字一样精彩！一定会成为优美的华章！

2009 年 9 月

这个奔跑的
夏天

我的自白

　　自我呱呱坠地睁眼看世界以来，便对这个世界充满了好奇，每天都在用惊异的目光打量着周遭的一切，探寻着、思考着：这是一个什么样的世界？我如何来到这里？我来这里做什么？……

　　尽管我无法回答上述问题，但冥冥之中有一个声音始终回荡在我的脑海中：这个世界是我的，我必须要做点什么！

　　做点什么呢？上学？考试？读书？打球？锻炼？……这些都是我每天做的和必须做的，难道就是这些吗？显然不是！尽管我一直在想，或者那个声音不停地呼唤我，我也努力从能够感知到的所有信息中寻找答案，但仍然不得而知。不过，从混沌的潜意识中我却分明地意识到：虽然我还无法知道自己从何而来，但是我却肩负使命。

　　在这种使命感的感召下，我对许多事情都产生了浓厚的兴趣。

敲开那扇门

小时候趴在地上看蚂蚁搬家，想知道蚂蚁的世界，如痴如醉，以至于妈妈屡次喊我吃饭都无法听见，最后被妈妈拽起来走了。一次姥爷安装一个开关不成却被我安好了，姥姥戏谑说"姥爷真笨，还不如一个孩子"，我随口说："不是笨，是没动脑子。"惹得大家哈哈大笑。上小学之前爸爸特意带我去山东曲阜朝拜孔子，回来路上我说："拜孔子为何不拜孟子？"爸爸回答说："孔孟一家，拜孔子也就是拜孟子了。"从孔孟之乡归来，使我懂得了"满招损谦受益"的道理。

随着年龄的增长，我的兴趣与困惑一起增长。喜欢电视，人与自然、探索发现、考古发现之类的节目，总想知道这世界的过去是什么样子，未来又将如何？宇宙是不是爆炸形成的？地球会不会毁灭？人类的末日是否就在明年？达·芬奇的画作中是否真的藏有密码？达尔文的进化论是否只是猜测？耶稣的裹尸布是否真的存在？耶稣真的是上帝之子吗？老子是人还是神？科技进步是否就是人类进步？……

电影电视剧，我喜欢那些悬疑的，悬念越多，兴趣越浓。虽然学习很紧张，我还是看完了《越狱》这部电视剧，我佩服主人公迈克尔的勇气、智慧、坚毅与热情。看到迈克尔可以凭借自身的力量自由出入戒备森严的美国监狱，他简直成了我心目中的英雄和偶像，我甚至怀疑我们每个人都生活在"监狱"之中，而我们每个人都有了"越狱"的必要。此外，我还看了电影《盗梦空间》，我们究竟生活在现实世界还是梦幻世界，有时真的很难说的清楚。《红楼梦》中说"假作真时真亦假；无为有处有还无。"看来我们真的要好好把握自己，否则连自己是否在"做梦"都无法知晓了。

　　读书，我同样喜欢悬疑的和思想性较强的书籍。如《达·芬奇密码》、《消失的密符》、《追风筝的人》、《三杯茶》等等，最近还读了村上春树的《1Q84》三部中的前两部，开始什么也读不懂，只是被快速丰富的情节牵引着欲罢而不能，最后忽然顿悟，有如长夜中行走突见光明，我深深地被村上的文字而打动，更被村上的绝妙构思而折服，我开始怀疑村上究竟是人还是神了，记得其中的一段话的意思是这样的：创造完美和毁灭世界同样罪大恶极。它在告诫我们过分往往走向极端，中庸有时更为合理。

　　以上是我的一点自白，自白之后仍感困惑。我是否找到了自己的方向和目标呢？我想是没有，有的只是兴趣、思考和探索。我想兴趣很重要，兴趣是一切的源泉和动力，对知识的兴趣导致学习的努力；对生活的兴趣使得人生丰富多彩；对世界的兴趣引导我们不断探索。兴趣之后是思考，思考多了，或许就有了见解主张，也便有了思想。

　　那么，确切地说，眼下我还只是一个对世界充满惊奇的思考者，但兴趣终究要有导向，思考也要依赖方法，可是这一切现在我都没有，而这也正是我志愿加入道元班的真正原因，因为道元班有最好的老师、最好的导师、最好的训练环境提供给我，相信我会在这里获得良师益友的帮助，破解迷津。

敲开那扇门

335

2011 年 4 月

老师， 请您了解我吧

——高一入学前《同学信》复函

亲爱的同学：你好！

欢迎你以优异的成绩进入北京四中学习！作为你的班主任，我希望能和你一起尽快适应四中紧张有序的学习生活，为以后的逐步提高奠定良好的基础。为了我们能有一个进一步沟通的基础，顺利度过未来的三年，我想多了解你一些。

所以，我想听听你对下面一些问题的看法，你愿意谈哪些问题都可以，而且如果你认为还有别的问题更加重要，你都可以随意地谈，我只是希望通过你的"声音"，认识一个人，一个生动独特的心灵。

亲爱的袁老师：

很高兴收到您的《同学信》并有幸成为您的学生，为了更好地适应即将来临的高中生活，我愿意回答您的任何问题。

1. 我想说的话

也许是我的童年过得太快乐，所以幼时的事情大抵是记不清了，只有六年级以后的事还能隐约想起。但记忆终究只能破碎成零星的片段——像是老旧残缺的录影带——这令我不忍想象我以后的生活还能在我的脑子里停留几秒。我后悔自己没有写日记的习惯。小学时写过，但终于还是没坚持下去。更令我懊恼的是，我竟拿不出一点勇气去尝试，也许博客会是个好去处，但我又从不喜欢让别人把自己"一眼望到底"。所以，有时情郁于中，只好写在纸上，或是任它在心里上蹦下跳（有时没时间做那些闲事或是繁杂的思绪实在难以表达）。

我原是个幼稚的小孩，不知从何时起，我发现理性成了我的外表。那似乎不是刻意为之，但理性确实使我一眼望上去与以前大不一样，处事的态度也发生了变化。我认为这种理智便是知识的附带品——知识使人思考，思考使人理智，也许这就是一种"进化"。但我深深知道，理性的表皮下面是那颗幼稚的心，是感性的冲动。而且它依然强大，时常会冲破表皮——我发现自己所做过的少之又少的决定中没有几个是大体遵从理性的，而大人在做决定的方面似乎比孩子更会抑制感性的冲动，并从中得到更大的利益，此所谓博弈是也。也许感性是善，也许理性是善，也许两性结合才是善，总之一切取决于意志。

我坚信阿波罗神庙上的那句话——认识你自己。但我也知道谁能清楚地认知自己，谁就是神，他就是人类的领导者，而自古至今，能认识自己的人寥寥无几——也许老子算得上一个，苏格拉底也沾点边，但似乎这就是人类不可逾越的鸿沟，是人之所以是人的原因。

敲开那扇门

2. 回答的几个问题

（1）关于你自己——你认为自己是一个什么样的人？

生活中我喜欢独立，学习方面亦是如此——我喜欢自学，喜欢拓展，凡是有好处的，便倾向于去做。

我喜欢安静闲适而又稍带刺激的生活。循规蹈矩，墨守成规有时候能起到韬光养晦，陶冶情操的效果。

我不大愿意广交朋友，而是秉承着"交真朋友"的原则——如果我觉得那个人是值得我认识的，我便会真心待他——交朋友不在于量，而在于质。

通过初中三年的生活，我对班级有了更深刻的认识——那就是，班级在于激情和热忱，班中的每一个人都是班级的血与肉，在班中的每时每刻都应该全情投入。介于这种认识，我才不再对未知充满恐惧，而是满怀希望。

（2）请你简单谈谈自己的成长历程，当然也免不了有成长的烦恼。

自幼和父母生活在一起，小时候的印象不是很深，有的甚至忘记了。从幼儿园到小学再到中学都很快乐，无忧无虑，马上要进入高中了，有憧憬但也朦胧。

我对生活的体会其实很简单——别问为什么，知道什么，只要接受就好。

我以前常常问生活"为什么……""凭什么……"——上学是为了工作，工作是为了养家，养家是为了哺育后代，然后你便可以死去，这显然是一个漏洞百出的逻辑，因为上学和工作，工作和养家，养家和哺育后代之间并不存在必然联系——难道不上学就找不到工作，不工作就不能养家，养不了家就不能养育后代么？未必。而且，试问哺育后代又是为了什么，如果真有原因，那么这个原因后面的原因又是什么？因果链无限延伸，永远没有本质的原因。哲学从古至今都没有做出令人满意的解释，以至于哲学无奈地把这些问题交给神学和心理学解释。

思考这些"为什么"只会让人越陷越深，内心的矛盾激化，承受巨大的痛苦。所以，我认为，生活既然就是这样，又何必追究质问它呢？与人为乐，与物为乐，与己为乐才是生活的真谛吧！

既然这样，遗憾便可忘却，不完美中便会闪现完美。

（3）和爸爸妈妈在一起的时候……

那似乎是再正常不过了——我们各自干各自的事，妈妈备课，爸爸看书，我完成作业。有时串到父母的房间里看一眼，听几句唠叨来排解无聊，然后又各自专注起来。人与人之间的距离恰到好处。

（4）和朋友在一起的时候……

那便是最放松的时候，大家在一起说说笑笑，互相讽刺挖苦毫不在意。

就我而言，真正的朋友是知己，是伯乐，是战友。

（5）在学校里……

我喜欢的老师有很多。魏鑫老师，杨利军老师，张蓉芳老师。他们都是我不会忘记的人。

魏老师最严格，但最爱我们——他用男人的胸怀感动每一个人。

杨老师最体贴，她似乎是用女人的柔弱与温情融化了所有人的心。

张老师最知心，她最懂我的思想与心情，甚至能察觉我所体察不到的东西。

这样的老师都是好老师。

如果一定要给好老师定一则标准，我想是——他一定能让每个人都爱他。

（6）关于你的学习……

学习在于从各种事物中总结，在于发现。我认为体会和联想是最重要的——从一件小事能够推广到各个领域。

（7）你希望自己生命的 15－17 或 16－18 岁如何度过？

高中生活是一个新的开始，是生命中的又一次变化——离开原来所依赖的环境，给自己一个新的挑战，我们就是在这种变化中锻炼自己。

所以，我希望高中生活与初中完全不同。无论班主任或是同学如何，我都会去适应。

我生命的 15－17 岁应该充满挑战，令人措手不及。

（8）社会工作

高一的一年里我想担任班长的职务，而且我确信自己有这个能力。我认为高一的首要任务就是让同学们互相熟悉，互相信任，摸清每个人的脾气秉性与特点，建设我们的班集体。

这是我强烈的愿望，望老师准许。谢谢！

340

新高一 12 班　裴泽霖

2011 年 8 月

附：高一入学前《家长信》复函

尊敬的袁老师，您好！

　　作为家长，很高兴与学校和您建立联系并保持沟通。泽霖在享受四中三年的初中教育之后，有幸继续接受四中三年的高中教育即是他本人的幸事，也是作为家长的我翘首以盼的，因此，能够配合学校回答一些问题自然也就成为一件乐事！

　　1. 在您的眼里，孩子是一个什么样的人？

　　我认为，泽霖是这样一个人：善良、正直、宽容、丰富、善于思考、追求终极，并且具有亲和力。如果可以把人分为"信"和"疑"两类的话，我想他应该属于"疑"才对。

　　2. 请您简单谈谈孩子的成长过程。（可以概括性的随意谈谈，也可以就某些具体事件谈谈。）

　　泽霖的成长过程简单而普通，和大多数的孩子一样，少挫折多坦途。这或许与家长社会给予孩子过多的爱有关吧，虽然孩子逐渐产生挣脱家长的欲望，但很多时候还是生活在家长的"怀抱"之中。

　　泽霖从出生到现在一直和父母生活在一起，在小学之前，一直天真无邪，圆圆的娃娃脸上始终挂着灿烂的笑，兴趣广泛，时刻用一双童真的眼睛打量着周遭的世界，满眼的惊奇。

　　记得三岁左右的时候，我带他到劳动人民文化宫的书市买书，当买下一本《父与子》漫画书时，他便手捧《父与子》坐在公园的长椅上贪婪地看起来，以至于想继续逛书市而不再可能。

也是这个时期，我为他买了一部《猫和老鼠》的动画片，从此便被其吸引，为老鼠杰瑞的机智勇敢和猫汤姆的愚笨逗得咯咯笑，那笑是一种愉悦，也是一种共鸣，好似他就是老鼠，或者那个愚笨的猫。虽然猫和老鼠始终斗智斗勇，诡计多端，但给孩子传递的却始终都是善意，没有任何的龌龊与仇恨。我很感谢迪士尼能够为孩子们提供这样的动画片，它对泽霖的少儿心理产生了很大影响。

泽霖勇敢而又动中取静。记得一次长椿街幼儿园组织外出活动，地点是郁金香公园，园中有一座长长的铁索拴成的浮桥，左右摇晃的很不稳定，其他孩子都不敢通过，而泽霖却在上边飞快地来回奔跑着，以至于老师都在提醒家长注意一点安全。类似的事情很多，我了解孩子的性格特点，心中有数也就不再干预，只是默默地观察和暗中保护。虽然他的行动看似莽撞，但也只是对于那些他认为值得"冒险"的事情才会有行动，而更多地还是观察体验并表现为"内敛"。

泽霖是一个善于独立思考的孩子。记得不到三岁的时候，一次姥爷弄一个开关没有成，却被泽霖弄好了，于是姥姥在旁边开玩笑说："姥爷真笨!"，"不是姥爷笨，是没动脑子。"泽霖说。童言无忌，惹得大家哈哈大笑。这可能和我对孩子的引导有关，遇到任何问题我从来不说孩子"笨"，而说"你没动脑子。"我想肯定孩子比否定孩子更重要。

随着年龄的增长，我知道他因为课业负担的加重而留恋童年，尤其是初中之后，我发现他逐渐开始关注事物的终极解释，虽然百思难有其解，但他终归还是坚持，愿意采纳自己认识世界的方式。在这一点上，无论对错（或许就没有对错）我始终鼓励孩子用自己的眼光看世界。

3. 您对孩子最大的影响是什么？

我想，我对泽霖的最大影响应该是思维方式，这或许也有遗传的因素在内。

4. 谈谈在教育孩子过程中您最成功之处是什么？

成功不敢说，但我想平等、尊重、理解、关爱、支持应该是坚持的。

5. 谈谈您教育孩子所遇到的不易解决的问题或困扰有哪些？

叛逆和沟通。叛逆是一种必然，孩子想挣脱父母的"怀抱"走自己的路，以家长的立场来看自然是一种"叛逆"，以孩子的视角来看势必是一种"压制"，因此便产生了"沟通"上的障碍。

6. 在您的印象里，您的孩子在学校是个什么样的学生？您对于孩子在学校担任一定的社会工作有什么想法？（四中是鼓励学生担任一定的社会工作的，我个人认为，根据孩子自己的实际情况担任一定的职务对孩子的全面发展是有益的。）

泽霖在学校应该是一个好强上进的学生，在同学中间有一定的亲和力和号召力。他本人也愿意担任一定的社会工作，尤其在初中后半阶段以及即将开始的高中生活，他这方面的要求愈加强烈。作为家长，我充分支持孩子从事一些社会活动，这或许也正好弥补了现在应试教育中的一些欠缺，而且他也具备组织和管理能力。关于这一点，在黄城根小学多年教毕业班的他的母亲也非常支持，她觉得孩子承担一些社会工作，便于更好地培养他做事的责任感和人际交往能力，增强社会责任意识。希望老师能够给予支持。在此，感谢老师。

7. 在家庭里，孩子的表现怎么样？

和您相处如何？孩子是否关心和理解您？有哪些具体表现？和母亲（父亲）相处如何？孩子是否关心和理解您？有哪些具体表现？孩子在家里帮父母都做哪些事情？请具体说明。

在家里，泽霖在受到家庭关爱的同时，也知道理解关心家长，同时也期望自己在家里多做些事情，有些分担。

作为父亲，我不愿过多干预孩子的生活，只是给予必要的帮助。因而彼此的关系还算融洽。

8. 请说出您的孩子的十个优点或者特点。（请至少包括：一项身体外形方面的优点/特点，一项性格方面的优点/特点，一项人际交往方面的优点/特点，一项学习方面的优点/特点。）

1）正直、宽容、善良，有是非观念。

2）善于学习和探索，追求本真。

3）有亲和力和感召力。

4）刚毅不服输，同时也略显固执。

5）爱好体育，尤其篮球。

6）喜欢阅读和写作。

7）知道感恩。

8）对自己喜欢的事情容易坚持。

9）喜欢思考。

10）有做点事、想成事的欲望。

9. 您如何看待教育的目的？您认为对孩子在高中阶段的教育最重要的是什么？为了孩子全面健康的成长和发展，结合您的孩子的特点，您认为学校/班主任应该加强哪些方面的工作？

在高中阶段，除了完成教学大纲的学习和迎接高考之外，重要的应该是培养和训练好的学习方法和行为方式，较为系统地掌握某一领域的知识，强调能力的提升。

10. 您觉得一个好教师、一个好班主任应具有哪些素质和特点？

还说不好。这方面他母亲可能更有发言权吧。

11. 您的孩子是否存在某方面的具体问题（如：在学习方面、个性方面、人际交往方面、上网方面……等)？

这些方面都还好。不良的习惯目前还没有。比较有自制力。

最后，感谢学校和老师的辛勤付出！

祝您工作顺利！祝四中文实班办出特色！

裴泽霖家长

2011 年 8 月 9 日

敲开那扇门

345

跋

　　一本也许不该出的书终于出来了。不该出的原因，比如说，手里积攒了几个玻璃球、玩具枪之类的物件，玩心还未散尽，舍不得扔，视为珍宝，于是便拦住路人，请人家来鉴赏，这说轻了是愚陋，重些是狂妄。而又决定出，多是因为有几篇不三不四的文章竟然印成铅字，占据了一些报刊杂志的宝贵篇幅，时风加市风，受前辈及同辈的鼓舞，眼看高中生活已进入尾声，将平日文字结集出版，别无意义，只当平日的照像，无非做个记录和纪念罢了！

　　我的成长经历非常简单，甚至单调。生在北京，长在北京，沿着皇城根转悠了十几年，虽然游学去过欧洲台湾湖南等地，由于交通工具先进，远没有行万里路的艰难，走的近，见识自然就少。幼时养成读书的习惯，粗读了几本，大部头啃不动，经史子集又嫌古板，读的大多杂七杂八，因此读万卷书一定是谈不上，百卷或许还要算上教科书才够吧。喜欢村上春树，仰慕之余竟然模仿，邯郸学步，落下的毛病是命题作文总是对不上题。由此可想而知，这本书的内容一定是粗浅和幼稚的成分居多，即使有新意，也该是少年的妄想与妄为，不知天高地厚罢了。

谈起写随笔的习惯，首先要感谢四中初中部的张蓉芳老师了。刚进入中学，担任语文教学的张老师便让我们坚持写随笔，并告诉我们"语文是真善美"。不知是老师美还是语文美，总之是缘分加机遇，我便言听计从起来，并把我的随笔本起名《赤羽集》，"白羽如月，赤羽如日"，希望我的作文能越写越精彩。在以后的随笔习作中，张蓉芳老师总是不断给予鼓励，甚至会在批语中写上"颇有大家风范"的字样。虽然张老师的批语多有"言过其实"之处，但却鼓舞和培养了我对语文和习作的兴趣。细细想来，现在的感觉是老师和语文都很美！

生长总是痛并快乐着的。最留恋的是小学之前的童年时光，那是只有快乐而没有痛的季节，有学习，没目标，以童心打量世界，浑身上下的童趣，连学习也趣味横生。由于玩心太重，连跌跤都不知痛。可惜小学太短，才聚又散，许多同学已经记不清了，就连最好的朋友张仕琪也难以见到了，是生活切换了轨迹，还是我太无情无意呢？中学的不同之处是在老师的眼里你不再是可以无拘无束的小孩子了，要有目标守规则，老师和学生同时承载了压力。初三毕业时我又一次体验到了聚散离合的痛，他们，来了又走，只是短短地停留，抛给我一个又一个美好而又易碎的梦。步入高中，目标更加清晰起来，高考如影随形地伴

347 跋

随着每一天。已经步入高三，倒计时的声音滴答滴答有节奏地响着，刺激着我的神经。关掉这催促声的最好方法便是回忆，在整理过去的随笔中重温还未走远的美好时光，这里有与老师之间的、同学之间的、家人之间的，以及军训时的柳教官，台湾游学时的林导游和江西支教时的老奶奶……回忆是为了前行，更是纪念！

感恩是良心与良知的体验。有幸进入北京四中这样一所有着一流办学理念和优良传统的百年老校是我一生的荣幸。感谢刘长铭校长、常菁副校长，感谢袁海萍、徐雁、黄春、王凯、魏鑫、张蓉芳、杨利军等老师们给予的多年教育和培养，感谢所有对我给予过帮助的人。

裴泽霖

2013 年 10 月